WAVES

Giulia Besa

Gemelle

GIUNTI

www.giunti.it

Via Bolognese 165 – 50139 Firenze – Italia
Piazza Virgilio 4 – 20123 Milano – Italia

Prima edizione: gennaio 2018

Published by arrangement with Loredana Rotundo Literary Agency

Realizzazione editoriale: Studio Editoriale Littera, Rescaldina (MI)

A mio fratello

1

No, quella roba lì no! Pietà!

Il dischetto imbevuto di fondotinta minaccia il lato sinistro del mio naso, la crema pastosa mi sfiora la pelle... Afferro il polso di mia sorella: devo fermarla prima che sia troppo tardi. Lei solleva lo sguardo dal mio naso, che si accingeva a cospargere con il trucco. Mi rivolge un'occhiata perplessa.

«Il fondotinta no» dico. «Ti prego, almeno questo risparmiamelo. È tutto appiccicoso.»

Celeste distende le labbra in un sorriso. È da quando abbiamo iniziato la sessione di trucco che trattiene a stento le risate: credo sia convinta che i miei commenti siano divertiti e le mie smorfie di fastidio solo per posa. Ma dovrebbe saperlo che la mia è una *vera* avversione per i cosmetici!

Celeste scosta il dischetto dal mio viso e me lo mostra: un orribile pastrocchio di cotone e prodotti chimici. «È solo un po' di crema» si giustifica, il tono rassicurante. «Il fondotinta liquido non ha mai ucciso nessuno.»

«Ne deduco che quello in polvere mieta vittime da anni.»

Premo i palmi sui braccioli della sedia rosa parcheggiata davanti al tavolinetto cosparso di trucchi – gli strumenti di tortura di mia sorella. Devo andarmene da qui.

Celeste mi blocca. Mi posa le mani sulle spalle e mi rimette seduta. Sospira. «E va bene, niente base. Ma su matita e ombretto evitiamo di discutere. Me lo avevi promesso.»

«Ho già rinunciato agli occhiali per mettermi le lenti a contatto. Non è abbastanza per fare la carina a un primo appuntamento?»

Spio l'espressione di Celeste nello specchio appeso sopra la toeletta. Ma lei non si fa impietosire dalle mie parole e si china a frugare nella trousse, alla ricerca delle ultime invenzioni di Sephora per seviziarmi.

Mi viene da piangere.

«Ma non lo sai» dice «che i ragazzi vanno pazzi per un po' di rimmel?»

«E al mondo che gliene frega?»

Celeste ridacchia.

«Sono sicura che Giuliano apprezzerà i tuoi sforzi.»

«Sarà, ma la pelle deve anche respirare.» Giochiamoci la carta dell'estetista consapevole. «A truccarmi troppo rischio di rovinarmela. E non intendo farmi venire le rughe a diciotto anni!»

«Non ti ho mai vista truccata, quindi tu il problema non ce l'hai.»

«E se fossi allergica? Con tutta quella roba sul viso potrei avere uno shock anafilattico.»

«Infatti stasera, se non sei ancora morta, prima di andare a letto usiamo un po' di latte e tonico per rimetterti in sesto.»

Latte e tonico? Celeste, hai capito *tutto*: torno a casa stasera e mi spalmerai altra roba in faccia. Sì, proprio.

Devo avere un'espressione buffissima, perché mia sorella scoppia a ridere, la matita per gli occhi in mano. I capelli castano chiaro le ricadono intorno al viso dolce. Così lisci e splendenti, con quelle sfumature bionde, farebbero invidia alle testimonial della Pantene. I miei, per farli diventare simili, hanno richiesto mezz'ora di balsami sotto la doccia, tre passate con la piastra e un quintale di lacca. Dio solo sa perché a me crescono mossi. Da piccole era l'unico particolare che ci distingueva. Più tardi si sono aggiunti gli occhiali da parte mia, perché a furia di stare con il naso tra i libri sono diventata miope. Per il resto, io e la mia sorella gemella siamo identiche.

Celeste avvicina il viso al mio e mi passa la matita sotto gli occhi. Al mio sguardo terrorizzato risponde con un sorriso. Un velo di trucco le fa brillare le labbra, e il rimmel mette in evidenza le ciglia ricurve. Ma Celeste è bellissima anche appena sveglia. Per questo la metà dei ragazzi della scuola ci prova con lei, e l'altra metà vorrebbe ma non ne ha il coraggio.

La matita scivola intorno ai miei occhi e irrigidisco i muscoli per la tensione. Celeste trattiene un risolino.

«Senti» dico. «Possiamo finirla qui? Ti ho già fatto un super favore ad accettare l'appuntamento con quel tipo amico vostro.»

«Giuliano era felicissimo quando gliel'ho detto.»

«Problemi suoi. Resta il fatto che, se fosse per me, io non...»

«Ti conosco. Sei solo un po' timida.»

«Non è timidezza. È che sono acida. E cinica.» Scosto la mano di Celeste, ancora armata di matita. «E mi piace essere single.»

Lei sospira di nuovo. Posa la matita – ho respinto l'attacco, per ora –, ma impugna il pennello per il fard. «Giuliano è un ragazzo molto carino. E tu sei raggiante. Con un pizzico di trucco ti sentirai più sicura.»

E da quando io sono insicura? Mi sarei intimidita perché piaccio a Giuliano? Figurarsi!

Sbuffo ma rimango immobile. Ci manca solo che Celeste mi ficchi il pennello nel naso. Anche se è un timore infondato: mia sorella è bravissima con il trucco. Sin da bambina è sempre stata affascinata dall'idea di mettersi lo smalto o l'eyeliner. Ogni mattina, prima di andare al lavoro, nostra madre si truccava in bagno, davanti allo specchio, e Celeste le teneva compagnia; ferma in punta di piedi, i gomiti sul lavandino, attenta a imparare ogni movimento elegante della mamma. Anch'io le tenevo compagnia: seduta sul bidet, giocavo con il Nintendo DS, la musichetta dei Pokémon a tutto volume.

Celeste mi fa cenno di guardare in alto, e ne approfitta per impiastricciarmi le ciglia con il rimmel. Meglio non pensarci. Mi concentro sulla parete, sopra lo specchio: è cosparsa di scritte colorate, le lettere panciute, nello stile dei graffitari. Sono opera delle amiche di mia sorella, che le hanno disegnate su striscioni e pagine di diario. Si va dal tranquillo TI VOGLIO BENE CELESTE, a un più adulatorio CELESTE LA PIÙ FIGA DELLA SCUOLA, fino a *BFF FOREVER* – e credo sia importante ribadire che l'amicizia sarà due volte per sempre.

Ai lati delle scritte, sono appese le foto. Celeste è la più popolare della scuola, e gli amici non le mancano. Ma la maggior parte degli scatti sono di lei in compagnia di Massimo, il suo ragazzo. Un selfie in cui si baciano sull'autoscontro al luna park che era in città l'estate scorsa, lui che la solleva per i fianchi e le strofina il viso sulla maglietta mentre lei ride, lei seduta sulle ginocchia di lui nella cabina di una macchina automatica vintage per fototessere... In tutte le foto Massimo sfoggia i suoi capelli biondi spettinati ad arte – i ciuffi ribelli sistemati con cura perché sfiorino gli occhi castani – e ha quell'espressione da figo che manda in visibilio le sue follower su Instagram. E mi raccomando, il viso sempre rivolto verso sinistra – il suo profilo migliore – in modo che la mascella scolpita sia in evidenza.

Fino a poco tempo fa, sull'anta dell'armadio, campeggiava

anche una foto di Massimo a grandezza poster. Uno scatto di Celeste, con lui steso su un prato. Massimo aveva proprio l'aria dubbiosa dei modelli americani negli spot dei profumi; mancava giusto la nuvoletta di un fumetto accanto alla bocca: MA QUANTO SONO BELLO? EH? TANTISSIMO O MOLTISSIMO? PER FAVORE, QUALCUNO ME LO DICA, NON POSSO PIÙ VIVERE SENZA SAPERLO!

Il poster non c'è più. Sono rimaste tracce dello scotch con cui era appeso, ma la gigantografia di Massimo è sparita. Strano che Celeste l'abbia tolta. Ma meglio così: a vedere quella foto provavo solo rabbia. Come fa mia sorella a stare con un cretino del genere? Massimo ha il cervello di un tostapane, ed è un pallone gonfiato. Narciso, vanitoso e vanesio. Potrei anche dirglielo in faccia, tanto metà delle parole non le capirebbe!

«È da un mese che Giuliano chiede di te» dice Celeste. Sta approfittando della mia distrazione per far scorrere la punta della matita sopra le palpebre. «Me lo ha confessato Massimo. Non lo lascia più in pace. Vuole sempre parlare di te. Persino nello spogliatoio, dopo gli allenamenti di pallanuoto.»

Mi immagino il livello della conversazione negli spogliatoi, dopo l'allenamento. E mi fa venire i brividi pensare di essere sempre sulla bocca di quell'antipatico di Massimo. Ma evito di commentare. Celeste è abituata al mio sarcasmo, ma ho paura che qualche volta esagero nell'insultare il suo ragazzo. In più adesso ho un po' paura a muovermi per parlare, visto che la punta della matita dondola intorno ai miei occhi.

«Giuliano si dev'essere innamorato di te la sera del nostro compleanno.» Celeste ha terminato con l'occhio destro e si sta dedicando al sinistro. «Alla festa in piscina.»

Ah, già. Il nostro diciottesimo. Il più cool di sempre nella storia di Borgobianco. Avrei donato un rene per potermi evitare quella festa!

Ma come si fa a rifiutare quando, per l'occasione, il ragazzo di tua sorella ti offre il giardino della sua villa, con tanto di piscina a disposizione degli ospiti? Il tutto solo per metterti in ridicolo davanti a più persone possibile?

Gli avrei sparato. O mi sarei sparata io. Ma Celeste ha insistito per mesi che accettassimo la proposta di Massimo, e sembrava così felice... Alla fine ho ceduto e l'ho accontentata. Le voglio troppo bene per negarle la festa che desiderava solo per un mio capriccio, per quanto giustificato.

Celeste si è divertita. Io meno e, a fine serata, quel disgraziato di Massimo mi ha presa di peso e mi ha buttata in piscina. Era marzo, e si moriva di freddo, e non voglio sentire scuse che anche tutti gli altri si sono fatti il bagno: se sono matti, non è colpa mia! E lo so perché Massimo si è comportato così: Celeste gli ha raccontato che d'inverno ci vuol poco per farmi ammalare, e lui ne ha approfittato. Come se non si fosse divertito abbastanza a punzecchiarmi per tutta la serata.

Il giorno dopo avevo la nausea, il mal di gola e trentotto di febbre.

Per fortuna, il vero compleanno l'ho festeggiato con Paolo, dieci giorni buoni dopo la data ufficiale – l'influenza mi ha tormentato per più di una settimana.

Io e il mio migliore amico siamo andati da McDonald's e abbiamo riso come pazzi commentando la festa organizzata da Massimo. Paolo dà il meglio di sé quando si tratta di tirarmi su di morale, ed è geniale nelle imitazioni, specie quando fa il verso a Massimo Chenonèilmassimo o a Lorella Senzacervella.

Paolo. Oggi non l'ho ancora sentito. Non era per niente contento che la nostra serata dedicata agli anime – oggi dovevamo finire di vedere la prima stagione di *Little Witch Academia* –

questa settimana saltasse per colpa del mio appuntamento con Giuliano. Sono giorni che mi tiene il broncio.

Recupero il cellulare dalla tasca dei jeans. Magari Paolo mi ha scritto su WhatsApp. Ma non posso abbassare lo sguardo per leggere eventuali messaggi: Celeste mi sorregge il mento con due dita e mi spalma il rossetto sulle labbra.

«No abbiao anora inito?» biascico.

«Ancora un pochino agli angoli...»

Gli occhi blu cobalto di mia sorella si assottigliano. Lei è super attenta a stendere la patina vermiglia in maniera uniforme. È buffa con la punta della lingua che sbuca fuori all'angolo della bocca per la concentrazione.

Accantona il rossetto e strappa un pezzo di carta assorbente dal rotolo sul tavolino. Con quello mi tampona le labbra. Ho un vago ricordo che una volta mi ha spiegato che in questo modo il colore del rossetto assume una tonalità più naturale.

Apprezzo che sia così carina con me, che mi dedichi tanto tempo, che mi abbia organizzato questo appuntamento con Giuliano – da quel che ho capito, il secondo ragazzo più figo della scuola dopo Massimo – e che sopporti la mia ironia mentre mi aiuta a rendermi presentabile. Davvero, lo apprezzo.

Ma è da un'ora che siamo davanti allo specchio e io non ne posso più. Celeste sopporta le avversità con il sorriso sulle labbra, lei patisce in silenzio. Io no, io mi arrabbio. E poi basta con questa lagna di Justin Bieber! È tutto il pomeriggio che la sua voce mugola dalle casse collegate all'iPod. Almeno si poteva un po' variare, magari con qualcosa di Elio e le Storie Tese.

«Fatto.» Celeste dà un'ultima passata al volo con la matita per ridefinire il contorno delle labbra. «Adesso sei perfetta.»

«Perfetta per un pallanuotista stupido come un tavolo.» Sbuffo. «La massima aspirazione di ogni ragazza.»

Celeste scosta la matita e mi rivolge un sorriso timido. Mi mordo la lingua. Accidenti, l'ho offesa. Dovrei tenere a freno il sarcasmo, o lei sospetterà che le mie critiche la riguardino, quando in realtà sono solo indirizzate ai suoi amici deficienti. Sono convinta che sarebbe molto più felice se uscisse con me e Paolo, invece che con quella massa di vanitosi ossessionata da Instagram.

«Aggiustiamo un po' questi.» Celeste fa scorrere le dita sulle ciocche lisce che si arricciano sulle mie spalle. «Vedrai quanto ti sentirai bella.»

«Preferisco una bellezza nature.»

Mia sorella fa un passo di lato e mi invita con un cenno a specchiarmi. Rimango a bocca aperta. Nel riflesso ci sono due Celeste: una sulla sedia rosa, con indosso un paio di jeans scuri e una maglietta su cui spicca un teschio; l'altra in piedi, con le mani posate sulle spalle della prima, vestita con una camicetta leggera e una gonna corta a balze.

La Celeste seduta ha un'espressione sbalordita, quella in piedi ha l'aria compiaciuta.

«Allora?» mi chiede mia sorella. «Che ne dici?»

Sposto lo sguardo da me a lei, e da lei a me. Siamo indistinguibili. Erano anni che non ci vedevo tanto identiche. Senza occhiali e con i capelli acconciati come i suoi, potremmo essere scambiate per la stessa persona.

Celeste accosta il viso al mio. Fissiamo lo specchio con gli occhi spalancati. Anche per lei dev'essere una sensazione insolita.

«È incredibile!» esclama, la voce allegra.

«È inquietante» ribatto.

Celeste ride. «Addirittura.»

Annuisco. «In qualunque momento potrei farti sparire e rubarti la tua magnifica vita. Non so neanch'io come faccio a resistere alla tentazione.»

Mia sorella scuote la testa, senza smettere di ridacchiare. Sa benissimo che preferirei ficcare la mano in un nido di vespe piuttosto che trascorrere mezza giornata con Massimo. E sono allergica al veleno delle vespe.

Ma dato che Celeste sa quello che penso di lui, mi astengo dal ribadire il concetto. Non morirò, anche se non faccio l'acida ventiquattro ore su ventiquattro.

Mi alzo in piedi e mi osservo a figura intera. «Certo che questa faccia si abbina proprio male a quello che indosso.»

«Al teschio sulla maglietta, dici?» Celeste studia il cranio stilizzato sul mio petto. «O agli orecchini a forma di onigiri?»

«Be', un po' a tutto.»

Lancio un'altra occhiata allo specchio. Il mio viso coincide con quello di Celeste, il viso di una principessa delle favole. E Celeste ha anche il carattere di una principessa Disney: ottimista in ogni circostanza, agisce sempre in buona fede. Dev'essere convinta che con Giuliano starei bene davvero. Lei lo vede bello, sensibile, sportivo, affascinante. E in effetti Giuliano è carino, con le spalle larghe e i muscoli affusolati. Peccato che, essendo amico di Massimo, probabilmente è della stessa pasta: un narcisista che pensa solo a se stesso o al sesso, e il cui principale passatempo è importunare il prossimo.

Ed ecco che per un secondo sul mio volto da principessa rivedo la Vera che conosco: sempre pronta a giudicare da dietro le lenti degli occhiali, e con le labbra piegate all'ingiù per il fastidio.

Batto le palpebre e io e Celeste ritorniamo a essere entrambe principesse. Lei sembra contenta, ha l'aria di chi è soddisfatta del proprio lavoro. Scommetto che non ha dubitato un attimo di riuscire a trasformarmi in lei.

«A Giuliano piace il tuo carattere» dice. «E i teschi e gli orecchini strani ne sono un'espressione.» Mi stringe la mano in un gesto rassicurante. «Sei perfetta così come sei.»

Sarà... Io vorrei solo rimanere rintanata in casa e aspettare Paolo per stordirci di anime. Gli appuntamenti galanti con i ragazzi della squadra di pallanuoto non sono il mio mondo, e mi accorgo che comincio a essere a disagio. Sono agitata, e mi sudano le mani.

In fondo, chi mi obbliga? Se do buca a Giuliano, lui se ne farà una ragione e ne troverà un'altra prima di domani. Bello com'è, potrebbe avere chiunque; persino mia sorella, se non fosse già impegnata. Sto per confessare a Celeste che purtroppo ho un improvviso mal di stomaco dei miei e non posso proprio uscire di casa, quando il suo smartphone squilla. Lei corre alla scrivania e lo afferra.

«Sì.» Sorride. «Ah, sei già qui. No, abbiamo finito. Arriviamo subito.»

Accidenti. Celeste chiude le dita sul mio polso. «Andiamo.»

Mi trascina fuori dalla stanza, e ho soltanto il tempo per agguantare al volo la tracolla della borsa. Scendiamo le scale fino al piano di sotto, e puntiamo all'ingresso. Mamma sbuca dal salotto.

«Ragazze, dove andate di bello?»

Barcolla su un piede solo mentre cerca di infilarsi la scarpa e di aggiustarsi i capelli con la mano libera. Di solito è sintomo che è in ritardo per l'aereo.

«Usciamo con Massimo» risponde Celeste. Mi strattona, ma io mi blocco.

Fisso mia madre. «Ma non dovevi partire domani?»

«Sì. Però volevo fare una corsa a prendere qualcosa di buono da mangiare per stasera. Cucina papà, una bella cenetta in famiglia. Così ci salutiamo per bene.»

Alle spalle di mamma, emerge papà. «Stasera vi voglio a casa puntuali.»

Indossa ancora la camicia e i pantaloni eleganti. Dev'essere tornato da poco dallo studio in città. «Niente telefonate per dire che rimanete a mangiare fuori.» Si allenta il nodo della cravatta e squadra Celeste da capo a piedi. «Mi riferisco soprattutto a te.»

«In realtà forse dormo da Massimo.» La voce è flebile, e Celeste tiene lo sguardo basso.

Le dita si serrano intorno al mio polso. Sono diventate fredde. Quando papà le rivolge la parola, il sorriso di Celeste le si spegne sulle labbra. I rapporti tra lei e papà si sono ormai incrinati, e ho timore che sia anche colpa mia: io sono la secchiona ligia al dovere che non fa mai tardi, e per contrasto mia sorella appare svogliata e poco seria. Anche se non è così.

«Ma lo hai capito sì o no» insiste papà «che domani tua madre parte e sta via per tre settimane?»

Apro la bocca per intervenire in favore di Celeste, ma mamma mi precede. Raddrizza la schiena e posa la mano sul fianco di papà. «Lasciale stare, hanno ragione a divertirsi.» Ci sorride. «Al massimo ci salutiamo domattina. E comunque ci sentiamo su Skype appena arrivo a Dubai.»

Si avvicina e ci abbraccia. Prima me e poi Celeste. È una stretta calda, che profuma di rose, e già percepisco la malinconia del distacco. Celeste mantiene un'espressione impassibile, ma so che le dispiace che mamma parta, più di quanto vuole dare a vedere. Per questo si assicura di non essere mai a casa nel giorno dei saluti. E sono sicura che sarebbe più contenta se mamma insistesse per la cena tutti insieme; a lasciarci la libertà di fare come preferiamo, dà l'impressione che sotto sotto di noi non le importi più di tanto.

Io provo ammirazione per mia madre – una donna in carriera che lavora per una multinazionale del petrolio, un ambito di solito dominato dagli uomini – e un giorno mi piacerebbe essere come lei: sempre impegnata, in giro per il mondo solo per lavoro. Celeste invece non comprende proprio la mamma. Lei vorrebbe che non partisse mai, o che almeno non partisse tanto spesso.

L'abbraccio tra la mamma e Celeste si scioglie, noi la salutiamo e usciamo. Appena fuori dalla porta, Beatrice ci raggela con uno sguardo di ghiaccio. La gatta nera di nostro padre è appollaiata sul davanzale della finestra, le orecchie dritte, le pupille ridotte a due sottili fessure verticali. È come se ci tenesse a ribadire i concetti già espressi da papà. E se anche lui ci perdonasse per aver disobbedito, lei non lo farà mai.

Celeste dice sempre che Beatrice le dà i brividi.

Percorriamo il corto vialetto di ghiaia fino al cancello. Sulla carreggiata davanti alla nostra villetta ci aspetta l'auto di Massimo. Celeste si affretta, ma io rallento e sbircio il cellulare.

Paolo si è fatto vivo su WhatsApp.

ATTENTA DEVI STARE, GIOVANE PADAWAN.

E poi:

CEDERE AL LATO OSCURO NON DEVI!

Che fa da didascalia a un'immagine di Darth Vader che mostra orgoglioso un vassoio di biscotti con pepite di cioccolato. *COME TO THE DARK SIDE, WE HAVE COOKIES.*

Sorrido tra me. Un classico. E in effetti non mi sfugge una certa affinità tra gli stormtroopers di *Guerre stellari* e i membri della squadra di pallanuoto. Il livello di malvagità è lo stesso.

«Ce l'avete fatta.»

Abbasso il cellulare, e colgo Massimo che scende dalla macchina. Celeste lo raggiunge e gli passa le braccia intorno al collo. Lui preme le labbra su quelle di lei, e si dedica a baciare mia sorella, senza preoccuparsi della mia presenza. Quando, bontà sua, si degna di notarmi, scosta il viso da quello di lei e le sfiora la frangia in un gesto tenero.

Si volta verso di me, e mi rivolge uno dei suoi ghigni di derisione. È vestito con una felpa aderente sui bicipiti e dei jeans sapientemente calati sui fianchi. Il solito outfit finto casual.

«Ecco perché ci avete messo tanto» dice, cingendo i fianchi di mia sorella. «Hai dovuto rimediare alla faccia della sfigata.»

Distendo le labbra in un sorriso a trentadue denti. «Per la tua invece non basterebbe un miracolo.»

«Dai, non te la prendere, sei venuta fuori quasi decente.»

Sto per lanciargli il cellulare sul naso, ma Celeste si mette in mezzo e spinge Massimo nell'auto. Lui si sistema al posto di guida.

«Non starlo a sentire» mi dice mia sorella. «È solo invidioso perché Giuliano ha un appuntamento con la ragazza più intelligente della scuola, mentre a lui tocca un aperitivo con me.»

Inarco le sopracciglia. Mi domando se Celeste cerchi di imitarmi sulla via maestra dell'ironia, o se sia sincera quando dice certe cose. Se non scherzava, mi sa che tra le due quella insicura è proprio lei.

Mia sorella monta in macchina, accanto a Massimo. Io prendo un lungo respiro. Se salgo anch'io, imboccherò la strada per il Lato Oscuro. Mi torna in mente Giuliano alla festa per il diciottesimo. È stato lui a tirarmi fuori dalla piscina dopo la genialata di Massimo. Si è dimostrato gentile, e non si è preoccupato di bagnarsi la maglia per aiutarmi. Sembrava persino in imbarazzo...

Magari trascorrere una serata diversa dal solito con lui non sarà la fine del mondo.

2

Massimo sta girando a vuoto nel parcheggio del centro commerciale, in cerca di un posto libero. A Borgobianco i luoghi dove divertirsi scarseggiano, e così, il sabato sera, i ragazzi del nostro liceo con un minimo di vita sociale si riversano qui. Al pensiero di incrociare quei simpaticoni dei miei compagni di scuola durante il mio primo appuntamento con Giuliano mi vengono i brividi.

Primo appuntamento. Corrugo la fronte. Perché lo considero un *primo* appuntamento? Già fantastico di averne una serie? Dev'essere tutta quella roba che Celeste mi ha spalmato in faccia: l'ho inalata, è arrivata al cervello, e lo sapevo che mi avrebbe fatto male.

Sospiro e mi rilasso contro lo schienale del sedile. Sul vetro del finestrino si riflettono rimpicciolite le luci dei tre piani del centro commerciale. Sembrano le decorazioni su un albero di Natale, anche se siamo a maggio.

«Ah, finalmente.» Massimo ha adocchiato una macchina che se ne sta andando e si precipita a occuparne il posto. Ferma l'auto, spegne il motore, si slaccia la cintura e carezza compiaciuto la gamba di Celeste. Deve scoppiare di orgoglio per essere riuscito a parcheggiare.

Mia sorella smonta dall'auto insieme a lui e scendo anch'io.

Li seguo verso l'ingresso del centro commerciale. Di fronte alle porte a vetri, mi accorgo che mi sudano le mani, e che sono più in ansia di quanto mi aspettassi. I versi di Dante mi fluttuano davanti agli occhi: *Per me si va ne la città dolente, per me si va ne l'etterno dolore, per me si va tra la perduta gente.*

Le porte del centro commerciale si spalancano e io, scortata da Celeste e da Massimo, entro nel primo girone dei dannati.

Scuoto la testa. No, okay, sto esagerando.

All'imbocco delle scale mobili che conducono al secondo piano, dove si assiepano i locali – al primo piano ci sono solo negozi –, Celeste si separa da Massimo e mi prende sottobraccio.

«Agitata?» mi chiede.

«Perché dovrei essere agitata?» Assumo la mia consueta espressione altezzosa, che spero sia altrettanto efficace anche senza occhiali. «È Giuliano che dovrebbe essere agitato all'idea di presentarsi al mio cospetto.»

«Poveretto!» commenta Massimo, e si volta verso di me, il solito ghigno di scherno sulle labbra. Ma piano piano il sorriso si spegne e lui rimane imbambolato a fissarmi accanto a mia sorella, lo sguardo che passa dal mio viso a quello di Celeste e viceversa. Dev'essere un'esperienza mistica veder comparire da un giorno all'altro una copia esatta della propria fidanzata super sexy.

Peccato che la copia sfoggi un teschio sul petto, una cintura borchiata alla vita, stivali militari neri ai piedi e due onigiri in miniatura come orecchini. Non a caso Lorella, l'amica del cuore di Celeste, mi ha soprannominata "anticristo del fashion".

Massimo mi lancia un'ultima occhiata e si rigira verso la scala mobile. Ho timore che sia la reazione normale: i ragazzi scappano a gambe levate, pur di non farsi beccare in giro con una come me.

Chissà se anche Giuliano si comporterà così. Magari, appena mi vedrà, si inventerà una scusa per svignarsela... Celeste mi vuole bene e, quando mi ha detto che Giuliano apprezza il mio carattere, deve averlo fatto solo per rassicurarmi.

Be', in fondo cosa mi interessa? Perché dovrei preoccuparmi dell'opinione di Giuliano? Di lui non me ne importava nulla, fino a pochi giorni fa, prima che Celeste me ne parlasse.

Sulla scala mobile, prendo il cellulare e controllo se ci sono messaggi. Nessuna notifica. Paolo non mi ha scritto altro dopo l'accenno ai biscotti del Lato Oscuro. Ci ha provato a fare il simpatico, ma credo ci sia rimasto proprio male per oggi. E avrebbe anche ragione: non ero mai mancata alle nostre serate anime. E in più sto uscendo con gente che lui odia.

«L'appuntamento andrà alla grande.» La voce tenera di Celeste mi riscuote. «Starete benissimo e ti divertirai un sacco. Promesso. E appena vi sarete salutati, non vedrai l'ora di raccontarmi tutto.»

Annuisco, ma poi esalo un sospiro, poco convinta. Il cuore ha preso a tamburellarmi nel petto, e non dovrebbe, perché è solo uno stupido appuntamento con un ragazzo che non conosco e che non voglio conoscere.

Ma ricordo ancora il suo profumo. Quando mi ha tirata fuori dalla piscina, alla festa, e il mio petto si è premuto sulla sua maglietta. Forse sono simile alle altre ragazze più di quanto mi piaccia immaginare.

Celeste mi prende di nuovo sottobraccio e le sono grata: il suo calore mi fa sentire fiduciosa. Raggiungiamo il secondo piano. Per fare la superiore, non mi sono preoccupata di chiedere a Celeste in quale locale fosse l'appuntamento con Giuliano. Dove cavolo mi aspetta? Potrei domandarlo adesso a Celeste, ma ho la bocca secca. Chino il capo e lascio che mia sorella mi trascini in silenzio, come un condannato a morte verso il patibolo.

Sfiliamo davanti alle ampie vetrate di un pub dall'atmosfera dark: la musica rimbomba forte e i tubi al neon che corrono lungo il perimetro del bancone pulsano di rosso cupo. Le cameriere, tutte in tiro, preparano i taglieri per l'apericena. Sull'insegna, un intrico di tentacoli incornicia il nome del locale: OCTOPUS. Non ci sono mai stata, ma a scuola ne parlano tutti: ha appena aperto, ed è subito diventato il pub più cool della città. Non che a Borgobianco ci sia molta concorrenza.

Già mi immagino seduta su uno degli sgabelli intorno ai tavolini neri e lucidi. Tengo le gambe accavallate, lasciate scoperte dalla gonna a balze, la camicetta leggera mi disegna il profilo delle spalle sottili, e il rossetto, steso alla perfezione, in quella luce cremisi mette in risalto le labbra. Sarei a mio agio, mentre mi sfioro il polso e chiacchiero e rido con Giuliano.

Se fossi mia sorella.

Io è probabile che finirei solo per confondermi con la tappezzeria, visto che sono vestita di scuro. E mi starebbe benissimo così.

Ma non entriamo nel pub. Proseguiamo e Celeste si ferma davanti al locale successivo. «Eccoci!»

Strabuzzo gli occhi. «Una... una gelateria?»

E non una gelateria qualunque. Questa qui è dipinta da capo a piedi di rosa confetto, e le vetrine sono abbellite con disegni di pasticcini a forma di cuore, gonfi di cioccolato, e da fette di torta dai colori pastello. I tavolini bianchi sono decorati con finti riccioli di panna montata, e una statua a grandezza naturale di Peppa Pig fa capolino da dietro l'ingresso, brandendo un cono gelato.

Mi sento svenire.

«Gelateria e yogurteria» precisa Celeste. «Giuliano è stato indeciso fino all'ultimo, ma poi ha prevalso il suo lato dolce.»

Diomio... ci sono persino i palloncini che galleggiano contro il soffitto, come se ci fosse appena conclusa una festa di compleanno per bambini. Quanti anni avrà compiuto la piccola principessina? Cinque? Sei?

Stiracchio un sorriso per mia sorella. «Splendido.»

Voglio morire.

Con la coda dell'occhio colgo l'espressione di Massimo: anche lui sta per schiattare. Dalle risate.

Lo incenerisco con lo sguardo. Scommettiamo che è stato proprio Massimo a consigliare a Giuliano di portarmi qui? E la sua faccia soddisfatta conferma i miei sospetti. Santo cielo, quanto lo detesto!

«Almeno potrete parlare con calma» azzarda Celeste.

Mi sorride incoraggiante. Deve aver intuito che il posto non mi piace, e sta cercando di trovare i lati positivi della situazione.

«Nei pub c'è sempre così tanto casino» continua. «Non si sente niente quando la gente parla. E sarebbe triste, a un primo appuntamento. In più qui fanno lo yogurt freddo da guarnire con gli ingredienti che vuoi.»

«C'è anche il cioccolato bianco?»

«Mi sono informata apposta.»

Mh. Allora non si tratta di un completo disastro. E apprezzo gli sforzi di Celeste. Non si può negare che sia la sorella più premurosa del mondo.

«Guarda, è già qui.» Celeste accenna oltre la vetrina della gelateria. «Lo sapevo che sarebbe arrivato in anticipo, ci teneva troppo a conoscerti.»

Sbircio tra i pasticcini disegnati, e scorgo un ragazzo con i capelli neri seduto al tavolino più vicino all'ingresso. È alto, tanto che tocca il ripiano del tavolino con le ginocchia, il che gli dà un'aria buffa. Lui si stropiccia le mani, se le passa sulle cosce coperte dai jeans. Possibile che sia nervoso?

Solleva il viso, e si accorge di noi. I nostri sguardi si incrociano, e il ragazzo mi sorride. Ha un sorriso bellissimo.

«E qui ci lasciamo.»

Le parole di Celeste arrivano lontane, come da un altro piano del centro commerciale. Mi riscuoto. Per un attimo mi ero distratta.

«Okay» mormoro.

«Starai bene?»

«Certo, andrà tutto alla grande.»

«E se si comporta male me lo dici?»

Ridacchio e carezzo il dorso della mano di mia sorella, un gesto affettuoso che condividiamo da quando ho memoria. «Non ti preoccupare, se sgarra, lo rimetto in riga io.»

Celeste mi sorride. «Noi comunque siamo lì, al pub. Così quando avete finito di chiacchierare, se vi va di proseguire la serata, possiamo uscire tutti insieme.»

«Parli sul serio?» interviene Massimo, il tono infastidito. «Ci tocca pure stare qui a farle da balia? Pensavo che avremmo passato un po' di tempo per conto nostro.»

Celeste sospira e non gli risponde.

«Allora ci vediamo dopo» mi dice, e mi schiocca un bacio sulla guancia. Cinge il fianco di Massimo, che ha messo su una faccia da animale ferito. Problemi in Paradiso? Curioso, di solito i due piccioncini vivono immersi in un perenne idillio amoroso.

Celeste si avvia verso il pub. Massimo tentenna, ma solo per un attimo, poi la segue. Camminano fianco a fianco.

«A dopo» li saluto.

Celeste alza la mano e fa un cenno a Giuliano, che sbircia da dietro la vetrina. Gli sorride. Un sorriso caldo che riserva solo alle persone con cui ha un legame speciale: me, Massimo e pochi altri. Non è un sorriso che regala a chiunque. Eppure non l'ho mai vista in compagnia di Giuliano, né mi aveva mai parlato di lui, prima di questo appuntamento.

Mi domando che rapporto ci sia tra loro due.

Poso la mano sulla maniglia a forma di bignè della porta. Eccomi, mondo di panna. La voce di Massimo mi blocca.

«Ehi, Morticia.»

Esalo un lungo respiro e mi giro verso di lui. «Che c'è?»

Massimo mi riserva un'occhiata seccata, la fossetta sul mento in evidenza. Adesso sta provando a darsi un'aria da duro, stile surfista australiano che attacca briga con la gang rivale di surfisti... o qualsiasi cosa facciano i surfisti in questi casi.

«Trattamelo bene» mi dice. «È un mio amico.»

«Un buon motivo per essere più acida della candeggina.»

Non gli do il tempo di replicare ed entro nella gelateria. Il profumo dei dolci mi invade le narici, un aroma in cui si mescolano le fragranze del cioccolato fuso, della granella di nocciole, degli agrumi canditi e dello zucchero a velo. È un profumo tanto intenso da dare alla testa. Se fossi una fatina sarei già ubriaca.

Giuliano mi si para davanti. «Ci siamo già presentati, ma è stato un po' sbrigativo.» Mi sorride. «Io sono Giuliano.»

Gli stringo la mano che mi porge. «Vera.»

Mi stupisco di come le mie dita spariscano tra le sue. Ha una mano grande e robusta, con il minimo sforzo potrebbe stritolare la mia. Giuliano è ben piazzato; è più alto di Massimo, ma più tarchiato. Si vede che prende sul serio gli allenamenti di pallanuoto.

Sfilo la mano dalla sua, e mi siedo sulla seggiolina di fronte a quella dov'era lui. È una sedia per bambini, piccola persino per me.

«Cosa prendi?» mi chiede Giuliano.

Mi sistemo la borsa a tracolla sulle ginocchia. «Un whiskey doppio.»

Lui ridacchia, ma sembra irrequieto. Forse ha timore che, a sedersi di nuovo, la seggiola si sfasci. «Ho paura che non ti piaccia molto qui» dice.

«Ma no, anzi, mi viene da vomitare arcobaleni per la felicità.»

Giuliano scoppia a ridere, e anch'io sorrido. Non saprà scegliere i locali, ma ha il senso dell'umorismo – a ridere delle mie freddure guadagna subito punti. Di solito gli unici che capiscono la mia ironia sono Paolo e Celeste. Gli altri – gente come Lorella o Massimo – si limitano a scoccarmi occhiate perplesse.

La cameriera, una signora anziana con il grembiule rosa e i capelli bianchi raccolti, viene a prendere le ordinazioni. Io rinuncio al whiskey e propendo per uno yogurt. Giuliano mi imita e si siede davanti a me.

Ha un viso pulito, la pelle molto chiara, in contrasto con i capelli scuri. Gli occhi verdi sono allungati, simili a quelli di un gatto. Uno come lui non sfigurerebbe in compagnia di qualunque ragazza di Borgobianco, Celeste compresa. Dunque, mi sfugge perché abbia scelto di importunare la sottoscritta.

«Toglimi una curiosità» dico.

«Spara.»

«Non è che per caso è stato Massimo a suggerirti di portarmi qui? In questa gelateria rosa confetto?»

Sul volto di Giuliano si dipinge un'espressione colpevole, della serie *l'ho fatta grossa a rubare i biscotti.* «L'ho capito appena ti ho vista che non avrei dovuto dargli retta.»

«È stato il teschio sulla maglietta a tradirmi?»

«Direi più lo sguardo disperato, tipo *vi prego uccidetemi subito.*»

Ridacchio. «Ma no, quello è il mio sguardo normale.»

«Allora ne devo dedurre che non ti spiace stare qui con me.»

Mi ha presa in contropiede, e rimango senza battute taglienti. Per fortuna arrivano le nostre coppe di yogurt e posso concentrarmi a spiluccare le praline al cioccolato bianco sulla cima del dolce. Le sgranocchio piano, e poi affondo il cucchiaino nella montagna bianca e cremosa.

Giuliano non mi toglie gli occhi di dosso. Mi scruta con un'aria adorante, a cui non sono abituata. Per scacciare il nervosismo, mangio con sempre più foga e accidenti lo sapevo che non avrei dovuto farlo. Frugo nella borsa a tracolla per recuperare un fazzoletto di carta, prima che...

«E... etciù!»

Starnutisco. E ancora. E ancora. E un'altra volta. E provo a trattenermi ma starnutisco finché gli occhi mi si riempiono di lacrime.

«Scusami» mormoro, nascondendomi dietro al fazzoletto.

Spio di sottecchi Giuliano, che mi osserva divertito.

Appallottolo il fazzoletto. «Le ragazze che starnutiscono ti sembrano tanto comiche?»

«No, è solo che lo trovo buffo. Ho notato che starnutisci sempre, quando mangi in fretta.»

Come, come, come? E quando lo avrebbe notato? Questo è un dettaglio che conoscono solo i miei – e non ci metto la mano sul fuoco riguardo a papà. Io stessa ho impiegato anni per intuire la correlazione tra le abbuffate e gli starnuti. È colpa del reflusso gastrico, uno degli inconvenienti di essere una persona acida fino al midollo. Infatti Celeste non soffre né di reflusso, né di starnuti post pranzo.

«Sei stato molto attento.»

«Presto molta attenzione alle ragazze carine.»

La lusinga mi fa arrossire, e non lo sopporto. Ma devo ammettere che Giuliano sembra una persona sincera, persino simpatica. Forse dopo la gelateria potremmo davvero uscire con Massimo e Celeste, e proseguire l'appuntamento.

Ho un brivido di curiosità al pensiero di trascorrere una notte brava, di vivere per qualche ora quello che per Celeste è routine. E chissà, al fianco di Giuliano potrei persino divertirmi, al di là dell'esperimento sociologico.

Mi conviene avvertire Paolo di non aspettarmi domani mattina. La domenica mattina la dedichiamo ai videogiochi, ma se stasera faccio tardi, so già che ronferò fino a mezzogiorno. Sono allergica alle sveglie.

Recupero il cellulare per scrivere al mio migliore amico.

«Ti annoi?» mi chiede Giuliano.

Risollevo lo sguardo dallo smartphone. «No, perché?»

«Qualcuno mi ha spifferato che quando sei annoiata scrivi a Paolo.»

E questo può averglielo riferito soltanto Celeste. Altro che osservatore attento della mia carineria, si è fatto istruire da mia sorella. Appoggio il cellulare sul tavolino, e raccolgo sull'indice l'ultimo sbaffo di yogurt. «In realtà gli scrivevo per dirgli che...»

«Se vuoi consigliargli una crema anti brufoli, puoi anche aspettare domani.»

Mi blocco, con il dito che mi sfiora le labbra. «Scusa?»

«Niente, era solo una battuta. Paolo non mi sta molto simpatico.» Giuliano si stringe nelle spalle. «Sarà colpa delle foto da sfigato che metteva su Instagram. Le hai mai viste?»

«Non ho Instagram.»

«Neanche lui ce l'ha più.» Giuliano abbozza un sorriso cattivo. «Credo lo abbia chiuso perché non gradisce l'ironia.»

Lo so bene che Paolo non ha più un profilo Instagram. È successo un paio di mesi fa. Eravamo a scuola, l'ultima lezione era di educazione fisica, e io l'avevo saltata con la scusa delle mie cose. Mi ero rintanata nello spogliatoio delle ragazze a leggere. Quando sono uscita, ho incontrato Paolo. Non l'avevo visto per tutto il giorno, tanto che credevo fosse rimasto a casa.

Non parlava, le spalle curve, l'espressione mortificata. Gli ho chiesto che diavolo fosse successo, e sospettavo che per l'ennesima volta quei cretini dei nostri compagni lo avessero preso a pallonate mentre giocavano a basket. Lui mi ha mostrato il cellulare, sullo schermo era aperta l'app di Instagram con il suo profilo.

Sotto ogni foto, i commenti si erano moltiplicati. Dall'oggi al domani, mezza scuola si era accanita contro di lui. Lo sfottevano senza pietà per il suo fisico magrolino, per gli occhiali, per le sue passioni da geek. Una litania di *schifoso*, *topo di fogna*, *sfigato*. Sotto un'immagine di Paolo impegnato a giocare a Minecraft, almeno una dozzina di persone avevano copiaincollato lo stesso insulto: *Hai anche l'uccello a cubettoni? Non scoperai mai, coglione.*

Che manica di bastardi! Certo, Paolo non è mai stato tra i ragazzi più benvoluti della scuola, ma una simile esplosione di odio non me la sono mai spiegata. Era ingiustificata, e da un giorno all'altro. Ho impiegato una settimana per tirargli su il morale. Ed ecco qui che Giuliano se la ride al ricordo di quello che è successo. Mi tremano le mani per la rabbia.

«Ma qualche foto l'ho salvata» continua Giuliano. Si sporge verso di me. «Se vuoi le guardiamo insieme. Ho salvato anche tutti i commenti.»

«Io non ci trovo niente da ridere.»

Lui raddrizza la schiena. «Non te la prendere. Paolo se l'è cercata.»

Acchiappo la borsa a tracolla e mi alzo in piedi. Fisso Giuliano dall'alto in basso. Lui ha un'espressione stupita, come se si rendesse conto solo adesso di *quanto* me la sono presa.

«Ti prego, non andartene» dice, il tono incerto. «Ti chiedo scusa, non volevo infastidirti.»

«Ci sei riuscito benissimo.»

«Io...» Giuliano sta per aggiungere altro, le labbra dischiuse. Ma non parla.

«Tanto non avrebbe funzionato» sentenzio. «A me piacciono le persone intelligenti. E offendere il migliore amico della ragazza con cui vuoi provarci è un comportamento da stupidi.»

Accenno a girarmi, ma Giuliano mi prende per il polso. Lo fulmino con un'occhiata. Ha un'aria contrita, che mi stupisce. Sposto lo sguardo da lui alla sua mano, e Giuliano mi lascia subito andare.

«Permettimi almeno di pagare. Sono stato io a invitarti. E a rovinare tutto.»

Per un attimo vacillo. Giuliano non sembrava una persona cattiva, ma allora perché comportarsi così? Sono sfiorata dal dubbio che si tratti solo di gelosia. Ma poi rivedo gli occhi di Paolo pieni di lacrime, e la sfilza dei nickname che lo ingiuriavano. Chi mi garantisce che tra quelli non ci fosse anche Giuliano? E all'epoca non dimostrava alcun interesse per me, quindi non ci sarebbe stato motivo di essere geloso.

«Non ti scomodare, pago io.»

Lascio un paio di banconote alla cassa, non aspetto il resto ed esco, sbattendomi la porta alle spalle. Non intendo rimettere mai più piede in questa dannata gelateria.

Fuori, all'odore nauseabondo dei dolci si sostituisce la puzza di patatine fritte e di alcol. Mentre passo davanti all'Octopus, diversi ragazzi sollevano la testa a guardarmi. Alcuni mi indicano. Truccata così, sono identica a Celeste e credo mi scambino per lei. Spero che nessuno osi avvicinarsi, al solo pensiero che gente del genere – gli stessi che si accaniscono contro Paolo tutti i giorni – mi rivolga la parola mi viene il voltastomaco.

Devo sciacquarmi la faccia.

Accelero il passo e mi infilo nel bagno del centro commerciale. Ficco le mani nel lavandino, sotto il getto dell'acqua. Mi schizzo il viso, raccolgo l'acqua gelida nelle mani a coppa e ci immergo la faccia.

Risollevo la testa a specchiarmi. Sotto gli occhi il trucco si è sciolto in rivoli neri. Adesso sì che sembro Morticia.

«Ehi...»

Accanto a me, nel riflesso, è apparso il volto di Celeste. Solo che non ci assomigliamo più. Io sono un disastro. Ma almeno sono me stessa.

«Stai bene?» mi chiede.

«Sì.» Mi giro. «Ma poco fa non mi sentivo bene per niente. Quel tuo amico è un idiota.»

«Cosa ti ha fatto?»

«Niente. Mi ha solo detto... Niente, niente che non mi aspettassi.»

Celeste capisce al volo che non ho voglia di discuterne, e non mi fa più domande. Tanto saprà più tardi da Massimo com'è andato l'appuntamento: sono sicura che Giuliano è già corso dall'amichetto a farsi leccare le ferite. Una cosa però è certa: ognuno ha gli amici che si merita. Non tutti sono degni di stringere amicizia con persone intelligenti come Paolo.

Strappo una manciata di fazzoletti dal dispenser e mi strofino via il trucco dalla faccia. «Per tornare a casa prendo l'autobus» dico al riflesso di Celeste.

«Non se ne parla.»

Lei mi sfiora il dorso della mano. Ho paura che si senta in colpa per aver organizzato l'appuntamento. Ma lei non c'entra niente. Mia sorella vede solo il lato migliore delle persone, e sono felice che sia così. Non ci si guadagna niente a essere un'acida intrattabile come me.

«Ti riaccompagniamo io e Massimo con la sua macchina. Ormai è buio e non ti lascio fare la strada da sola.»

Do un'occhiata al cellulare. «Sono le nove, mica le tre di notte.»

Celeste scuote la testa. «Vieni con noi.»

«A Massimo non farà piacere piantare qui l'amico per fare da autista a me.»

«Giuliano ha il motorino, se la può cavare da solo.»

E meno male. Ci mancava giusto che dovessi sorbirmi il viaggio in compagnia di quel cretino.

«E poi» continua Celeste, «ho già detto a Massimo che o ci accompagna, o torno a piedi con te.»

Sospiro. «E va bene.»

Celeste mi segue fuori dal bagno, e ci dirigiamo al parcheggio. Per tutta la strada tengo gli occhi bassi, sul cellulare. Non voglio incrociare lo sguardo di Giuliano, o quello di Massimo, né di nessun altro. Ho solo voglia di abbracciare Paolo, e di trascorrere la serata con lui.

Apro WhatsApp per scrivergli.

L'APPUNTAMENTO È FINITO IN GASTRITE. COME VOLEVASI DIMOSTRARE. CHE NE DICI SE RECUPERIAMO LA NOSTRA SERATA ANIME?

La risposta arriva subito.

CERTO! ANIME E VIDEOGIOCHI. SONO DA TE IN QUINDICI MINUTI... MA CELESTE SARÀ A CASA?

Solo a sentire la "voce" di Paolo mi sento subito meglio. È come rimettere piede nella tua camera dopo un naufragio e una settimana in alto mare.

Ma è curioso che mi domandi di Celeste. È da un po' che l'ho notato: Paolo cerca di evitarla. Sono sicura che mia sorella non l'abbia mai insultato, anzi, sono sempre stati in buoni rapporti. Ma forse, proprio per questo, Paolo non sopporta che Celeste frequenti certa gentaglia. Vederla in compagnia di tipi come Giuliano e simili lo intristisce.

Lancio un'occhiata a mia sorella, in piedi al mio fianco sulla scala mobile. Lei percepisce il mio sguardo e si volta verso di me.

«Che succede?»

«Niente.» Le sorrido. «Non vedo l'ora di essere a casa. Tu poi che fai? Esci lo stesso con Massimo?»

«Sì» risponde, il tono malinconico. «Non me la sento di salutare la mamma.»

Annuisco e la precedo verso l'uscita del centro commerciale. Intanto scrivo a Paolo.

CELESTE NON C'È. PORTI LE PRINGLES ALLA PAPRIKA? MI STA TORNANDO L'APPETITO.

Replica immediata:

PENSAVO CHE TI FOSSI MANGIATA GIÀ QUELLO... COM'È CHE SI CHIAMAVA? GIULIANO?

Rido di gusto.

Sì, è solo bello tornare nel mio mondo.

Il mio pulcino si rimette a tracolla il fucile a pompa, e scoperchia il forziere. Una scritta a caratteri cubitali annuncia che all'interno ha scovato un rossetto. Chi mai nasconderebbe un rossetto alla fine di un dungeon di livello quindici?

«Attenta!» mi avverte Paolo.

Ma non sposto il pulcino abbastanza in fretta: il forziere prende vita e si scaglia contro di lui. Lo azzanna e sono 9999 punti di danno. Game over.

«Te lo dicevo che era una cattiva idea assaltare un castello del team streghe» commenta il mio migliore amico.

Faccio spallucce. «Almeno un po' di punti esperienza li abbiamo portati a casa.»

Sullo schermo scorre la classifica italiana. Con i punti di stasera siamo a un passo dalla Top 100, in posizione 104, tra Elodie01 e cristina84aa.

«Adesso ti faccio vedere io come si gioca» dice Paolo.

«Sì, come no» replico. Ma gli consegno il joypad.

In realtà è sul serio più abile di me. Ma solo a *MondoPulcino*. E solo perché ci gioca almeno il doppio del tempo.

Lo osservo che avvia una nuova partita, il sorriso sulle labbra. Sembra davvero allegro seduto a gambe incrociate sul tappeto morbido, davanti allo schermo gigante della tv che abbiamo tirato giù dal mobile per collegarla al mio notebook.

Il pulcino di Paolo si materializza sul display, e lui raddrizza la schiena, l'espressione concentrata. Ha briciole di patatine sparse ovunque: sui pantaloncini corti, sulle ginocchia ossute, sulla camicia, sulla montatura degli occhiali, e persino tra i capelli rosso fuoco, che si sono tutti spettinati a furia di giocare.

Paolo si immedesima come pochi: se il suo pulcino si sposta, lui ne asseconda il movimento inclinando il corpo; se il pulcino si arresta di botto, lui trasalisce di rimando e, quando il pulcino spara, Paolo picchia sui pulsanti del joypad con gesti spasmodici, come se davvero premesse il grilletto di un fucile.

Sorrido tra me. Sono contenta che sia felice quando siamo insieme.

Non che tra noi ci sia niente di sentimentale. Alle medie aveva una cotta per me, ma ormai è acqua passata, e da allora siamo migliori amici. Lo stesso, ho il sospetto che fosse un pochino geloso che uscissi con Giuliano.

«Visto che non ti stanchi di collezionare figuracce» dico, «ne approfitto per mettermi la felpa.»

Mi alzo e recupero la felpa con il cappuccio dall'armadio aperto accanto al mio letto. La indosso e ricado con il sedere sul tappeto, accanto a Paolo.

Lui mi lancia un'occhiata, ma appena si accorge che anch'io lo sto fissando, riporta l'attenzione sullo schermo.

«Per caso mi guardavi le tette?» scherzo.

«Scema.» Paolo ridacchia. «Stavo ammirando il disegno sulla felpa. Mi piace.»

Tiro il tessuto dell'indumento per scrutare l'immagine impressa sulla stoffa. Un bel teschio che ghigna. Lo adoro.

Paolo serra la presa sul joypad e si accomoda meglio sul tappeto. Il suo pulcino è all'ingresso del dungeon e affronta orde di scheletri. Via via che li sconfigge, Paolo sposta gli occhi dallo schermo della tv a quello più piccolo del computer, configurato per mostrare l'inventario. Ogni tanto alza lo sguardo sul pupazzetto appollaiato sopra il monitor del mio portatile: un pinguino zombie con gli occhioni vitrei. Me lo ha regalato lo stesso Paolo per i miei diciotto anni, e ne ha regalato uno identico a Celeste. Solo che quello di mia sorella è rosa, e al posto degli occhi da morto vivente ha due cuoricini. Anche lei lo tiene sul portatile.

I due pinguini gemelli mi fanno sempre sorridere. È vero, ci rispecchiano proprio.

«Se hai freddo chiudi pure» dice Paolo, senza distrarsi dalla quest.

Mi conosce bene, e sa che quando mi zittisco spesso dipende dal fatto che muoio di freddo. Anche in estate, la sera ho sempre freddo. Invece Paolo ha caldo persino a dicembre, ed è per questo che la porta finestra che dà sul balcone adesso è spalancata. Certi giorni immagino che ci sia un fuoco a consumare il mio migliore amico dall'interno, e a far brillare di riflessi dorati le iridi scure dei suoi occhi.

«No, lasciamo aperto.» Accenno con il mento alla ringhiera. «C'è Beatrice in balcone.»

La gatta di mio padre si è piazzata sulla balaustra, seduta ritta, la coda a circondare le zampe posteriori. È immobile, una sagoma nera sullo sfondo delle stelle, il musino rivolto alla costellazione della Lira di Orfeo. Quali pensieri animano la sua mente diabolica? Non sono sicura di volerlo sapere.

Certe volte penso di assomigliare più a quel gatto che alla mia gemella.

Paolo scuote la testa, e si china sul joypad, pronto ad affrontare la seconda ondata di non morti. «Come si fa a chiamare un gatto Beatrice? Ogni volta che la nomini penso che si tratti di una persona.»

«Ti pare che tenevo una ragazza in balcone per tutta la sera?»

«In effetti non sarebbe da te.» Paolo piega in avanti il joypad, per spronare il pulcino a colpire i nemici a terra con il calcio del fucile. «Tu l'avresti già buttata di sotto ore fa.»

«Smettila di ricordarmi che sono una persona cattiva, per favore.» Sospiro e mi stiracchio. Mi stendo con la schiena sul tappeto.

Paolo scolla lo sguardo dalla tv. Si volta verso di me. «È andato davvero così male l'appuntamento?»

«Poteva andare peggio.» Contemplo una sottile crepa sul soffitto, una flebile traccia grigia nel bianco uniforme. «Poteva capitarmi un incidente in macchina al ritorno, e potevo perdere l'uso delle gambe.»

«Ahia...» Paolo mette il gioco in pausa, e posa il joypad. «Dai, sfogati.»

China il viso sul mio, e riesco a distinguere una a una le lentiggini che gli coprono il naso come una nevicata rossa. L'espressione sul suo volto è apprensiva.

Accidenti, sono riuscita a preoccuparlo, e ora si sente in dovere di investigare.

Mi mordo la lingua. Ho già deciso che non dirò a Paolo che Giuliano ha sparlato di lui. Non c'è alcun motivo per cui il mio migliore amico debba di nuovo soffrire per certe stupidaggini. E lo so che ancora ci sta male per quell'episodio di Instagram, altrimenti non sarebbe così attento nello schivare Celeste. È come se la semplice presenza di mia sorella fosse sufficiente a ricordargli quanti deficienti frequentano la nostra scuola.

No, non ci sono ragioni valide per cui dovrei riferirgli le cavolate che ha detto Giuliano. Paolo è già preso abbastanza di mira senza che io gli vada a raccontare le scemenze di un pallanuotista cerebroleso.

Sorrido al mio migliore amico. «Stai tranquillo, sto esagerando, come al solito. Diciamo solo che certe persone per farsi perdonare dovrebbero passare una settimana in ginocchio sui ceci.»

«Eh?»

«Niente, scherzavo, sul serio, non è andata poi tanto male.»

«Sicura?»

«Sì. È solo che il tipo non mi è piaciuto.» Mi picchietto l'indice sulla tempia. «Era un po' tonto. E sai che gli stupidi li detesto.»

«E che ti aspettavi?» Paolo riprende la partita e attiva il potere pulcino per liberare lo schermo dai mostri. «Da quella gente lì ottieni solo insulti. Al massimo ti saresti annoiata. Dovevo sconsigliarti di andarci.»

Il tono di Paolo è carico di rabbia repressa e di delusione, ma io non sono così sicura che l'appuntamento sarebbe potuto andare solo nella maniera in cui è andato. Mi volto verso il balcone, verso il cielo notturno, e non posso fare a meno di immaginare scenari alternativi.

Mi domando se mi sarei divertita, per una volta, a cambiare le mie abitudini. Se avrei anch'io provato una scarica di adrenalina a correre a tutta velocità sull'auto di Massimo, insieme a Celeste e a Giuliano. Se anch'io mi sarei esaltata a passare da una festa all'altra, da una discoteca all'altra, fino all'alba.

E, al sorgere del sole, un vento fresco mi avrebbe scompigliato i capelli, e Giuliano mi avrebbe abbracciata, per non farmi sentire il freddo.

Alzo lo sguardo su di lui, e i suoi occhi verdi da felino sono vicinissimi...

«Ci sei?»

La voce di Paolo mi risveglia dalle mie fantasticherie. Il suo pulcino è fermo nel salone del tesoro, tra i cadaveri dei nemici sconfitti. Non mi sono neanche accorta che aveva battuto il dungeon.

Devo piantarla di pensare a Giuliano. E tantomeno a quello

stupido di Massimo, lui e la sua macchina costosa regalata da paparino.

Accenno allo schermo. «Vediamo cosa c'è nel forziere e chiudiamo qui per stasera con i becchi piumati. Ho voglia di vedere un anime horror.»

«Certo, mia Regina del Male.»

3

Un venticello tiepido filtra dalla finestra socchiusa della cucina. Smuove le tende che mamma ha ritirato dalla lavanderia prima di partire, e porta con sé il profumo dei gelsomini che sbocciano in giardino. Inspiro quella fragranza mentre mescolo piano il mio caffellatte. Gli unici suoni sono il cucchiaino che tintinna contro la tazza e il cinguettio degli uccellini nascosti tra i cespugli di rose.

Sta arrivando l'estate, e alle dieci e mezza il sole è alto in cielo. Mi azzardo a sollevare un po' la maglietta del pigiama, e il venticello mi solletica l'ombelico. Tra poche settimane, le campagne intorno a Borgobianco saranno arroventate dal caldo di giugno, e i fiori si riempiranno di api. Ci sarà la consueta invasione delle vespe. Meglio che cominci a portarmi appresso l'epipen. Per sicurezza.

Appoggio le spalle allo schienale della sedia e mi stiracchio. L'ultima estate a Borgobianco prima dell'università. Se ci rimugino sopra, mi scopro malinconica. Chissà se io e Paolo ci vedremo ancora tanto spesso. Lui studierà Informatica a Milano, o a Torino; io sono orientata su Ingegneria meccanica, ma non so ancora dove. Magari all'estero.

Celeste invece non sembra avere le idee chiare. Mi ha accennato alla facoltà di Lettere, ma solo come possibilità. Non vuole mai parlare dei suoi progetti per il futuro. Forse ha timore a cambiare ambiente. Si trova bene al liceo, tra feste, uscite con Massimo e i suoi amici, i vestiti, i trucchi, Instagram.

Sospiro e faccio scorrere le dita tra i capelli. Sono tornati ondulati, come li preferisco. Voglio rimanere sempre me stessa, con i miei starnuti, l'allergia alle vespe, la miopia da topo di biblioteca e i miei capelli mossi. Non mi farò più coinvolgere in iniziative come quella di ieri sera. Lo so che Celeste organizzando l'appuntamento voleva aiutarmi, ma non si rende conto che i nostri mondi sono troppo distanti.

Sorseggio il caffellatte, e una goccia scende giù lungo la tazza, tra gli occhi rossi di Kyubey, stampato sulla porcellana. Il mondo di Celeste è luccicante e dorato, il mio è bizzarro e impopolare, ma a me piace così.

A proposito, nel mio mondo non esistono le diete, perciò se il caffellatte non diventa dolciastro quanto il miele, lo soffoco nello zucchero. Se mi vedesse Lorella le verrebbe un embolo, lei con la sua ossessione per la linea.

Affondo il cucchiaino nel barattolo dello zucchero. Lorella è una cretina. Mi ricordo ancora quando, alle medie, voleva coinvolgere Celeste in non so quale gioco demente per perdere peso. Per poco mia sorella non diventava anoressica. Certi giorni mi prudono le mani al solo pensiero. Non ho mai preso a sberle Lorella per quella sua idea balorda, ma avrei dovuto farlo.

Sento il grattare di una chiave nella serratura.

Qualcuno sta entrando in casa. Raddrizzo il barattolo dello zucchero e tendo le orecchie.

«Celeste?» Inclino la sedia per sbirciare fuori dalla cucina. «Sei tornata?»

Nessuna risposta. Mi alzo e mi affaccio.

Avevo indovinato, Celeste è rientrata. È di spalle, il viso rivolto alla porta.

«Stavo facendo colazione» dico. «Se vuoi ti preparo un caffè.»

La mia gemella rimane immobile. Ha i capelli in disordine, come se fosse arrivata correndo a perdifiato. E la mano con cui regge il mazzo di chiavi le trema, le nocche sono sbiancate.

«Ehi, che succede?»

Mi avvicino e allungo le dita per sfiorarle il dorso della mano, il nostro solito gesto di affetto. Ma Celeste si ritrae. Si gira e si precipita su per le scale che portano al piano di sopra.

Quando mi passa accanto, mi accorgo di un luccichio sotto gli occhi. E non si tratta di glitter.

Sta piangendo.

Resto a bocca aperta. Poi la inseguo.

«Celeste!»

Ma lei si chiude la porta di camera sua dietro la schiena e blocca la serratura. Giro a vuoto la maniglia. «Celeste...» Accosto l'orecchio al battente. «Va tutto bene? Cos'è successo?»

Il cuore ha preso a tambureggiarmi nel petto. Non ricordo l'ultima volta che ho visto mia sorella in lacrime. Forse quando a quattro anni è scivolata nella piscina e si è sbucciata il mento contro il bordo di ceramica.

Da allora, per quanto una situazione fosse drammatica, lei l'ha sempre affrontata con il sorriso sulle labbra.

Da dentro arrivano singhiozzi, suoni smorzati, come se Celeste cercasse di trattenere il pianto senza riuscirci.

Busso con le nocche. «Celeste? Mi apri per favore? Inizio a preoccuparmi.» Busso con più convinzione. «Qualunque sia il problema, ne possiamo parlare. Se è per mamma, giuro che vado a prendere la macchina, mi fiondo in aeroporto e le impedisco di partire.»

Celeste non mi risponde. Fruscio di carta. Il rumore di una cerniera. Scatoloni trascinati sul pavimento.

La guancia appiccicata al legno della porta è bollente, mi sembra di avere la febbre, sono sconvolta. Celeste sta male ed è assurdo che non ne voglia parlare con me. Una circostanza simile non si era mai verificata. Che diavolo le è successo?

La porta si apre di colpo, e perdo l'equilibrio. Per un istante mi ritrovo faccia a faccia con la mia gemella, io con la bocca spalancata per lo stupore, lei con il viso rigato dalle lacrime.

È incredibile. È come se da ieri si fosse *consumata*, appare smagrita e sofferente, con due occhiaie viola che spiccano sul viso smarrito. In mano tiene lo zainetto che usava alle medie, quello tutto sfilacciato e con le toppe colorate. Guardarla in faccia è come fissare il mio riflesso allo specchio, e mi sembra di provare il suo dolore.

«Celeste» sussurro.

Vorrei chiederle il motivo di una tale disperazione, e che diamine vuole farci con quel vecchio zainetto, e per quale ragione si è infilata la tuta da ginnastica e le scarpe da tennis. È come se avesse fretta di uscire. Di scappare di casa.

«È perché la mamma se n'è andata?» le chiedo, mentre mia sorella imbocca le scale. «Sei arrabbiata con lei?»

Celeste si blocca, le dita che artigliano il corrimano. Scuote la testa. Mantiene gli occhi bassi, e non si volta a guardarmi. Le lacrime le scendono ancora lungo le guance.

Forse non vuole parlare con me per non rattristarmi. Sarebbe tipico di Celeste preoccuparsi della sottoscritta anche se è lei a soffrire.

Però io non posso vederla in questo stato.

La raggiungo per abbracciarla. Se non vuole raccontarmi nulla, almeno la rassicurerò così. Ma lei mi sfugge di nuovo, e si precipita all'ingresso. Afferra al volo le chiavi del motorino sulla mensola accanto alla porta.

Esce, e la vedo che va in garage. Sfreccia fuori in sella al motorino. Ondeggia a zig zag lungo il vialetto, e supera il cancello. In strada accelera. Sparisce svoltando a destra oltre la siepe.

Mi passo la mano tra i capelli, camminando avanti e indietro lungo il porticato. Accidenti, non avevo mai visto Celeste in questo stato. *Mai.* Devo scoprire che le è capitato.

Ripercorro a ritroso la giornata di ieri, fino a che mi tornano in mente le parole di mia sorella durante la discussione con papà: *In realtà forse dormo da Massimo.*

Giusto. Celeste aveva progettato di trascorrere la notte con Massimo, ed è andata via con lui dopo avermi riaccompagnata a casa. Dunque, se stamattina lei è tanto turbata, lui è coinvolto. Poco ma sicuro.

È colpa di quell'imbecille, ci metto la mano sul fuoco.

Torno dentro e frugo nella tasca del mio giacchetto per prendere le chiavi della macchina. Raggiungo il garage ancora in ciabatte.

Massimo non la passerà liscia.

Io lo ammazzo.

Freno di colpo, e parcheggio la macchina di traverso nella strada davanti alla villa del fidanzato di mia sorella. Non me ne frega niente se ostacolo il traffico: sono qui per commettere un omicidio, e prendermi una multa sarebbe l'ultimo dei miei problemi.

Ciabatto lungo il vialetto lastricato che serpeggia tra l'erba tagliata corta. Picchio il palmo sul campanello accanto alla porta. Spero che Massimo sia in casa. Lo spero per lui, perché se mi costringe ad andarlo a cercare per Borgobianco, quando lo becco si pentirà di essere nato.

Il fracasso del campanello echeggia dentro la villa. Dopo un minuto buono sento il tramestio di passi affrettati. Una voce si lamenta che è domenica ed è troppo presto per rompere le palle. Pigio ancora più forte il palmo sul pulsantino bianco.

La porta si apre.

Sulla soglia compare Massimo. Ha i capelli scompigliati, le ciocche bionde che gli ricadono intorno agli occhi assonnati. Indossa solo un paio di boxer e una maglietta spiegazzata. È scalzo.

Mi squadra.

«Ma che diavolo...»

Si stropiccia gli occhi con le nocche, come se credesse di stare ancora sognando. Quando non svanisco, l'espressione si fa infastidita. «Che ci fai qui?»

«Come se tu non lo sapessi» sibilo.

Lui si appoggia allo stipite, in una delle sue pose da spaccone. Non gliene frega niente che Celeste sia in lacrime, gli interessa solo mantenere la sua facciata da finto duro. Mi fa una rabbia...

«Sei l'ultima persona che vorrei trovarmi davanti» dice. «Specie la domenica mattina.»

«Credimi che vale lo stesso per me.» Faccio un passo verso di lui e lo fronteggio. «Perciò dimmi subito che cos'hai fatto a mia sorella. O ti stacco la testa a morsi.»

Nonostante la differenza di statura, Massimo vacilla sotto il mio sguardo. Ha capito che sono infuriata. Si scosta dallo stipite e indietreggia, per mettere una distanza di sicurezza tra il suo collo e i miei denti.

Incrocia le braccia sul petto. «Sei impazzita?»

«Cos'è successo stanotte? Celeste è tornata a casa piangendo a dirotto e poi è scappata via disperata. Che le hai fatto?»

Massimo corruga la fronte. Ma al nome di mia sorella, per un istante, ha distolto lo sguardo. E il dettaglio non mi è sfuggito.

«Non lo so perché Celeste piange» risponde. «E non so perché altri giorni è allegra. Non ci capisco più niente di lei.»

Il suo tono è risentito, come se fosse Celeste ad avere delle colpe, come se fosse lei quella ad avergli fatto un torto. Quando è ovvio che qui l'unico bastardo è lui. Bastardo e pure bugiardo. Ma se pensa di prendermi in giro, si sbaglia di grosso.

Il cuore mi ronza nelle orecchie, e sento le vene lungo le tempie ingrossarsi, da quanto sono arrabbiata. Premo l'indice contro lo sterno di Massimo. Lo fisso dritto negli occhi. «Ieri notte era con te. Tu lo sai cosa le è successo. Dimmelo.»

Lui mi scosta la mano. Un gesto deciso, ma non cattivo. «Non ne ho idea.» E la sua voce è velata di tristezza.

Sono perplessa. Massimo suona sincero, e persino dispiaciuto di non sapere come mai Celeste soffre.

Lui sospira. «Ieri siamo tornati presto e abbiamo dormito insieme. Ma quando mi sono alzato questa mattina, Celeste non c'era. Ho pensato che fosse andata a fare jogging.»

No, non me la bevo. Mi nasconde qualcosa. «Piantala con le cretinate. Celeste aveva il viso sfatto dal pianto. Altro che jogging.»

«Be', io non c'entro niente.»

«Avete litigato?»

«Non sono affari tuoi.»

Punto sul vivo, eh? Per quello devono essere tornati presto, ieri sera: è perché hanno discusso. Poi però hanno dormito insieme, dunque si erano riappacificati? Questo se vogliamo dare retta a Massimo. Magari invece hanno litigato, e questo disgraziato l'ha mollata chissà dove e Celeste è riuscita a rincasare solo stamattina e se è andata così giuro che...

«Celeste è cambiata.»

Le parole di Massimo mi colgono di sorpresa.

Alzo il viso su di lui. Ha un'aria ferita, gli occhi mesti.

«E non da oggi» continua. «È da un bel pezzo che non è più lei, se non te ne fossi accorta. E io non c'entro niente.»

Assottiglio lo sguardo. «Questo lo vedremo.»

Massimo abbozza un sorriso amaro. «Hai detto che è scappata. Scommetto che non hai la minima idea di dove andare a cercarla, vero?»

Rimango a bocca aperta, interdetta. Che diavolo significa? Questo pallone gonfiato egoista è convinto di conoscere mia sorella meglio di me? No, non so dove sia andata Celeste, ma di sicuro non la ritrovo stando qui a perdere tempo con questo deficiente.

«Cos'è, hai perso la parlantina?» insiste Massimo.

«Sei solo un povero idiota.»

Mi giro per andarmene.

«Aspetta.»

E Massimo deve solo aggiungere *Morticia*, deve solo provarci a fare lo spiritoso. Deve solo provarci.

«Qualche volta Celeste mi chiede di accompagnarla alle pale eoliche» dice. «Quando si sente giù, stare lì la tira su di morale.»

Quando si sente giù. Ma Celeste è la serenità fatta persona. E se fosse triste si confiderebbe con me, non certo con un neanderthal. L'idea che lui possa avere un rapporto con mia sorella più profondo di quanto immaginassi mi manda in bestia.

Mi giro verso Massimo. Lo scruto dalla testa ai piedi, lo sguardo carico di odio. «Potevi anche dirmelo prima.»

Massimo non arretra. «Hai un bel coraggio a venire qui a farmi la lezioncina. Tu di Celeste non sai niente. E dovresti essere la sua gemella.»

Sono parole che mi trafiggono come stilettate nello stomaco. Massimo voleva farmi male, e ci è riuscito. Il pianto di Celeste mi ha colta del tutto impreparata, io che supponevo di conoscerla bene quanto me stessa, di intuire ogni suo pensiero, di avere una spiegazione per ogni suo gesto. Credevo che non avesse problemi. Che non avesse segreti, almeno non con me.

Ma non devo farmi distrarre da Massimo. La priorità è ritrovare Celeste, consolarla, e farmi raccontare l'accaduto. Poi sistemerò io la faccenda. Mi occuperò di tutto io.

Punto di nuovo l'indice contro Massimo.

«Tu devi solo pregare che davvero non c'entri niente.»

Lui non replica.

Torno alla macchina e sfreccio via.

Da lontano, le pale eoliche sembrano tre margherite di metallo. Tre fiori bianchi e rigidi, ciascuno con tre soli petali luccicanti. Gli steli, dello stesso colore candido della corolla, si innalzano dai prati che coprono la Collina dell'Angelo, un'altura a pochi chilometri da Borgobianco.

Le pale in movimento si stagliano contro il cielo azzurro, spruzzato di nuvole lattiginose. Da qui gli impianti appaiono delle dimensioni di veri fiori, e si ha l'impressione che sporgendosi si potrebbe coglierli. Che si potrebbe sradicare quei fusti che pesano tonnellate solo tenendoli tra il pollice e l'indice, mentre una pioggia di terriccio si stacca dalla base e ricade sulle mucche al pascolo e sulla cappelletta dedicata alla Madonna.

Sono affascinata dalle pale eoliche. Da piccola le disegnavo in modo ossessivo, e ne tracciavo i meccanismi interni, che mi inventavo. Alcuni di quegli schizzi li conservo ancora. Un po' più grandicella, ho scovato su Internet gli schemi reali degli impianti, e mi sono divertita un sacco di volte a ricopiarli con precisione maniacale.

Adoro il disegno tecnico, è una delle spinte che mi indirizzano verso ingegneria meccanica. Voglio progettare opere maestose, che svettino nel cielo come le pale eoliche.

Però non avevo idea che anche Celeste venisse qui. Io ci capito ancora di tanto in tanto – non ho perso la passione di disegnare dal vero le pale eoliche –, ma non ci siamo mai venute insieme, anche quando trascorrevamo l'estate dai nonni, che avevano una casa qui vicino. Ormai dev'essere abbandonata da anni, da quando loro sono morti e noi frequentavamo la quinta elementare.

Premo sull'acceleratore e l'auto si inerpica lungo il versante della collina. Sulla sommità freno, e gli pneumatici, bloccandosi, sollevano una nuvoletta di polvere e ghiaia. Strizzo gli occhi e mi affaccio dal finestrino, senza scendere.

Eccola, Celeste.

È seduta sul basamento della seconda pala eolica.

Sospiro. Massimo aveva ragione, e una fitta di dispiacere mi fa torcere lo stomaco. Davvero lui la conosce meglio di me? Scuoto la testa, non è il caso di pensarci adesso. L'importante è aver trovato Celeste.

Spalanco la portiera e smonto dalla macchina. Una folata di vento furiosa mi scuote i capelli e minaccia di richiudere l'auto a forza. Il rumore sommesso delle pale eoliche mi trasporta indietro nel tempo, a quando ero bambina e correvo da casa dei nonni fino a questi prati per giocare.

Raggiungo Celeste.

«Ehi» mormoro.

Lei continua a fissare davanti a sé, come se io non ci fossi. Se ne sta accoccolata sul piedistallo di cemento alla base del fusto. Il suo sguardo spazia sui prati che digradano lungo le colline, fino a valle. Le guance di Celeste sono ancora umide, ma lei non piange più.

Eppure sono spaventata. Mia sorella sembra in trance, sembra che si sia estraniata dalla realtà.

Mi stropiccio la maglietta, in cerca di uno spiraglio nel suo muro di silenzio. Alla fine mi siedo di fianco a lei, la gamba e la spalla a contatto con le sue. Alle elementari sedevamo una accanto all'altra in questo modo, in cortile.

Il vento cala, e mi giunge l'odore intenso delle margherite. Quando il fruscio si acquieta, il sole si accanisce e mi brucia le braccia scoperte. Sopra di me, le pale girano lente, solenni. Visti da sotto, gli impianti non sono più fiorellini, sono immensi. E il rumore ti avviluppa, un suono sordo, lo stesso che immagineresti producano le eliche di una petroliera o di una nave da crociera, se si potesse sentirle sott'acqua.

Batto le palpebre. Mi stavo perdendo nelle mie fantasie.

Mi volto verso Celeste. I suoi splendidi occhi blu sono vitrei.

«Dimmi cosa è successo.»

Sfioro il dorso della mano di mia sorella. La tuta che ha indossato prima di scappare di casa le fascia le braccia fino ai polsi. E oggi fa caldo. Che si sia vestita così per nascondere dei lividi? Massimo le ha fatto del male?

«Non è successo niente.»

«Allora torni a casa con me?»

Celeste fa cenno di no con il capo. Il suo viso è apatico, privo di espressione. Il volto di chi ha affrontato un fantasma e ha capito che il mondo è diverso da come lo aveva sempre creduto. E non riesce a capacitarsi di tale rivelazione.

Celeste infila la mano nella tasca della tuta. Ne estrae un paio di chiavi con legata una linguetta di cartoncino su cui qualcuno ha scritto con un pennarello nero. Ma ormai le lettere sono sbiadite e illeggibili.

«Ho preso le chiavi della casa dei nonni. Dillo tu a papà, se chiede dove sono sparite.»

Sgrano gli occhi. «E che ci devi fare nella casa dei nonni?»

Celeste si rimette le chiavi in tasca.

«Non vorrai stare lì?» chiedo, il tono incredulo. «È vuota da anni. Sarà tutto sporco, non c'è neanche la luce!»

«Non me la sento di tornare a casa.»

«E quindi ti trasferisci in una topaia in cima a una collina? Mi spieghi che senso ha?»

«Ho già preso quello che mi serve.» Celeste abbassa lo sguardo sulle scarpe. Ho timore che sia di nuovo sull'orlo delle lacrime. «Per un po' rimarrò lì.»

«E con la scuola come intendi fare?»

«Ti prego.» Celeste scuote la testa. «Quando fai così sembri papà.»

Mi mordo la lingua. Accidenti.

Le carezzo la mano. «Almeno dimmi che cosa è successo. Fallo per me.»

Celeste si porta le ginocchia al petto, e le cinge con le braccia. Ci nasconde il viso. Le spalle sussultano, e lei ricomincia a piangere.

Complimenti Vera, bel risultato.

Lo stesso vorrei tempestarla di domande. È colpa di Massimo? Ci sono problemi con papà? O magari a scuola? Vorrei afferrarla e scuoterla, perché le voglio bene, e mi deve solo concedere di aiutarla e rimedierò io, in qualunque casino si sia cacciata.

Ma pretendere risposte è il modo di fare di nostro padre, e con Celeste non ha mai funzionato. Se insisto, lei si chiuderà a riccio. Lo so.

Le scosto una ciocca di capelli dalla guancia, e gliela liscio dietro l'orecchio. Lei solleva il viso, gli occhi lucidi.

«Sei convinta di rimanere qui?» le chiedo con voce dolce.

Celeste tira su con il naso e annuisce.

Faccio un lungo respiro. «Allora torno a casa a prenderti il sacco a pelo, e magari qualcosa da mangiare per stasera. Faccio prima che posso.»

Mi alzo e mi spazzolo i pantaloni dagli steli d'erba. Cammino fino alla macchina. Mentre faccio manovra, osservo Celeste da dietro il vetro del finestrino. La testa è china sulle ginocchia, e le lacrime le rigano le guance.

Qualunque sia il motivo che l'ha ridotta così, dev'essere qualcosa di grave.

Mi illudevo che fossimo entrambe felici, ognuna calata nel proprio mondo. E mi illudevo che potessimo sempre contare una sull'altra. Ma è chiaro che oggi Celeste non si fida di me, e io non posso aiutarla se non mi confessa i suoi segreti.

4

«Vera, aspetta!»

Mi blocco a metà della scalinata che scende dal portone della scuola. Sospiro. E adesso si può sapere che c'è?

Fa un caldo pazzesco e la tracolla dello zaino da duecento chili – oggi avevamo sei materie – mi sega la spalla. Ho solo voglia di tornarmene a casa, darmi una rinfrescata e correre a vedere come sta Celeste.

Mi volto per fulminare lo scocciatore. Tanto sarà qualche disgraziato che ha bisogno di ripetizioni. È sempre così: quando qualcuno a scuola si interessa a me è solo perché ha una verifica a breve e si è accorto di non aver aperto il libro di testo negli ultimi quattro mesi.

Già mi sembra di sentire la solita tiritera: *Oddio, sono un poveraccio, domani ho il compito di matematica, non so niente, salvami tu, Santa Vera*. Tra l'altro parole piene di ipocrisia: lo so che i compagni mi odiano perché sono la prima della classe e alzo il livello per tutti.

Branco di analfabeti. Come pensano di recuperare il programma di un trimestre in mezza giornata? Anche se un metodo potrebbe funzionare: per osmosi, picchiandoli in testa con il libro di matematica.

E sì che spesso sono anche disponibile a dare ripetizioni

– dietro adeguato compenso – ma stavolta ho altri problemi da sbrogliare.

Perciò, mio caro ignorantello, preparati a essere scaricato.

La persona che mi ha chiamata solleva il braccio per attirare la mia attenzione. Ma non si tratta di un ragazzo poco studioso. È il professor Accorsi, fermo accanto al portone. Mi fa cenno di raggiungerlo.

Sono perplessa. Lui non è un mio insegnante, e gli avrò rivolto la parola sì e no tre volte in cinque anni. Insegna nella classe di Celeste, letteratura italiana. Che vorrà da me? Spero non abbia niente a che vedere con la telefonata di ieri della professoressa Galatea.

Risalgo i gradini e l'Accorsi mi viene incontro.

Il prof è un bell'uomo, con i capelli brizzolati e degli occhiali che gli danno un'aria da intellettuale. Di viso somiglia un po' a Hugh Jackman, ma il cipiglio è più serio. Indossa giacca, cravatta e un paio di pantaloni eleganti che mi fanno caldo solo a guardarli. Tiene sottobraccio la borsa ventiquattrore marrone. L'outfit lo invecchia un po', ma non credo che abbia superato i quarantacinque.

Mi sorride. «Ciao Vera.»

«Buongiorno.» Sbircio l'orario sul display del cellulare, in modo che l'Accorsi intuisca che ho fretta. «Voleva dirmi qualcosa?»

«Sì. Perdonami se ti trattengo, ma è importante.»

Un vocio familiare mi distrae. Alzo gli occhi oltre la spalla del professore. Un gruppetto di ragazze vestite glamour, capeggiate da quella simpaticona di Lorella.

Lorella mi squadra da capo a piedi e commenta a mezza bocca; la tizia al suo fianco ridacchia. Manica di rimbambite, qualcosa che non va? Rivolgo loro un sorriso sprezzante. Se non ci fosse l'Accorsi mostrerei a Lorella e amichette il dito medio. E ringraziate che non ho tempo da perdere.

«Devo parlarti di tua sorella, di Celeste.»

Riporto l'attenzione sul prof. Ha una faccia cupa, e un filo preoccupata.

«Come mai non viene più a scuola?»

Mi spingo sul naso gli occhiali.

«Sta poco bene» mento. «Si è beccata la bronchite e il medico ha raccomandato una settimana, dieci giorni di riposo.»

«Capisco.»

L'Accorsi serra le labbra. Dietro le lenti, gli occhi castani mi scrutano. Non ci vuole un genio per rendersi conto che, con un maggio così caldo, prendersi l'influenza è improbabile. Ma che altro avrei potuto inventarmi?

Il professore mi posa la mano sulla spalla. «Per favore, dalle un messaggio da parte mia.»

«Okay.»

«Dille che qualunque sia il problema si può risolvere. Non può permettersi di saltare altri giorni di scuola, ha già accumulato più di un mese di assenze e se...»

Come? Un *mese* di assenze? È assurdo! Quando sarebbe successo? Non me ne sono mai accorta. A me pareva di incontrare Celeste tutti i giorni, in corridoio, con Massimo e gli altri suoi amici. Può essere che mi confonda? Non andiamo a scuola insieme – io prendo la macchina, lei il motorino – e tante volte, quando esco la mattina, Celeste non la incrocio proprio. Credevo che si alzasse prima di me, ma forse rimaneva a casa, e io non lo sapevo.

«... sto facendo di tutto per convincere i colleghi a portarla alla maturità, ma se continua così non potrò fare niente. Tua sorella non ha voti granché alti, e la mia è l'unica materia in cui si impegna. Non è facile lottare per lei se neanche mette piede a scuola.»

Il professor Accorsi conosce il motivo di un mese di assenze? Sono tentata di chiederglielo ma, a dimostrarmi più ignorante di lui riguardo mia sorella, poi avrei delle difficoltà nel continuare a sostenere la scusa della bronchite. E non voglio raccontare a un estraneo della reale situazione in cui si trova Celeste, non senza il suo consenso.

Accidenti, la faccenda è ancora più grave di quanto immaginassi. Se mia sorella perde l'anno, sarà una tragedia. Papà non la perdonerebbe mai. Già lo sento tuonare di rabbia perché si ritrova una figlia *ripetente.*

L'Accorsi mi stringe la spalla, in un gesto apprensivo. «Glielo farai sapere, d'accordo?»

Stiracchio un sorriso. «Certo.»

«Ti ringrazio.»

«Grazie a lei per l'interessamento. Anche da parte di mia sorella.» Mi sistemo lo zaino su entrambe le spalle e la mano del prof scivola via da me. «Scusi, ma ora devo proprio andare. Buona giornata.»

Mi avvio giù per la scalinata prima che all'Accorsi salti in mente di farmi altre domande. A passo svelto raggiungo il parcheggio della scuola.

Incrocio di nuovo Lorella e socie, ma questa volta mi ignorano. Chissà se loro si chiedono che fine abbia fatto Celeste. Mia sorella non si è preoccupata di avvertire Massimo, e dubito che si sia messa in contatto con Lorella.

Ma ho come il sospetto che a Lorella e a tutti quanti in fondo non freghi niente di mia sorella. Il professor Accorsi ha manifestato un briciolo di interesse e lo apprezzo. Ma a scuola è l'unico.

Ieri ha chiamato a casa la Galatea, l'insegnante di matematica di Celeste, ma, più che dimostrarsi preoccupata per il fatto che mia sorella non era andata a scuola negli ultimi giorni, sembrava solo compiaciuta di riferirlo alla madre per me sperava di sentirsi dire che l'allieva svogliata avrebbe ricevuto una punizione esemplare.

Peccato per lei che a rispondere al fisso sia stata io e, intuita la situazione, mi sia spacciata per mamma. Che arpia insopportabile la Galatea! Okay, ti sei trasferita da Roma a Borgobianco e per te la provincia non è il massimo, ma se hai dei problemi non dovresti dare fastidio al prossimo, dovresti rivolgerti a uno psicologo – uno bravo.

Però... però Celeste ha davvero dei brutti voti, almeno in matematica. E non ne avevo idea. Credevo che a scuola se la cavasse. Non è mai stata brava nelle materie scientifiche, ma al massimo significava un paio di debiti estivi, niente di che. Non ha mai rischiato la bocciatura.

Non dovevo riattaccare il telefono in faccia alla Galatea, dovevo sfruttare la situazione per cavarle più informazioni possibili – sembra che *tutti* conoscano dettagli della vita di mia sorella che io ignoro. Ma non ho resistito: mentre la professoressa mi illustrava il quattro preso da Celeste nell'ultimo compito in classe, vedevo le labbra dell'arpia distendersi in un ghigno; era mio preciso dovere di sorella cancellarglielo.

Così, con tono di sufficienza, ho spiegato alla professoressa che dovevo uscire per una questione di lavoro e non potevo più dedicare tempo a quisquilie del genere. Non l'ho neanche salutata.

Esalo un lungo respiro. Con insegnanti come la Galatea, Celeste deve sbrigarsi a tornare a scuola, o le cose si metteranno male davvero.

Fermo la macchina al solito posto, in una viuzza dietro la casa dei nonni. Ma potrei parcheggiare ovunque, il paesino ormai è disabitato. Le stradine si snodano deserte, fiancheggiate da edifici decrepiti con il tetto sfondato per colpa delle nevicate. Dietro le finestre rotte, e sbarrate alla meglio con delle assi, si intravede solo buio e polvere.

Le persone se ne sono andate via, e sono rimasti i corvi, che spiano dalle grondaie arrugginite. Sono i degni abitanti di questo luogo, un luogo di ombre: il paesino è incuneato tra due colline e riceve la luce del sole solo per poche ore ogni giorno.

Socchiudo la porta della casa dei nonni e una zaffata di aria stantia mi riempie le narici. Celeste si è trasferita qui per essere dimenticata, ne sono sempre più convinta.

Ma è un pensiero che mi fa male, e scuoto la testa per scacciarlo via.

Salgo i gradini cigolanti che conducono al piano di sopra, alla piccola soffitta. Una stanza minuscola con le pareti di legno il cui unico arredo consiste in un letto e in un comodino. Una lampadina bruciata pende dal soffitto ma, anche se fosse a posto, manca l'elettricità. L'unica luce proviene da una finestrella che si affaccia sul versante del monte.

Busso sul battente lasciato aperto.

«Si può?»

Faccio un passo oltre la soglia, e sono assalita da un odore di muffa tanto intenso da essere soffocante. Come fa Celeste a resistere qui dentro? Ma a lei non sembra importare. È a letto, rannicchiata sulle lenzuola sporche e rattoppate. Sono quattro giorni che vengo a trovarla e lei è sempre in questa posizione, come se non si fosse mai alzata. Il sacco a pelo che le ho procurato giace in un angolo, la cerniera chiusa.

Mia sorella è immobile, il viso rivolto verso la finestrella – il vetro è opaco, striato di unto, nessuno deve averlo pulito da anni.

Anche oggi Celeste non sembra abbia voglia di parlare. E mi basta un'occhiata al vassoio sul comodino per capire che non ha mangiato niente. Quei panini glieli avevo preparati l'altro ieri.

«Si può?» Mi avvicino e mi siedo sulla sponda del letto. Sfioro il dorso della mano di mia sorella. «Come stai?»

«Sto bene» mormora, senza distogliere lo sguardo dalla finestra.

«Vedo che i miei sforzi non sono serviti a niente.»

Lei si volta appena verso di me, e io accenno al vassoio.

«Almeno i pancake potevi assaggiarli. Ci ho lavorato ore.»

Celeste riappoggia la guancia sul cuscino. «Mi dispiace, non me la sentivo di mangiare. Non avevo appetito.»

Mi stringo nelle spalle. «Non fa niente, non erano granché.» Ne prendo uno. Ormai è stantio. «Alcuni mi sono venuti poco cotti e gli altri erano bruciati, così ho grattato via la parte nera con un coltello in modo che non te ne accorgessi. Volevo fare bella figura con la cuoca provetta della famiglia.»

Osservo Celeste di sottecchi. Di solito, a raccontare della mia goffaggine ai fornelli, le strappo un sorriso. Non oggi.

Metto giù il pancake e frugo nello zaino. «Ti ho portato il pranzo. Dopo la scuola sono corsa a casa e ti ho preparato dei tramezzini.» Estraggo la busta di plastica trasparente. «Speck e rucola. Ta dah!»

Celeste non degna neanche di uno sguardo i miei esperimenti culinari. Sono quattro giorni che non tocca cibo, e che si rifiuta di parlarmi dei problemi che la assillano. Indossa la stessa tuta da ginnastica con cui è scappata di casa, e ora mi accorgo che le sta sempre più larga. Mia sorella dimagrisce a vista d'occhio. La settimana scorsa non aveva le guance scavate.

«Comincio seriamente a preoccuparmi.» Apro la busta e il profumo dello speck affumicato si diffonde nella stanzetta. «Ti prego, mangiali.»

«Lasciali sul vassoio.» Celeste fa un gesto vago in direzione del comodino. «Magari più tardi gli do un morso.»

Sì, certo. Come hai dato un morso ai pancake. Ma non insisto. Sono giorni che insisto, e non ho ottenuto niente se non il silenzio. E io non voglio comportarmi come farebbe mio padre, ed esigere spiegazioni. Con Celeste sarebbe non solo inutile, ma controproducente.

Però qualcosa posso farlo lo stesso.

Recupero dallo zaino i fazzoletti di carta e la bottiglia di acqua minerale. Verso un po' d'acqua su un paio di fazzoletti e mi sporgo verso la finestrella. Celeste alza gli occhi su di me, con aria interrogativa.

«È impossibile ammirare il panorama con tutta questa sporcizia.» Strofino i fazzoletti umidi contro il vetro.

Uno spicchio di sole fa capolino nella stanza.

Quando risalgo in macchina, mi sento sperduta.

Celeste non mangia, non apre bocca e se ne frega di perdere l'anno. Le ho riferito i discorsi della Galatea e dell'Accorsi, e lei non ha fatto una piega. Non un commento, non una parola, neanche un indizio microscopico che mi faccia intuire quello che le è successo.

Non la comprendo più. Non l'avevo mai vista tanto depressa. Le ho chiesto se voleva che le portassi il cellulare, ma ha rifiutato. Le ho proposto di dormire insieme, stasera, ma non ha voluto. Non vuole vedere nessuno, vuole solo starsene rintanata in soffitta giorno e notte.

Ho dato una spazzata alla stanza, e le procurerò delle lenzuola pulite. Al momento non posso fare nient'altro per lei, e la considerazione mi sconvolge. Sono la sua gemella, la persona che le somiglia di più al mondo, e l'unico aiuto che le posso dare è quello di farle da cameriera.

Mi passo le dita tra i capelli e appoggio la fronte sul volante.

Fuori si sta facendo buio, e il cielo plumbeo sembra riflettere la disperazione mia e di Celeste.

Ho bisogno d'aiuto.

«Adesso proprio non riesco a parlarti, tesoro.» La voce di mia madre mi arriva lontanissima e attutita, come se tra noi ci fosse un sipario d'acqua. Mi appiccico il cellulare all'orecchio, ma la ricezione non migliora.

«Non possiamo sentirci nel weekend?» continua lei. «Ti chiamo io su Skype.»

Passeggio sotto il portico davanti casa, le chiavi della macchina ancora in mano. Le rigiro tra le dita. «Va bene, mamma.» Sospiro. «Però è...»

«Devo lasciarti.» Quasi strilla per farsi sentire. «Ti voglio bene!»

«Anch'io.»

Ma lei ha già chiuso la chiamata. Accidenti. Non mi ha dato modo di spiegarle. Non che sia una novità: quando è via per lavoro, mia madre diventa irraggiungibile. È già un miracolo che mi abbia risposto.

Entro in casa e lascio le chiavi sulla mensola accanto all'ingresso. Sento la voce di mio padre provenire dal suo studio. È strano che sia già rientrato, in questo periodo si trattiene in ufficio fino a tardi. Mi domando se potrei parlare con lui di Celeste.

So che è impegnato in una causa difficile. Difende un imprenditore romano, un certo Lucio Barbieri, che pare sia coinvolto in un giro di prostituzione minorile. È un cliente importante, da trattare con i guanti, ma Celeste rimane pur sempre sua figlia.

Raggiungo lo studio. Il battente è socchiuso. Sbircio all'interno. Papà sbraita al cellulare, e va avanti e indietro dietro la scrivania. Dopo il commento di Celeste dell'altro giorno, quando mi ha paragonata a lui, non posso fare a meno di notare certi dettagli. Per esempio adesso mio padre si sta rigirando tra le dita la penna stilografica: poco fa giocherellavo allo stesso modo con le chiavi della macchina, mentre ero al telefono con la mamma.

Dalla smorfia incattivita sul viso di papà, deduco che se la stia prendendo con Gloria, la nuova segretaria. A sentir lui, la peggior stagista che gli sia mai capitato di avere in studio.

Mi spingo gli occhiali sul naso e prendo un lungo respiro.

Ho l'impressione che non sia il momento giusto, ma devo parlargli. Celeste è in sciopero della fame, e non può andare avanti così.

Poso la mano sulla maniglia e apro la porta.

Beatrice mi fronteggia e mi rivolge un miagolio infastidito. Della serie: *Non osare disturbarlo, è impegnato.*

La scosto con il piede e mi intrufolo nello studio.

Mio padre solleva lo sguardo su di me, ma solo per un istante, poi ritorna a occuparsi di Gloria.

«A calci nel culo» ringhia. «Adesso cerco qui a casa, ma se non lo trovo ti rispedisco all'università a calci nel culo. Hai capito?»

Riattacca e si gira verso di me.

«Cosa vuoi?»

«Ti devo parlare.»

«Non ho tempo.» Mi dà le spalle per rivolgersi alla libreria che occupa la parete, dove sono archiviate le pratiche dei clienti. File e file di raccoglitori con la costa colorata. Papà studia le etichette ed estrae un paio di faldoni. Li lascia cadere sulla scrivania con un tonfo.

«Devo parlarti di Celeste» insisto.

«Ti ho detto che non ho tempo.» Sfila altri due faldoni e li impila sopra i primi, accanto al notebook acceso.

Mi schiarisco la gola. «Celeste non sta bene. Non mangia, e non vuole lasciare la casa dei nonni. Ormai sta lì da domenica.»

«È una delle sue solite sbandate» replica papà. «La conosci tua sorella, non ti devo spiegare io com'è fatta.»

«Proprio perché la conosco, non credo affatto che sia una *sbandata*.»

Mio padre passa in rassegna i raccoglitori e si lecca l'indice per sfogliare una serie di pagine dattiloscritte. Legge le prime righe di un foglio. Abbozza un mezzo sorriso. Deve aver trovato il documento che cercava.

E non gli importa di nient'altro. Eppure non credo che il mio tono si possa equivocare: sono preoccupata a morte. Diamine, lui fa l'avvocato, lo intuisce lo stato d'animo delle persone!

Mi sento ribollire. «Papà!»

Lui ha appena sfilato il documento dal raccoglitore. «Ho detto che non ho tempo per queste stronzate. E tre.» Richiude il faldone e ci sbatte sopra il palmo. «Devo lavorare.»

Rimango a bocca aperta. Ma io non sono Celeste, non chino il capo quando papà si altera. E non me ne sto zitta. Non quando ho ragione.

«Celeste non va più a scuola, lo sapevi?» La voce mi trema per la rabbia. «È da lunedì che non ci mette piede. I professori sono preoccupati, può perdere l'anno. Ma sembra che a te non freghi niente.»

Mio padre fa un lungo respiro e distende le spalle. «Stai serena che tua sorella lo sa come la penso.» Rimette i faldoni al loro posto nella libreria. «Lo sa che se perde l'anno ce la spedirò a vivere, nella casa dei nonni. Perché io il mantenuto non l'ho mai fatto, e non lo farà mia figlia.»

«Ma papà, dev'esserle successo...»

«Oh, basta Vera.» Solleva l'indice in un gesto perentorio, che mi mette a tacere. «Non le chiedo la luna, solo di non farsi bocciare. E Celeste lo sa benissimo. Perciò se ne farà una ragione e tornerà a scuola. Che le piaccia o no.»

Si siede sulla poltrona di pelle lucida, e comincia a trascrivere al computer i dati del documento che ha trovato. Una settimana fa gli avrei creduto: Celeste non si sarebbe mai azzardata a sfidare nostro padre continuando a non andare a scuola. Ma oggi, mentre pulivo la finestrella della soffitta, mi sono appoggiata al cuscino di Celeste. Era umido, come se lei avesse pianto per ore.

A mia sorella non fa né caldo né freddo ripetere l'anno. Non le interessa niente del liceo, e ormai neanche più di quello che pensa papà. Le è successo un fatto grave, e ha bisogno d'aiuto.

«Tu non preoccuparti per Celeste» dice mio padre, senza smettere di digitare. «Concentrati sul tuo di rendimento scolastico. All'esame puoi ottenere la lode, e io ne sarei contento. A Celeste daranno il classico calcio in culo e per lei andrà bene così.»

Vorrei ribattere, ma basterebbe mezza parola sbagliata e finiremmo a litigare. È tutto inutile. Serro i pugni. Per la prima volta in vita mia, sono delusa da mio padre.

«Va bene» dico a denti stretti. «Mi farò i fatti miei.»

«Brava.»

Papà mi fa gesto di uscire e di richiudere la porta. Non ce

n'era bisogno, non sarei rimasta qui con lui neanche un minuto di più.

Se i miei genitori sono troppo impegnati per occuparsi di mia sorella, me la caverò da sola.

Affretto il passo, e imbocco le scale per il piano di sopra. Beatrice mi corre tra le gambe mentre salgo i gradini e ci manca poco che mi ammazzi. Gattaccia maledetta!

Ho sprecato fin troppi giorni ad aspettare che Celeste si decidesse a spiegarsi, o che qualcuno si rendesse utile. Speravo che Massimo si sarebbe fatto vivo, o magari qualche amica di mia sorella. Speravo che mamma e papà mi avrebbero aiutato. Non è successo, non importa.

Spalanco la porta della camera di Celeste.

Le fragranze fruttate dei profumi allineati sulla toeletta mi riportano a sabato scorso, quando ero seduta sulla seggiola rosa e Celeste si prodigava a truccarmi. Il suo viso nello specchio era raggiante, il sorriso solare tra le labbra luccicanti di gloss.

Era felice. Sembrava felice. Ma lo era, oppure ho frainteso? Da quanto tempo covava la depressione? C'erano delle tracce, dei dettagli premonitori, e io non li ho colti?

Rovisto nei cassetti della scrivania, tra penne colorate e blocchetti di post-it. Celeste, smemorata com'è, appiccica i foglietti gialli dappertutto, persino in bagno.

Non trovo niente.

Accendo il computer portatile, decorato con adesivi e scritte tracciate con l'Uniposca. Windows mi chiede la password e non la conosco. Ma dubito avrei scoperto chissà che: Celeste non usava quasi mai il suo notebook, al massimo consultava Wikipedia per le ricerche scolastiche.

Mi aggiro per la camera. La perquisisco in maniera sempre più casuale. Scuoto i cuscini, sfoglio i libri di scuola per leggere le note a margine delle pagine, rastrello i pupazzetti sul comodino. Non scovo niente di sospetto. Se Celeste nasconde dei segreti, è stata prudente e non ha lasciato indizi.

Lei non è come me: io i progetti dettagliati su come assassinare Massimo e Lorella li ho in bella vista sul comodino, insieme a una coppia di bamboline vudù che rappresentano i due.

Scherzo. Riguardo le bamboline.

Mi chino a spiare sotto il letto. Colgo una chiazza più scura del resto, in fondo, contro la parete. Allungo il braccio, e le dita scivolano su una superficie liscia e lucida.

Il cellulare di Celeste.

Lo artiglio e lo trascino allo scoperto. Lo metto in carica. Meno di un minuto e ci sarà abbastanza batteria per avviarlo. Mia sorella non si separava mai dallo smartphone, ci viveva in simbiosi. Se lo passo al setaccio, troverò degli indizi, ci scommetto.

Lo schermo si anima.

E appare una maschera dove inserire il pin.

Corrugo la fronte.

Celeste ha messo il pin? E da quando?

Sono stupita. Con lei eravamo d'accordo che ognuna poteva usare il cellulare dell'altra senza problemi. E in più occasioni ho chiamato Paolo con il suo quando il mio era scarico. Quando è stata l'ultima volta? Alcuni mesi fa? All'epoca il pin non c'era, ne sono sicura.

Provo una fitta di delusione. La stessa di quando Massimo mi ha parlato delle pale eoliche o il professor Accorsi ha spiegato che le assenze erano troppe. Celeste mi ha esclusa dalla sua vita. Questa è la verità.

Non si fida di me, e non mi concede il minimo spiraglio per capirla. Ma cosa le ho fatto? Perché mi detesta tanto?

Alla fine non importa. Io non l'abbandono. È nei guai e le darò una mano, che lo voglia o no.

Ripongo il cellulare e vado all'armadio. Sull'anta sono rimasti i segni ingialliti dello scotch che reggeva il poster di Massimo. Quando, sabato scorso, ne ho notato l'assenza, mi era sembrata una circostanza divertente, adesso è inquietante. È chiaro che tra loro due ci sono problemi che non immaginavo neppure.

Esploro il contenuto dell'armadio. Vestiti, borse, scatole di scarpe – piene di scarpe, nessuna sorpresa – e altri vestiti, accessori, e altri abiti ancora che pendono dalle grucce.

Niente di utile, a meno di voler avviare una carriera come fashion blogger. O di voler riesumare il mio vecchio piano diabolico di sostituirmi a mia sorella, per appropriarmi della sua vita cool.

La borsa di Gucci che mi penzola dalla mano cade sul pavimento.

Aspetta un attimo.

Sabato scorso io e Celeste eravamo identiche. Con il giusto trucco, potrei ritornare a essere indistinguibile da lei. Mi basterebbe seguire qualche tutorial su YouTube e non avrei difficoltà a mettermi quel po' di matita o di fondotinta che serve. E poi parliamo di cosmetici, non di fisica nucleare. Persino Lorella Senzacervella riesce a truccarsi. Posso imparare.

Mi volto verso lo specchio sopra la toeletta. Mi tolgo gli occhiali e fisso il mio riflesso sfocato. Se mi truccassi e mi vestissi come Celeste, e indossassi le lenti a contatto, potrei andare a scuola al posto suo. Le risparmierei altre assenze, e comunque io non avrei problemi: ho saltato solo pochi giorni, e in ogni caso i professori non fanno storie quando hai la media del dieci.

Con un pizzico di furbizia, nessuno si accorgerebbe dello scambio.

In più, nei panni di Celeste, potrei indagare in piena libertà.

Potrei incalzare Massimo e costringerlo a confessare che diavolo ha fatto a mia sorella per ridurla in quello stato. Non ci credo che lui non c'entra niente, non ci credo neanche un po'.

Rinforco gli occhiali.

Ma sono seria? A rubare l'identità di Celeste rischio di incasinarle la vita. Io che mi chiamo Vera e mi sono sempre vantata di essere una persona onesta. *Nomen omen.*

Ma Celeste ha bloccato il cellulare e non mi vuole parlare.

E se non vuole uscirne da sola, è lei a non lasciarmi altra scelta.

5

È ufficiale: il trucco è più complicato della fisica nucleare. Almeno al livello necessario per diventare mia sorella.

Per prepararmi al meglio, mi sono alzata alle quattro del mattino. Volevo che il travestimento fosse perfetto: se qualcuno si accorgesse che dietro gli abiti alla moda e il viso impiastricciato di cosmetici ci sono io e non Celeste, la mia fama di Morticia ne sarebbe lesa in maniera irreparabile. In più la gente penserebbe che mi sono rincretinita.

Credevo che svegliarsi ben prima dell'alba mi avrebbe concesso un tempo sufficiente per camuffarmi, dopotutto siamo gemelle. Ce l'ho fatta per il rotto della cuffia.

Prima ho dovuto lisciarmi i capelli. Operazione che ho scoperto essere impossibile senza una doccia preventiva. Tra il lavarmi e il sistemarmi i capelli sono volate via due ore. Due ore! A furia di reggere la piastra, il braccio mi tremava, e rischiavo di farmi venire il tunnel carpale. E come risultato ho ottenuto una chioma appena passabile. Basterebbero due gocce di pioggia per farla arricciare di nuovo.

Superato l'incubo capelli, supponevo che la strada fosse in discesa. Pia illusione!

Truccarsi si è rivelata un'esperienza allucinante. Ho cominciato con lo sbagliare la base due volte: primo tentativo, sembravo una vittima di Chernobyl, ustionata dalle radiazioni; secondo tentativo, pallore stile cadavere, impreziosito da sfumature fosforescenti. Al terzo tentativo, se non altro, assomigliavo a un essere umano.

E poi ho lottato con il fard, e la matita, e il rimmel, e a un certo punto non sapevo più neanche quale fosse la porcheria successiva che dovevo spalmarmi sul viso. E che differenza c'è tra il blush e la terra? E chi si metterebbe mai della terra in faccia, per Diana?

Alle otto meno un quarto mi sono accorta di aver confuso l'eyeliner con la matita per gli occhi, e dalla disperazione stavo per strapparmi i capelli. Non ho proceduto solo perché poi mi sarebbe toccata un'altra seduta di tortura con la piastra.

Ancora una mezz'ora di agonia ed ero pronta. In ritardo, ma pronta.

Osservo la mia immagine riflessa nello specchio sopra la toeletta. La confronto con la foto di Celeste che tengo in mano. È uno scatto dell'estate scorsa, che ho tirato giù dalla parete, dove era appeso. Mia sorella è vestita con una camicetta a quadri rossi e neri annodata in vita, che le lascia scoperto l'ombelico; i primi tre bottoni sono aperti sulla scollatura, in maniera all'apparenza casuale. Gli short jeans scoloriti ad arte le fasciano il sedere, e ai polsi tintinnano una marea di braccialetti colorati.

Ho copiato il suo outfit in ogni dettaglio. Non ne capisco un tubo di moda, e non mi sono arrischiata a paciugare io. Ho solo evitato i sandali con il tacco da quattro centimetri. Quattro centimetri sono tanti! Non avendo intenzione di cadere e spaccarmi il femore, mi sono orientata verso un paio di scarpe da ginnastica. Scelta da fashion criminal? Pazienza.

Mi sfioro l'ombelico, esposto alle intemperie.

Dio mio, perché?

Ho deciso, tra un po' la camicia la snodo. Mi faccio giusto vedere conciata in questo modo un'oretta a scuola per non destare sospetti, e poi me la tiro giù. E fa niente se le amiche di Celeste dovessero crocifiggermi per il gesto.

Prendo un lungo respiro. Coraggio Vera, ce la puoi fare.

Devi solo resistere una mezza giornata, il tempo per parlare con Massimo e inchiodarlo alle sue responsabilità.

Afferro lo zaino ed esco dalla camera di mia sorella.

Scendo dalla macchina in piazza dei Mercanti, a un paio di isolati dal liceo. Non posso lasciarla nel parcheggio della scuola: Celeste prende sempre il motorino e sembrerebbe strano che oggi sia venuta con la mia auto senza di me.

Mi incammino a piedi, a passo svelto. Sulla scalinata davanti alla scuola, sento il tocco di una mano che da dietro mi carezza i capelli. Chiunque tu sia, ti rendi conto di quanto sei deficiente? Hai la minima idea della fatica immane che ho sopportato per sistemarmi i capelli?

«Ehi, Cele!»

Mi volto con l'istinto di prendere a sberle il demente.

Mi ritrovo di fronte il viso di un ragazzo con i capelli bruni e ricci. Il tizio mi sorride allegro, trentadue denti bianchi e perfetti. Questo qui devo averlo già visto da qualche parte. Se non sbaglio è un compagno di Massimo, fa parte della squadra di pallanuoto. Dalla sua espressione è evidente che Celeste, al contrario di me, lo conosce bene.

«Ehi» lo saluto, poco convinta. «Come... va?»

«Alla grande.»

Mi cinge le spalle con il braccio muscoloso, e una fragranza opprimente di bosco mi stuzzica le narici. Ti sei fatto il bagno nel profumo, furbone? Lui mi accompagna su per i gradini senza staccarsi da me, in maniera fin troppo affettuosa. Chissà se Massimo è al corrente che i suoi colleghi si prendono tutte queste confidenze con la sua fidanzata.

«Tu piuttosto che fine hai fatto?» mi chiede il tizio.

«Avevo una brutta bronchite.» Mi tossisco nel pugno. «Un dramma che non ti dico. Catarro ovunque.»

Il tizio continua a sorridermi. Non demorde neppure al cospetto del catarro. «Lo so, quando ti prende male, non puoi fare altro che startene a letto con i piedi al caldo a bere il brodino della nonna.»

«Più o meno.»

Una coppia di ragazze ci salutano. Il tizio ricambia e anch'io alzo la mano e stiracchio un sorriso.

«Senti» riprende lui, «poi ci hai pensato? Ci vieni da Marzio?»

«Eh?»

«Alla festa.» Mette su una faccia da birbante, che evidenzia le fossette sulle guance. «Lo so, lo so, è un moccioso. Ma garantisce alcol e un dj serio. Uno che ha fatto pure delle serate all'Alcatraz di Milano.»

«Ah.»

«Secondo me ne vale la pena. Ci saremo io e gli altri ragazzi. Stiamo insieme, passiamo un sabato diverso dal solito.» Abbassa il viso e mi parla da così vicino che le sue labbra sfiorano le mie. Il suo alito sa di pino. «Mi piacerebbe molto se venissi.»

«Mh. Ci penserò.»

Per fortuna siamo arrivati alla sua classe e il tizio mi molla. Indietreggia e mi fa l'occhiolino. «Non pensarci troppo.» Entra in aula, subito accolto da un gruppetto di amici.

Io ho il cuore che batte a mille, e mi è rimasto il suo profumo addosso. Possibile che tutte le giornate di Celeste inizino così?

A quanto pare sì.

Prima di raggiungere la sua classe, mi salutano almeno venti persone e ricevo una dozzina di inviti a party, rinfreschi ed eventi assortiti. Rispondo a tutti che ci penserò, e sfoggio il mio sorriso di circostanza.

In aula, mi lascio cadere seduta al mio banco, già esausta. Sospiro e schiaffo lo zaino sul ripiano, per tirare fuori i libri di latino. La popolarità è una maledizione, non l'augurerei al mio peggior nemico – giuro che se sento un altro *Ehi, Cele!*, strangolo qualcuno.

«Ehi, Cele.»

Come volevasi dimostrare.

Fulmino con un'occhiataccia la ragazza con i riccioli che mi guarda stranita.

«Quello è il mio posto» pigola lei.

«Ah.»

Sovrappensiero mi sono seduta al *mio* posto, come se fossi nella *mia* aula. Ma qui sono in classe di Celeste, e non ho la minima idea di quale sia il suo banco.

«Scusami» dico. Mi alzo, ed esploro la classe con lo sguardo. Altri compagni di mia sorella mi sorridono per salutarmi.

Vi voglio bene ragazzi, adoro ciascuno di voi, ma qualche anima pietosa saprebbe indicarmi il mio posto?

Potrei rifugiarmi in fondo all'aula e aspettare che si siano accomodati tutti. Oppure potrei cercare degli indizi. Per esempio, su quel banco nella fila centrale c'è il nome di Celeste, scritto con un pennarello rosa confetto.

Eureka!

Mi sistemo lì, e nessuno protesta.

Frugo nello zaino. Certo che sono un genio: ho portato i libri per le materie che avrei *io*. E alla prima ora Celeste non ha latino, le tocca matematica, l'ho letto sul suo diario.

Amen.

Rilasso la schiena contro la sedia. Dovunque mi volti, incrocio facce sorridenti. Avevo sottovalutato la rete di relazioni di Celeste. Come minimo conosce mezza scuola. Vero, ha sempre avuto tanti amici, ma non credevo fosse assillata ogni mattina in questo modo. Mia sorella ha una vita sociale che al confronto Kate Middleton è un'eremita.

Che stress avere tutta questa gente che ti ronza intorno e vuole uscire con te e vuole andare alle feste con te e vuole provarci con te. I maschi sbavano dietro a mia sorella – a momenti avevo paura di scivolare, con tutta quella saliva sul pavimento – e le ragazze le rivolgono occhiatacce tanto viscide che per poco non ci rimanevo invischiata, in quell'invidia appiccicaticcia.

Che la tristezza di Celeste non dipenda solo da Massimo?

«Buongiorno.»

La Galatea si richiude la porta dell'aula alle spalle e va alla cattedra; il rumore secco dei tacchi sottolinea ogni passo. È vestita con un tailleur aderente e una gonna sopra il ginocchio. In mano stringe il registro, tenendolo contro il petto.

Sorride alla classe. Un ghigno che non promette niente di buono.

«Oggi ho preparato una piccola verifica.»

Mormorio generale di scontento.

«Su, su, non dimostratevi i soliti scansafatiche. Sarà un compito veloce, per vedere se avete appreso il programma svolto finora.» La professoressa si siede accavallando le gambe. Sfoglia il registro. «Facciamo l'appello e poi cominciamo.»

Chiama uno a uno i compagni di Celeste. Dal tono compiaciuto, ne deduco che sia felice di vedere la classe gremita. La Galatea dev'essere una che ci gode a far subire a più persone possibile le sue verifiche a sorpresa. Mi stringo nelle spalle. Ognuno si diverte a modo suo. Dal canto mio, farò quanto basta per agguantare la sufficienza, in modo che Celeste non abbia problemi.

«Bene, bene» dice la Galatea, al termine dell'appello. «Se non ricordo male, l'alunna che ha preso il voto più basso nell'ultimo compito è stata Celeste Oliviero.»

Accidenti, mia sorella è la peggiore della classe.

«Vieni Celeste.» La professoressa mi fa cenno di avvicinarmi. «Distribuisci tu i fogli del compito ai tuoi compagni.»

Raccolgo dalla cattedra la pila di fotocopie su cui sono segnati gli esercizi da svolgere.

«Non lo hai ancora capito?» mi riprende la Galatea. «I compiti li devi consegnare voltati, nessuno deve leggere gli esercizi prima che tutti siano pronti a iniziare.» Mi rivolge un sogghigno. «Anche se nel tuo caso non credo che cambi molto se ci dai prima una sbirciatina. O sbaglio?»

Dalle mie spalle arrivano risolini sparsi.

Ho capito bene? La Galatea ha appena insinuato di fronte a tutti che Celeste sia una stupida? Come osa offendere mia sorella?

Serro le dita sui fogli con tanta forza che il plico si piega.

«Su, su, muoviti.» La professoressa mi fa cenno di sbrigarmi e si mette a scarabocchiare sul registro. «Più tempo ci metti a distribuire i compiti, meno ne avrai per lambiccarti il cervello.»

Ingoio il rospo e sfilo tra i banchi, sbattendo una fotocopia su ciascuno. Devo rimanere calma. Non posso risponderle, non posso fare la testa calda. Vera è acida e permalosa, ma Celeste no. Mia sorella è una persona serena, che ribatte agli insulti con il sorriso.

Però adesso Celeste trascorre le sue giornate in una soffitta polverosa a piangere da mattina a sera.

Che sia anche colpa dei professori? Che sia colpa proprio della Galatea?

È evidente che non le piace chi va male nella sua materia, e Celeste non è proprio la prima della classe. Ma mia sorella è una persona sensibile: il suo rapporto con la matematica non migliorerà di certo se la professoressa l'attacca in questo modo a ogni lezione.

Alla fine della processione per l'aula, mi rimangono in mano un paio di fotocopie. Le riporto alla cattedra. «Queste sono degli assenti.»

La professoressa non smette di scrivere. «Certamente.» Fa un gesto seccato con il dorso della mano, come per scacciare una mosca. «Ora torna al tuo posto.»

Non mi ha neanche ringraziata. Che razza di strega.

Detesto che la professoressa tratti in questo modo mia sorella. Non se lo merita.

Sono sempre più tentata di consegnare un compito senza errori, alla faccia della Galatea. Ma sarebbe anche il modo più facile per tradirmi.

«Al mio tre girate i fogli.»

La Galatea si è alzata e si è appoggiata con il sedere al bordo della cattedra. Solleva l'orologio da polso davanti al viso. «Ah, dimenticavo.» Mi cerca con lo sguardo e mi rivolge un sorriso compiaciuto. «Questo compito farà media.»

Ah sì? Vediamo se riesci a calcolarla, la media, dopo che avrò preso un bel dieci.

Impugno la penna.

Quell'arpia della Galatea ci ha rifilato una verifica degna delle elementari. Un insulto alle mie abilità matematiche. E, non contenta, con il suo stupido compito si è mangiata anche una bella fetta di ricreazione.

Così va a finire che non troverò Massimo in tempo.

Mi affretto per i corridoi, incavolata nera. E me lo si deve leggere in faccia: in teoria sarei pure la ragazza più carina e popolare della scuola, ma adesso le persone non mi rivolgono più la parola, e camminano rasente i muri pur di evitarmi.

E fanno bene! Dopo l'esperienza con la Galatea, deve solo presentarsi il prossimo scocciatore, che lo faccio volare via con una testata.

Okay, basta pensare all'arpia. Giungerà il momento di gongolare, ma più in là, quando la professoressa rimarrà sbigottita davanti al mio capolavoro di compito. Avete presente Friedrich Gauss che a nove anni lascia di stucco gli insegnanti sommando in un attimo tutti i numeri da uno a cento? Ecco, la Galatea si troverà di fronte una sorpresina simile. E vediamo se penserà ancora che mia sorella è una somara.

Non vorrei aver esagerato.

No, no, per niente. Nessuno avrà più il coraggio di umiliare Celeste!

E ora, sotto con Massimo. Una chiacchieratina vis-à-vis e gli strappo una confessione con i fiocchi. Premo le mani una contro l'altra, intreccio le dita, e faccio scrocchiare le nocche. Paragonati a me, gli aguzzini della Gestapo erano dei dilettanti.

Peccato che la mia vittima si sia resa irreperibile.

Perlustro i due piani del liceo, le ali laterali, la zona con la segreteria e l'ufficio della preside, faccio un salto in giardino. Massimo non c'è. In preda alla disperazione, sbircio nei bagni dei maschi. Niente, tranne l'odore di fumo.

Mi appoggio al muro, in corridoio, per progettare la prossima mossa.

«Ehi, Cele.»

Mi volto di scatto.

Al mio fianco si materializza Lorella. «Cercavi Massi?»

Mi sorride, e per la prima volta in vita mia vedo una vipera sorridere con sincerità.

«Da che lo hai capito?» chiedo.

Lorella ridacchia coprendosi la bocca con la mano. «Sei entrata persino nei bagni dei ragazzi!»

I boccoli rossi le sfiorano le guance paffute, ma per il resto ha un fisico esile, magrissimo. Dalle maniche del vestitino giallo sbucano delle braccia tanto ossute che distinguo i tendini. Capisco il voler mantenere la linea, ma lei esagera. Ancora un po' e potrebbe partecipare come naufraga al remake di *Cast Away*.

Lorella mi arpiona sottobraccio e mi guarda con aria maliziosa. «A meno che non avessi un appuntamento lì.»

Cosa? Nei bagni dei maschi? Ma che razza di allusioni sono? «Smettila.»

«Scherzavo!» Ride ancora. «Lo so che non tradiresti mai Massimo. Anche se quel Lorenzo della quinta A non è niente male. Ho visto che ti veniva dietro anche oggi.»

«Purtroppo.»

Sono a disagio, e mi viene naturale spingermi gli occhiali sul naso. Solo che non li ho, e così il mio indice scivola sulla pelle liscia. Lorella corruga la fronte e mi lascia il braccio.

«È tutto a posto?» chiede. «Ce l'hai con me?»

Eh? No, figurati! Solo perché ogni santo giorno mi sfotti e mi guardi come se fossi un grumo di sporcizia, non significa che ce l'abbia con te. Ti voglio solo annegare nella lava.

Ma oggi sono Celeste, e Celeste dovrebbe essere in ottimi

rapporti con Lorella. In fondo sono *Best Friend Forever forever*, per citare la scritta in camera di mia sorella. E allora perché Lorella mi chiede se ce l'ho con lei? Forse hanno litigato? Celeste non vuole più andare a scuola dopo aver discusso con la sua migliore amica?

Ho i miei seri dubbi in proposito, ma tanto vale indagare.

Mi stringo nelle spalle. «Perché dovrei avercela con te?»

«Non rispondi più al cellulare» replica Lorella. «E mi sembra che mi eviti.»

«Non dire cavolate» sbuffo. «È solo che lo smartphone mi è caduto nel lavandino domenica scorsa, e non si accende più. Ho provato ad asciugarlo con il phon, ma non funziona lo stesso. Dovrò comprarne uno nuovo.»

«Potevi chiamarmi dal fisso o chiedere in prestito il cellulare a tua sorella. Ho bisogno di una risposta, sai, per quella faccenda...»

«Quale faccenda?»

«Eddai...» Lorella si guarda intorno, come ad assicurarsi che non ci siano nei paraggi orecchie indiscrete. «Te l'ho chiesto una settimana fa. D'accordo che volevi pensarci, ma sabato è domani.»

Allunga la mano, e le sue dita si chiudono sulle mie. «Mi servirebbe proprio sapere se posso contare su di te. Non lasciarmi sola.»

Una richiesta d'aiuto accorata. Di qualunque faccenda si tratti, dev'essere importante, e ho paura che Celeste rimedierebbe una brutta figura se me ne fregassi. Certo, Lorella sembra preoccuparsi solo di se stessa – non si è presa la briga neanche di domandarmi come mai sono sparita da scuola i giorni scorsi – ma se a Celeste sta bene un'amica egoista, è una sua scelta. Io devo solo comportarmi come farebbe lei.

Sospiro. «E va bene. Ci sto.»

«Evviva evviva evviva!» Lorella fa un paio di saltelli sul posto e mi abbraccia, stringe così forte da togliermi il respiro. «Sono troppo felice!»

Beata te.

Lorella si stacca da me solo quando suona la campanella. Altri dieci secondi e crepavo asfissiata.

«Dunque» dice la mia BFFF, «l'appuntamento è per domani pomeriggio alle diciotto davanti al Palazzo dei Duchi Barzini.» Mi punta contro l'indice. «Mi raccomando, puntuale!»

«Sarò un orologio svizzero.»

Tanto se ne occuperà Celeste. Al termine delle mie indagini di oggi avrò scoperto i motivi della sua afflizione, e l'avrò rimessa in sesto.

Almeno spero.

Lorella indietreggia e accenna al fondo del corridoio. «Ora devo tornare in classe. Ho una pallosissima versione di latino.»

«Auguri.»

Lorella mi osserva con espressione dubbiosa. In particolare, indugia sulle mie scarpe da tennis. Ma poi i lineamenti si sciolgono in un altro sorriso e si allontana, la gonna corta dell'abitino che svolazza a ogni passo.

A metà del corridoio si ferma.

Si gira verso di me.

«Ah, dimenticavo! Se cercavi Massi, lascia perdere. Mi ha detto che oggi usciva prima da scuola, ha gli allenamenti. Ma ti passa a prendere alle sette per andare all'Octopus. Dovevo venire anch'io, ma non posso, mi vedo con Luca.»

«Okay, grazie.»

«E comprati un cellulare nuovo!»

Sparisce dietro l'angolo.

Batto il pugno sul palmo dell'altra mano. Perfetto. Stasera è la mia occasione. Uscirò con Massimo camuffata da Celeste, e potrò interrogarlo con tutta calma.

Ho un brivido di aspettativa. Non so che piega prenderanno gli eventi, ma devo riuscire nella mia missione. Se non altro perché ho appena promesso a Lorella che la sua migliore amica domani sarà felice di aiutarla. E io non ho idea di cosa dovrei combinare al Palazzo dei Duchi Barzini. So solo che è un palazzo storico, in cui si organizzano mostre ed eventi mondani. Io non voglio avere a che fare con nessun evento mondano.

Meglio che se la sbrighi Celeste. Per domani sarà di nuovo pimpante e potrà riprendere a gestire la sua vita. E io mi dedicherò alle questioni importanti: i miei disegni tecnici, e salire di livello a *MondoPulcino* insieme a Paolo.

Mi manca. Mi manca giocare e chiacchierare con lui.

Scendo le scale a testa bassa, diretta all'aula di mia sorella.

Urto la spalla di un ragazzo che sta salendo.

«Scusami» dico. «Non ti avevo...»

Sono finita proprio contro Paolo. Come al solito il mio migliore amico ha i capelli rossi spettinati, e una spilla di *Star Wars* – il muso peloso di Chewbecca – appuntata sulla maglietta.

Gli sorrido. «Ciao.»

Sto per aggiungere *giovane Padawan*, ma mi mordo la lingua. Io sono Celeste, sono la personificazione della coolness, non ne so niente di *Guerre stellari*, né so che razza di animale sia un *Padawan*.

Paolo non mi saluta. Sposta il peso del corpo da un piede all'altro, in imbarazzo, e tiene gli occhi fissi sui gradini. Socchiude le labbra, come se stesse per dire qualcosa, ma poi scuote la testa.

«Non fa niente» mormora. «Scusami tu.»

Riparte su per le scale, lasciandomi lì impalata.

Che gli sarà preso? Possibile che abbia subodorato lo scambio di identità?

No, non ha avuto neppure il coraggio di guardarmi in faccia. Sembrava un giovane Vulcaniano beccato a provare emozioni umane. Forse mi ha riconosciuta dalla voce. Ma ne dubito, io e Celeste abbiamo lo stesso accento. Certo, ci esprimiamo in maniera differente, ma da un semplice *Ciao* non si può dedurre niente.

A Paolo non ho parlato del mio piano di sostituirmi a Celeste. Lo conosco, e avrebbe reagito male. Lui è contrario su tutta la linea che io frequenti gente come Massimo e Lorella, e non importa che sia in incognito.

Anche se lo avessi convinto che la mia è una buona idea, avrebbe insistito per accompagnarmi, mandando a monte i miei progetti. Paolo agisce in buona fede, per proteggermi, ma non posso andare a un appuntamento con il fidanzato di mia sorella portandomi dietro lui!

Sarebbe come incontrare il Joker che gira a braccetto con Lois Lane: tutti sospetterebbero che non si tratti della vera Lois, ma di un sotterfugio malvagio di Harley Quinn. Uhm, un ottimo esempio. Lo sfrutterò per giustificarmi con Paolo a questione risolta. Non potrà arrabbiarsi se cito l'universo DC Comics!

Sollevo il viso verso la cima delle scale. Paolo è svanito al piano di sopra. Chissà prima cosa voleva dirmi – cosa voleva dire a Celeste. È probabile che fosse in imbarazzo perché non trovava le parole adatte. Sorrido tra me e me. Paolo è super sensibile, e a Celeste farà piacere avere persone come lui accanto, quando tornerà a scuola.

6

La prospettiva di uscire con il fidanzato di Celeste mi mette in ansia, più di quanto voglia ammettere. Massimo l'ho sempre evitato. Sempre. Tra noi due non c'è mai stato altro se non commenti al vetriolo e disprezzo reciproco. Lui è il pallanuotista senza cervello, e io la sorella acida e sfigata della sua ragazza. Punto.

Ma stasera sarà diverso. Stasera io sarò Celeste.

E ho paura che il mio travestimento si sfaldi di fronte a Massimo.

Sospiro e ricontrollo allo specchio l'outfit che ho scelto. Stavolta ho imitato l'abbigliamento di Celeste per una festa di compleanno di non so più quale amica. Tubino nero impreziosito da una sottile collana d'argento e sandali bassi. Scosto la seggiola rosa, indietreggio di un passo e mi paragono alla foto che ho in mano. Può andare.

Metto giù la foto e mi accorgo che ho le dita gelate e i palmi sudati.

Dovrei essere solo contenta di interrogare Massimo – il fidanzato di mia sorella rimane il sospettato numero uno – ma sono a disagio. Mi mordicchio il pollice. Da un certo punto di vista, non è proprio un gesto carino nei confronti di Celeste spacciarmi per lei e andare a un appuntamento insieme alla persona che ama.

Ma non ho scelta.

Questo pomeriggio sono passata a trovarla, ed era ancora rannicchiata a letto. Per il quinto giorno di fila. Anche oggi non ha voluto parlare con me, e il cuscino era umido di pianto. Sembrava persino infastidita che fossi venuta. Forse ha timore che riferisca come sta a nostro padre, e che lui la obblighi con la forza a tornare a casa.

E magari sarò costretta ad agire così. Celeste non mangia. Stavolta ha schifato la pizza, e il cibo dei giorni scorsi è rimasto lì a marcire sul comodino. Sono spaventata. Ho paura che si voglia lasciare morire.

Santo cielo, non posso pensarci.

Se domani insiste con lo sciopero della fame, altro che papà, io chiamo un'ambulanza.

Ma spero di avere delle risposte per domani. Dovessi strangolare Massimo finché non confessa.

Lo strombazzare di un clacson richiama la mia attenzione. Mi affaccio alla finestra. L'auto di Massimo è parcheggiata in strada, oltre il cancello.

Ci siamo, è il momento della verità.

Mentre scendo le scale, lo smartphone trilla. Apro la pochette – se non sbaglio è il nome tecnico di questa borsetta per gnomi, tanto piccina che ci ho infilato a fatica il cellulare – e controllo i messaggi che ho ricevuto.

Ce ne sono due di Paolo. Mi chiede se stasera passo a casa sua a collaudare il visore per la realtà virtuale.

Accidenti, me ne ero scordata.

Sono mesi che aspettava che gli arrivasse, dev'essere al settimo cielo. Nelle scorse settimane mi avrà fatto vedere ottocento video su YouTube di gente terrorizzata dai videogiochi horror in VR. Ne ha già scaricati diversi che vorrebbe provare con me.

Mi aveva accennato che la consegna dell'aggeggio era prevista per oggi. Ma con quello che è successo a Celeste, me ne sono dimenticata.

Sfioro lo schermo del cellulare.

Che gli racconto?

Lo immagino in piedi al centro del salotto, un controller per mano, e il casco con il visore che gli copre tutta la testa. Si dimena come un forsennato per difendersi dagli zombie che solo lui può vedere. Io riderei come una matta, e gli farei un sacco di filmati con il cellulare.

Dovrei stare con lui, sono la sua unica amica. E Paolo si deprime quando è solo.

Ma non posso. Celeste sta male, ed è mio dovere aiutarla.

Con il cuore pesante, scrivo a Paolo che ho un terribile dolore allo stomaco, e non è il caso di affrontare giochi horror.

La sua risposta arriva subito.

Non la leggo, o sarei divorata dai sensi di colpa. Detesto mentire al mio migliore amico.

Prima di uscire di casa, spengo tutte le luci. Mio padre è ancora in ufficio, anche stasera farà molto tardi. Non che avessi timore di incrociarlo: considerato l'interesse che dimostra nei confronti di Celeste, dubito che si sarebbe accorto dello scambio.

Cammino rapida lungo il vialetto di ghiaia. Il cellulare si anima di nuovo. Un altro messaggio di Paolo. Sospiro e clicco sul suo nome.

RIGUARDATI, MI RACCOMANDO. E SMETTILA DI PROGETTARE OMICIDI DI MASSA, TI FA VENIRE L'ACIDITÀ DI STOMACO. ^_^

E poi:

NON TI PREOCCUPARE SE STASERA STAI POCO BENE. ABBIAMO SEMPRE LA MATTINATA VIDEOGIOCHI DI DOMENICA! ASPETTO A PROVARE IL VR QUANDO CI SEI ANCHE TU.

Oddio, ha già atteso *mesi* per provare la realtà virtuale, e vuole aspettare ancora solo per me? Deve sentirsi davvero solo... Mi sento uno schifo.

Ma non ho il tempo di fargli cambiare idea: il rumore della portiera che si apre mi fa sollevare la testa. Massimo sta scendendo dall'auto; indossa un paio di jeans e una camicia a maniche corte, scura, aderente al petto allenato.

Mi si avvicina, e io mi preparo a rispondere per le rime ai suoi commenti derisori.

Massimo si ferma di fronte a me.

Senza spiccicare parola, allunga le mani e me le posa sui fianchi.

Brutto porco!

Il suo viso si sporge verso il mio.

Massimo mi bacia.

Rimango con gli occhi spalancati. Le sue labbra sono morbide, soffici, cremose. Una crema bollente, appena uscita dal forno.

Sigillo la bocca. Il bacio di Massimo è delicato, un bacio di saluto. Ma lo stesso tengo le mie labbra serrate finché lui non si stacca, il cuore che mi pulsa nelle orecchie.

Massimo mi fissa negli occhi. Senza sorridere.

Si è comportato in maniera disinvolta, ma percepisco che è teso, come se si aspettasse una reazione brusca da parte mia. Credevo che il più fico della scuola, l'uomo che non deve chiedere mai, fosse più sicuro di sé.

«Mi sono preoccupato» dice, e la sua voce ha una nota malinconica. «Tua sorella è piombata a casa mia domenica scorsa, e mi ha aggredito. Sembrava un'invasata. Ha minacciato di staccarmi la testa. A morsi.»

«Io, cioè lei...»

«Mi ha detto che sei tornata a casa in lacrime, e voleva sapere che ti avevo fatto.»

Deglutisco. Anche le mani di Massimo sono roventi, e tutto questo calore mi confonde. Gli prendo i polsi, e mi libero dalla sua presa. Con un gesto misurato, elegante, degno della vera Celeste.

Massimo serra i denti. «Stavolta me lo dici che ti è successo?»

Stavolta? Dalla sua domanda sembrerebbe che sia *normale* per Celeste scoppiare a piangere di punto in bianco. E lui non c'entrerebbe niente. Vedremo, vedremo.

«I giorni scorsi ho avuto la bronchite.» Mi tossisco sul palmo. E tossisco e tossisco. Sono soddisfatta solo quando ho la gola secca. «Sarebbe meglio che non mi stessi troppo attaccato, stasera. Secondo il dottore è molto contagiosa.»

Lui monta in macchina, al posto di guida. «Non avevo dubbi.»

Una frase lapidaria che fa il paio con l'atteggiamento di prima. Come se Massimo si aspettasse che Celeste voglia tenerlo a distanza.

Salgo anch'io, al suo fianco.

Il fidanzato di mia sorella apre il vano portaoggetti. «Ti ho portato questo.»

Mi offre un cellulare. È un modello di alcuni anni fa, con ancora il tastierino fisico. Lo prendo dalle sue mani e me lo rigiro tra le dita. La scocca argentata è segnata da un paio di graffi, ma per il resto sembra a posto.

«È il vecchio cellulare di mia madre» spiega Massimo. «L'ho

provato, funziona ancora. Ho pensato che potesse esserti utile. Lorella mi ha detto che hai rotto il tuo.»

Annuisco. «Grazie.»

«Non c'è di che.» Massimo mette in moto l'auto. «Sembri stupita.»

«No, cioè... È che è un gesto... un gesto carino. Solo questo.»

«È un gesto egoista.» Massimo afferra il volante, gli occhi rivolti alla strada. «Già ci vediamo poco, almeno così possiamo sentirci al telefono.»

Sono esterrefatta. Ero convinta che Celeste uscisse con lui un giorno sì e l'altro pure.

«Allacciati la cintura» mi ordina Massimo. Ingrana la marcia e partiamo, diretti verso il sole al tramonto.

Il venerdì sera, a Borgobianco, il sole tramonta al centro commerciale. Le scale mobili ci conducono al secondo piano, e facciamo il nostro ingresso all'Octopus.

È un pub affascinante, con i suoi tubi al neon color rosso cupo che, se osservati da vicino, si scopre sono i tentacoli di un kraken che occupa l'intero locale. La testa del mostro si erge dietro il bancone, tra le bottiglie dei liquori. Gli occhi sono due lampade che illuminano i volti dei ragazzi appollaiati sugli sgabelli. Un dettaglio divertente.

Il posto non è malaccio, magari piacerebbe anche a Paolo, se non fosse frequentato dalla gente che lui odia. Se devo trovarci un difetto, forse l'atmosfera è un filo troppo dark, ma capisco l'attrazione che i miei coetanei hanno per le ombre: nella semioscurità si sentono liberi, e credono di poter fare ciò che vogliono.

E, a quanto pare, ciò che vogliono è fissarmi. Tutti mi guardano. Con ammirazione, con invidia, con la chiara intenzione di portarmi a letto. Essere al centro dell'attenzione non è che sia proprio gradevole. Come ti muovi, tutti ti osservano.

I ragazzi della squadra di pallanuoto hanno unito tre tavolini, e si sono assiepati in un angolo della sala. Hanno già ordinato lo spumante – un paio di bottiglie, adagiate nei cestelli pieni di ghiaccio – e fanno un brindisi dopo l'altro, tra pacche sulle spalle e gran risate.

Stanno festeggiando. Che cosa, non ne ho la più pallida idea. Non seguo la pallanuoto, non ne conosco le regole, e non so neanche quale sia il nome della squadra di Massimo e soci. Tantomeno se hanno vinto il... boh, il torneo-che-si-vince-giocando-a-pallanuoto. Forse avrei dovuto documentarmi.

Ci avviciniamo e un paio di ragazzi si schiodano dalle sedie per lasciarci il posto.

«Eccola qui la sexy infermierina» biascica un ragazzo. «Che se ne sta a casa da scuola e non frequenta più gli amici.»

Anche al buio lo riconosco: è il tipo riccio che mi ha carezzato i capelli stamattina. Mi viene incontro a braccia spalancate. In una mano tiene un bicchiere di plastica da cui spuntano fogline di menta – un mojito? – e nell'altra un calice di spumante.

Lorella aveva chiamato l'ubriacone Lorenzo. E, secondo lei, questo tipo fa il filo a Celeste da un sacco di tempo.

Lorenzo tenta di abbracciarmi, e mi sottraggo. Lui accenna a riprovarci, ma Massimo lo incenerisce con un'occhiata di fuoco, le vene lungo il collo gonfie, come se già si preparasse a menarlo.

Il furbone barcolla. «Bisogna festeggiare la sexy infermierina! Bisogna festeggiare che sei sana e salva.»

«Al massimo sono la sexy malaticcia, non la sexy infermiera» lo correggo e mi passo il dito sulla radice del naso. Per spingermi su gli occhiali che non ho.

Lorenzo non fa una piega. «Come vuoi!»

Butta giù in un sorso il suo spumante e ricade seduto.

Mi accomodo anch'io, in mezzo ai ragazzi che scherzano e si divertono. Devo ammettere che non sono antipatici, solo ho il sospetto che il livello della conversazione rimarrà sempre bassissimo.

Massimo non si siede accanto a me, e questa è una disdetta. Non potrò mai interrogarlo se stiamo distanti e in mezzo alla folla. E sono sempre più in ansia: non ci vorrà molto prima che uno dei presenti decida di chiacchierare con me. E io che gli rispondo? Sono del tutto ignorante riguardo il mondo di Celeste.

Prendo un lungo respiro. La strategia sarà questa: non appena il pallanuotista di turno si volterà verso di me con intenzioni deprecabili, io mi girerò dall'altra parte, fingendo di essere occupata.

Adocchio la bottiglia di spumante. E magari, se bevo un po', il piano filerà liscio.

Allungo la mano verso il vino, ma Lorenzo mi precede. Acchiappa lo spumante e mi riempie il bicchiere fino all'orlo. Mi incoraggia a tracannare con un sorrisone ebete, i riccioli da adone greco così lunghi che gli sfiorano il naso dritto.

Sospiro. Questo qui è proprio cotto di Celeste.

«E a me? Non mi saluti?»

Qualcuno mi ha posato la mano sulla spalla. Inclino il viso verso l'alto.

Due occhi verdi, allungati, mi guardano da sopra.

Giuliano.

Lui prende una sedia, e la incastra di fianco alla mia.

Accidenti!

«Senti, poi hai parlato con tua sorella?» mi chiede.

A che proposito? Non so niente!

«Non c'è stata occasione» mi invento. «Nostro padre le sta sul collo perché vuole che ottenga il massimo dei voti alla maturità. Vera passa tutto il giorno a studiare chiusa in camera. In pratica non la vedo più.»

Giuliano sbuffa.

«Cavolo.» Si appoggia con il gomito al tavolino. «Ci dovrei parlare io. Dopotutto è colpa mia se ci è rimasta male sabato scorso.»

Senti senti... Inclino la testa per studiare la sua espressione.

«Hai ragione» dico, il tono serio. «Ci è rimasta malissimo.»

Lui sta per replicare, ma fa capolino la cameriera con i taglieri straripanti di stuzzichini. I ragazzi si fiondano sul cibo. Si affannano per procacciarsi prima dei colleghi le fette di focaccia salata alle olive o i crostini spalmati di pâté di fegato. Sono così voraci che pare non mangino da giorni. Solo Giuliano non stacca gli occhi da me, in attesa che si attenui il casino per riprendere il discorso.

Be', può aspettare ancora un po'. Non mi sono dimenticata le parole *carine* che ha avuto per Paolo, e medito di fargliela pagare.

Sgranocchio con calma un paio di tartine con le acciughe e una pizzetta al prosciutto, innaffiando lo spuntino con lo spumante. Niente male queste entrée.

«Sai, sei stato un vero deficiente a parlare male di Paolo davanti a lei.» Sbocconcello un'altra tartina, questa volta salmone e robiola. «Te lo avevo spiegato che sono migliori amici.»

«Sì, d'accordo.» Giuliano si passa la mano tra i capelli corvini in un gesto stressato. «Ma mi ha dato fastidio il pensiero che stesse lì a scrivere a quel tipo mentre eravamo insieme. Non sono riuscito a trattenermi.»

Per poco il boccone non mi va di traverso. Attacco subito un'altra tartina. Per non scoppiare a ridere.

Giuliano sarebbe geloso? Geloso di *Paolo*? Cielo, quanto mi piacerebbe dirlo al mio amico!

Bevo il vino e mi sbafo altri stuzzichini. Mi torna in mente l'appuntamento in gelateria. Quando mi ritrovo con Giuliano, per una ragione o per l'altra, finisco sempre per ingozzarmi.

«Per favore, Cele» insiste lui. La sua mano mi tocca il polso. «Diglielo a tua sorella che è stato solo un commento cretino, senza cattiveria. Mi conosci. Ho esagerato perché lei mi interessa sul serio.»

Non solo Giuliano mi ha incastrato in una conversazione che avrei evitato volentieri, ma in più dobbiamo discutere di *me*. Della gemella sfigata.

Sfilo via la mano da sotto la sua. Non mi rimane altra via di scampo se non buttare giù altre pizzette. Non si può parlare con la bocca piena.

«Vieni a farti una sigaretta?» dice una voce alle mie spalle.

Massimo si sporge verso di me.

Dunque Celeste fuma. L'ennesimo dettaglio che non conoscevo.

Ma che bella abitudine le ha insegnato Massimo.

«Ho smesso» rispondo secca.

«E da quando?»

«Da adesso.» Lo fisso con aria di sfida. «E anche tu dovresti. Sei uno sportivo, e il fumo rovina il fiato.»

Massimo contrae la mascella. «Se hai deciso di litigare anche stasera, io non ci sto.»

«Non c'è bisogno di arrabbiarsi» interviene Giuliano.

Il fidanzato di mia sorella si volta verso di lui. Lo squadra con cattiveria, e di nuovo ho l'impressione che sia pronto alla rissa. No, a Massimo non piace per niente che il suo migliore amico sia così in confidenza con Celeste.

I due si guardano in cagnesco, poi Massimo scuote la testa.

«Fai come preferisci» mi dice, e si avvia verso la porta a vetri che dà sul terrazzo del locale.

Qui si mette male. Sto sbagliando su tutta la linea. Mi sono divertita a provocare Massimo senza neanche rendermi conto che fumare fuori dal pub era un'ottima opportunità per parlare noi due soli.

Scosto la sedia.

«Dove vai?» mi chiede Giuliano.

«Esco con lui.»

«Aspetta...»

Lo ignoro e inseguo Massimo.

Lo trovo appoggiato con i gomiti alla ringhiera.

Gli tiro la camicia e lui si volta.

«Cosa vuoi?» dice, togliendosi la sigaretta spenta dalle labbra.

È sulla difensiva, come prima, in macchina. Come se avesse paura di compiere il gesto sbagliato, e di subirne le conseguenze. Vederlo così vulnerabile mi fa riconsiderare il mio atteggiamento.

«Scusami» mormoro.

Scusami è una parola che non mi sarei mai neanche sognata di pronunciare di fronte a Massimo. Ma stasera era dovuta.

Lui rimane in silenzio. I suoi occhi castani hanno una luce intensa, che non avevo mai notato. Mi sento strana ad ammirare il suo viso sullo sfondo delle stelle. Forse non dovevo bere lo spumante, o forse non ne ho bevuto abbastanza.

Massimo scuote la testa. «Non importa. Ormai sono abituato ai tuoi sbalzi d'umore. Ed è meglio essere trattati così che essere ignorati. Quindi mi sta bene.»

Mi dà le spalle, e china il viso. Mi accosto a lui, le braccia incrociate sulla balaustra, il mento sui polsi. Sotto di noi, i lampioni che punteggiano il parcheggio del centro commerciale fanno scintillare le carrozzerie delle auto. Oltre lo spiazzo di cemento, sorgono le ultime case di Borgobianco. Più in là si susseguono le colline e, sulla loro cresta, si innalzano gli steli metallici delle pale eoliche.

Il paesino dei nonni non è lontano, è appena dopo le colline.

Mi immagino Celeste raggomitolata nel letto sfatto, a piangere, e anch'io devo trattenere le lacrime.

Ma non devo abbattermi. E devo sfruttare l'occasione per torchiare Massimo. Solo che non so più da che parte cominciare.

Un rumore di passi mi distrae.

Io e Massimo ci giriamo.

Giuliano regge un piatto di plastica colmo di stuzzichini e una bottiglia di spumante. «Offerta di pace.»

Massimo studia il rivale. Poi tira fuori dai jeans il pacchetto di sigarette e ci rinfila dentro quella che aveva in mano. Pesca dal piatto di Giuliano una tartina e la azzanna. Agguanta il collo della bottiglia e beve a canna.

La porge all'amico.

Beve anche lui, e accenna a passarmela.

Ma la mia espressione disgustata lo fa desistere.

«Però» dice, rivolto a Massimo, «mi devi spiegare una buona volta perché ce l'hai con me.»

«Lo sai benissimo.»

«No, per *niente.*»

I due si fronteggiano.

«Per il tuo bene, lascia perdere» ribatte Massimo.

«Altrimenti?»

«Che noia!» sbotto.

Massimo e Giuliano mi scrutano perplessi. Mi sono comportata da stupida: ho la netta impressione che Celeste non si sarebbe mai immischiata nel litigio tra di loro. Forse non ci avrebbe neanche fatto caso, lei dev'essere abituata a vedersi contesa tra i ragazzi della squadra.

Ma a me certe scenate infantili danno fastidio. Tra l'altro non vorrei fosse davvero per causa mia. Magari Celeste *non* è così in confidenza con Giuliano, e io gli ho dato troppa corda. Non voglio che mia sorella passi per una che mette zizzania.

«Sentite» dico. «Se volete darvele, accomodatevi pure. Ma io credevo che fossimo qui per festeggiare. Ho passato una settimana d'inferno con il mal di gola e la febbre, e stasera voglio solo rilassarmi. Perciò...» Mi prendo una pizzetta e le do un morso. «... o state buoni, o chiamo un taxi e me ne torno a casa.»

Celeste non farebbe mai commenti del genere. O forse sì. Tanto ormai è assodato che non la conosco bene quanto credevo.

Giuliano abbozza un mezzo sorriso. «Sì, è inutile litigare.» Offre per la seconda volta la bottiglia a Massimo. «A posto?»

Il fidanzato di mia sorella rimane impassibile. «A posto.»

Ma dal tono gelido intuisco che si tratta solo di una tregua.

Massimo ha ancora i muscoli tesi, come se fosse sempre disposto a prendere a pugni il mondo intero per difendere la sua ragazza.

È uno di quelli che spaccherebbe le ossa alle stelle, per tirarle giù dal firmamento e farne una collana da donare al proprio amore. O che domerebbe un unicorno per te, pur di farti felice. O qualcosa del genere.

È uno sbruffone, ma mi ha intenerita. Non è un ragazzo che trascorre la serata a farsi gli affari suoi e si ricorda di te solo quando vuole trascinarti a letto. Anzi, tra Massimo e Celeste, forse è proprio lui il sentimentale della coppia.

Ingoio un'altra tartina. Non ha neanche fumato la sigaretta, solo perché gli ho detto io di non... «Etciù!» Accidenti, ho mangiato troppo!

«E... e...» Circondo il naso con le dita. «Etciù!»

Starnutisco ancora, e ancora, e ancora, senza riuscire a fermarmi.

Reflusso Gastrico, che tu sia maledetto!

«Tutto bene?» Massimo mi viene in soccorso con un fazzoletto di carta.

Annuisco, le guance arrossate per gli starnuti.

Mi ripulisco il naso. La crisi sembra superata.

Ma adesso sul viso di Giuliano è sbocciata un'espressione incuriosita.

Accidenti! Accidenti, accidenti!

Massimo mi passa il braccio intorno alle spalle. «Rientriamo, che stai prendendo freddo. Se hai una ricaduta, finisce che sparisci per un'altra settimana.»

Sfiliamo di fianco a Giuliano e io schivo il suo sguardo indagatore.

All'interno del pub, il braccio di Massimo scende a cingermi la vita, e glielo lascio fare. Con la coda dell'occhio colgo Giuliano che rientra anche lui. Va al bancone del bar. Sembra tranquillo. Forse i miei starnuti non lo hanno insospettito come credevo.

Mi chiedo quali siano i suoi veri rapporti con Celeste. È interessato a lei? Magari la storia di organizzare un appuntamento con me, e chiedere consigli su come conquistarmi, era solo una scusa per passare del tempo con mia sorella...

Massimo mi riporta ai tavolini della squadra. La compagnia è cresciuta, i pallanuotisti si sono moltiplicati – si saranno aggiunte le riserve? In quanti si gioca a pallanuoto? – e sono comparse anche delle ragazze. Il clima rimane allegro, anche se continua a sfuggirmi il motivo del festeggiamento.

Non è che invece di una vittoria in piscina, è il compleanno di tizio o caio? Se è così, spero che Celeste mi perdonerà se le faccio fare la figura della maleducata non porgendo gli auguri a nessuno.

Drizzo le orecchie per carpire la verità dalle chiacchiere del gruppo. Ma ne cavo solo che tra poco l'allegra combriccola si trasferirà in discoteca. Io credo proprio che accamperò una scusa e mi farò riaccompagnare a casa.

Arriva altra gente. Saluto le new entry con un sorriso o con un bacino sulla guancia. Terminati i convenevoli, mi ritrovo faccia a faccia con una ragazza che sfoggia un abitino color oro cortissimo, e delle scarpe con tacchi vertiginosi.

Gioventù bruciata da Instagram.

La tipa ha un volto familiare. Quel nasino all'insù, quella fossetta sul mento... Dove l'ho incontrata?

«Ciao» mi saluta.

Ahia, Celeste la conosce.

Mi chino per scoccarle un bacino sulla guancia – anche senza tacchi, sono più alta di lei.

La tipa accosta la bocca al mio orecchio. «Attenta quando chini la testa, la corona potrebbe caderti nella ciotola dei croccantini.»

E poi ridacchia, rivolta alle amichette dietro di lei.

Le parole erano appena sussurrate, ma le ho capite fin troppo bene. Questa tizia ha appena dato della cagna a mia sorella.

«Aspetta un po'.»

Lei ha mormorato, io parlo a voce alta.

«Che cos'è che mi hai detto?» Mi indico l'orecchio. «Ho paura di non aver sentito bene.»

La ragazza fa spallucce. «Ho solo detto che devi stare attenta. Devi coprirti bene. Non vorremmo che ti ammalassi di nuovo, solo perché ti piace metterti in mostra.»

Fissa l'orlo del mio vestito, dove sfiora le cosce.

I ragazzi ridono e commentano il mio outfit. Ne deduco che sia normale per questa tappetta prendersela con Celeste. E ne deduco che mia sorella non reagisce, come al solito sopportando con il sorriso.

Ma io non ci sto.

«Ehi, nanerottola.» Accenno al suo, di abitino. «Pensa a quanto sei coperta tu. Se fossi mia figlia ti chiuderei in casa. E la ciotola dei croccantini te l'avrei messa in cameretta, vicino al biberon.»

Domanda al volo: da uno a dieci, quanto bene ho imitato Celeste stasera? Sono buona e mi elargisco un tre. Meno meno. Ma i pallanuotisti sono spiriti semplici, e alla mia battuta reagiscono con una standing ovation e cori da stadio. Solo Giuliano rimane composto, a spiarmi sorseggiando lo spumante.

Massimo mi viene incontro e si piazza tra me e la nana, impedendo che il battibecco degeneri in un match di wrestling al femminile.

«Accompagnami a casa» taglio corto.

«Subito, padrona.» Il tono è ironico, ma anche divertito.

Il fidanzato di mia sorella mi sorride. Stasera è la prima volta che lo fa.

Deve aver gradito il mio scatto di carattere.

Salutiamo in fretta – io sono attenta a tenermi alla larga da Giuliano – e usciamo dall'Octopus. Fuori, nel parcheggio, Massimo mi passa di nuovo il braccio intorno alle spalle, come se mi volesse proteggere dal freddo. E dagli scocciatori.

Un gesto che sono sicura Celeste apprezzerebbe, specie dopo una settimana di lacrime e di disperazione.

Studio il volto del suo fidanzato. Quando è rilassato, i suoi occhi scuri, profondi, trasmettono calma. Il sorriso gli è rimasto stampato sulle labbra, appare *estasiato* di tenermi appiccicata a sé.

Di tenere Celeste appiccicata a sé.

Non sono riuscita a interrogarlo, ma sospetto che tanto sarebbe inutile. Massimo non farebbe del male a mia sorella. Almeno non di proposito.

«Lo so che è stata Simona a provocarti» dice lui, camminando al mio fianco verso la macchina. «E so che non è per niente gentile con te. Per non dire che non ti sopporta.»

Simona. Ecco come si chiama la nanerottola.

«Però...» riprende Massimo. «Insomma, non ti avevo mai vista così decisa. Hai tirato fuori gli artigli.» Sospira. «E mi piace. Ma, per favore, quando si tratta di mia sorella, non esagerare.»

Sua sorel... lo *sapevo* che dovevo starmene zitta!

Mi lascio cadere sul mio letto di schiena, a peso morto. Le bollicine dello spumante mi frizzano ancora nel cervello, e l'adrenalina mi scorre nel sangue. Non mi sono svestita, anche se il tubino mi strizza e le scarpe mi tormentano i piedi. Sono esausta, ma al tempo stesso sveglissima.

La serata si è rivelata più stressante di una maratona a *MondoPulcino* online. Se mi figuro l'esame di maturità, al confronto mi sembra una passeggiata di salute.

Sono confusa, con la testa piena di immagini che si accavallano tra loro stile caleidoscopio. Un carosello di visi illuminati dal neon rosso del pub. E il viso di Massimo. La sua espressione delusa quando sono scesa dalla sua macchina, poco fa, e l'ho salutato senza neanche concedergli il bacio della buonanotte.

Tutta questa faticaccia, e non ho scoperto niente. Ho combinato solo pasticci. E ho insultato la sorella del fidanzato di Celeste. Anche se siamo tutti d'accordo che se lo meritava: dopotutto ha cominciato lei offendendo la mia, di sorella.

Che disastro...

Sospiro, le spalle adagiate sul materasso morbido.

La casa è immersa nel silenzio. Mio padre è già andato a dormire, o non è rientrato proprio. Non ho controllato, ma non sarebbe la prima volta che trascorre la notte allo studio.

Dalla finestra penetra il profumo dei gelsomini. Sul davanzale, la sagoma nera di Beatrice si staglia contro la luna, simile alla gattina di Sailor Moon. Se la gattina di Sailor Moon fosse una creatura demoniaca.

Mi perdo a seguire i ghirigori che le ombre disegnano sul soffitto.

Non ho risolto un bel niente.

Massimo e i suoi compagni di squadra si sono dimostrati fin troppo carini con Celeste. Sono dolci – solo un tantino appiccicaticci – e premurosi. Mi scostavano la sedia quando volevo accomodarmi, mi porgevano da bere se Massimo non guardava e, quando li ho salutati, in cinque si sono offerti di riaccompagnarmi a casa.

Nessuno aveva un atteggiamento ostile.

Tranne quella cretina della sorella di Massimo. Chissà che diavolo vuole Simona da me – pardon, da Celeste.

Recupero il mio smartphone dalla pochette e lo appoggio sul comodino. Se il cellulare di Celeste non avesse il pin, sarebbe il punto di partenza ideale per nuove indagini. Forse potrei coinvolgere Paolo. Lui è uno smanettone doc. Se esiste un sistema per aggirare il blocco, lui lo conosce.

Tanto ormai sono ben al di là del bene e del male: mi sono finta Celeste per un giorno intero e, spacciandomi per lei, ho combinato casini a destra e a sinistra; se anche sbircio nel suo smartphone, aggiungo solo un reato minore alla lista dei miei crimini.

E mi tocca camuffarmi da lei anche domani, almeno per fare presenza a scuola...

Oh, no!

Mi do una manata sulla fronte.

Domani è il giorno dell'appuntamento con Lorella.

E io sono del tutto all'oscuro di quello che il destino ha in serbo per me al Palazzo dei Duchi.

7

Ho dato la parola di Celeste, ho dato la parola di Celeste, ho dato la parola di Celeste... Questa è la litania che mi ripeto nella testa, mentre cammino a passo spedito verso il Palazzo dei Duchi Barzini. Ho dato la parola di Celeste, ma mi sono scervellata tutta la mattina a scuola per inventare una scusa credibile ed evitarmi l'incontro con Lorella.

Non mi è venuto in mente niente che non suonasse come un pretesto, e non voglio far fare una brutta figura a Celeste. Non un'altra dopo i casini di ieri sera. Dunque, eccomi qui, a scarpinare sotto il sole, ché sono già in ritardo – ma dubito che Lorella abbia convocato una riunione tra capi di stato per discutere della crisi in Corea del Nord; anche se non arrivo puntuale non morirà nessuno.

E poi è un ritardo giustificato: ero a raccogliere le ciliegie.

Dopo la scuola, sono andata a far visita a Celeste, e nella casa dei nonni non c'era. Il letto era ancora tiepido, ma lei era sparita. Lì per lì mi sono spaventata, ma mi è bastato fare due passi in paese per trovarla. Era appena oltre le case, lungo il torrente, con un cestello di vimini in mano.

Staccava i frutti dai rami di un ciliegio cresciuto sulla riva del corso d'acqua. Mia sorella era del solito umore tetro, ma lo stesso mi è scoppiato il cuore di felicità a vederla fuori da quella dannata soffitta. E le ciliegie che coglieva, le assaggiava anche.

L'ho aiutata, e abbiamo persino scambiato qualche battuta. Più che altro ho parlato io: dei videogiochi horror che proverò con Paolo, della breve telefonata con la mamma e del clima già estivo. Mi sono trattenuta dal tempestarla di domande per non rovinare l'atmosfera.

Celeste rispondeva laconica, sovrappensiero, lo sguardo rapito dalle radici contorte dell'albero, che spuntavano fuori dall'acqua. Dopo un po', mi ha rivolto un sorriso timido, e si è seduta sulla sponda del torrente. Non mi ascoltava più, concentrata sul fruscio della corrente e sul frinire degli insetti.

È dimagrita ancora, me ne sono accorta quando allungava le braccia per cogliere i frutti. Non le ha mai avute tanto sottili, neanche ai tempi delle medie, quando Lorella l'aveva coinvolta nella sua dieta balorda. E comincia a essere debole, per questo dopo poco si è dovuta sedere.

Se non l'avessi vista mangiare qualche ciliegia, avrei chiamato l'ospedale.

Tiro fuori dalla borsetta il cellulare che mi ha regalato Massimo. Accidenti, mezz'ora di ritardo! Ma, sollevando il viso, mi accorgo che ormai ci siamo.

La facciata di marmo bianco del Palazzo si innalza poco lontano. Prima di uscire, ho letto la pagina relativa su Wikipedia. Il Palazzo, la cui costruzione è iniziata nel Sedicesimo secolo ed è proseguita per un bel pezzo, appartiene a una delle famiglie più nobili della zona. È pieno come un uovo di roba antica di valore, e da qualche anno è a disposizione del comune: Anna Barzini, l'ultima erede dei Duchi Barzini, non aveva più i soldi per pagarci le tasse, e lo ha reso patrimonio storico della città.

Specie in primavera, vi si organizzano eventi di vario tipo.

A cui io non ho la minima intenzione di partecipare.

«Finalmente!» mi accoglie la voce di Lorella.

La migliore amica di Celeste mi viene incontro. I suoi occhi indugiano sul cellulare che ho in mano. «Ecco perché mi hai detto di non mandarti più messaggi WhatsApp ma solo sms...»

Mi stringo nelle spalle. «Non è vecchio, è vintage.»

«Non fa niente, l'importante è che sei qui. Cominciavo a pensare che non venissi più.» Mi scruta in viso. «Ma ti sei truccata al buio?»

Due ore ci ho messo per camuffarmi da Celeste. Due ore buttate, perché evidentemente non riesco a superare un esame ravvicinato.

Lorella mi prende per il polso. «Tanto il trucco te lo avrebbero rifatto comunque. Adesso sbrighiamoci.»

Mi trascina verso l'enorme portone di legno del Palazzo, ornato con borchie e intarsi di metallo lucido. Sulle ante campeggiano i musi di due leoni, le fauci serrate su due massicci anelli dorati. In mezzo, tra le due bestie, un gruppetto di ragazze.

Non mi sembra di averle mai viste ma, se Lorella le conosce, forse ha solo organizzato un'uscita tra amiche. Sarebbe un bel sollievo.

Solo che in mezzo alle tipe – che avranno tutte più o meno la mia stessa età – spicca una signora con i capelli ingrigiti. La bocca minuscola messa in risalto dal rossetto contribuisce a un'espressione incarognita, degna della Galatea o dell'aguzzina di Heidi, la signorina Rottenmeier.

La presenza della nazista esclude la scampagnata tra amiche. In che guaio mi sono cacciata?

La signorina Rottenmeier consulta il suo orologio da polso,

e mi lancia un'occhiata di fastidio. Poi impugna la penna e fa un segno di spunta su un foglio. «Bene, ci siamo tutte.»

Lorella batte le mani. «Uau! Si comincia!»

La Rottenmeier ci fa strada oltre il portone socchiuso. Io e le altre ragazze ci accodiamo.

Lorella zampetta accanto a me. Accenna alla Rottenmeier, a capo della comitiva. «Lo sai che la signora Gruber è una truccatrice professionista?» mi sussurra. «Mia madre l'ha ingaggiata perché voleva un trucco diverso per ogni ragazza, che si sposasse con l'abito.»

«Fantastico.»

Ho un vago ricordo di una conversazione di mesi fa con Celeste durante la quale lei mi raccontava che va spesso a comprarsi i vestiti nel negozio della madre di Lorella. Io non ci sono mai stata: è un posto di lusso, che vende solo abiti firmati. E a me fa ribrezzo il concetto di buttare palate di soldi per il privilegio di avere un logo famoso stampigliato sul tessuto. Specie se non hai amiche con cui vantartene.

Superato l'androne, saliamo una scalinata. Lungo le pareti si susseguono affreschi mastodontici, tanto che le figure dipinte sono a grandezza naturale. Si alternano scene bucoliche, con gente nuda che si rotola nei prati o che sbocconcella delle mele, a scene di caccia, con i cervi che sembrano fuggire fuori dai muri per venirti addosso.

Svoltiamo a destra, e sbuchiamo in una sala con il soffitto altissimo, da far concorrenza alle navate di una cattedrale. Il mobilio è scarno, ma le decorazioni barocche sulle gambe dei tavolini e delle sedie mi ricordano Versailles. Non mi stupirei se, da dietro l'angolo, spuntasse fischiettando Luigi XVI, la corona di traverso sulla testa e un martello da fabbro in mano.

La signorina Rottenmeier si blocca sull'uscio che dà sulla

sala successiva, e le ragazze si accalcano intorno a lei. Drizzo le orecchie e tengo gli occhi ben aperti, per carpire ogni indizio.

Devo ammettere che sono un gruppo di ragazze carine, più carine della media. Sono tutte magre, slanciate, vestite alla moda. Curiosa per Borgobianco questa concentrazione di glamour.

«Senti, Lore.» Una biondina prende Lorella a braccetto. «Posso farti una domanda?»

«Certo.»

«Quanti modelli indosseremo? Dico, ciascuna di noi quante volte sfilerà?»

«Mmm...» La migliore amica di mia sorella si arriccia un boccolo rosso intorno all'indice, lo sguardo pensoso. «Mi sembra che mia madre voglia presentare tutti i modelli della nuova collezione... una ventina di outfit in tutto. Noi siamo una quindicina, perciò uno a testa. Ma a Celeste e qualche altra toccheranno due abiti.»

Il mio cuore salta un battito.

Devo aver capito male.

Dio, fa' che abbia capito male.

Ma quando la signorina Rottenmeier ci scorta nella sala seguente, mi rendo conto di aver capito benissimo.

Almeno un centinaio di sedie coperte da broccato rosso sono disposte ai lati di una passerella rialzata, che assomiglia in maniera atroce alle passerelle che si vedono nei servizi tv dedicati all'alta moda.

Come diavolo ho fatto a immischiarmi in un orrore simile? È una stramaledettissima sfilata di moda, quella a cui mi ha invitata Lorella! Mi piglierei a sberle da sola.

Camminiamo a fianco della passerella, e noto un paio di tizi che armeggiano con i treppiedi, su cui sono avvitate le macchine da presa. Gli obbiettivi lucidi mi fanno più paura degli occhi di Shelob, il ragno gigante de *Il Signore degli Anelli*. Ci mancavano giusto i fotografi!

Così, quando inciamperò, e cadrò, e per la disperazione mi verrà da vomitare il pranzo, sarà tutto immortalato. E a farne le spese sarà mia sorella Celeste. Per colpa mia, sarà protagonista del filmato più imbarazzante del secolo. E se finirà su Internet, a scuola la prenderanno in giro tutti.

Al termine della passerella, la sala è chiusa da una serie di drappeggi viola, e immagino che lì dietro ci siano le quinte, con i camerini per le modelle.

Do un'ultima occhiata alla passerella. La vedo minacciosa quanto un serpente. Se dovessi cadere giù dall'anaconda, non solo mi spaccherei una gamba, ma rischierei di travolgere gli spettatori seduti in prima fila.

E sul fatto di ruzzolare non ho dubbi: io i tacchi non li ho mai portati in vita mia. Mai.

Voglio morire.

Qui, adesso, tranquilla. Non rompendomi la testa a una sfilata di moda. Non dopo aver rovinato l'immagine di mia sorella!

Scosto le tende viola con le mani che mi tremano.

Le ragazze sciamano nella zona camerini e si accomodano davanti ai piccoli tavoli muniti di specchio, pronte per la sessione di trucco. Lorella mi agguanta, e mi sistema al mio posto. Sedendomi, mi sento le gambe molli come budini. Ma, se non ci fosse lei, sarei già scappata.

«Ragazze.»

Una signora vestita con un abito azzurro emerge da una porta laterale e si piazza al centro dei camerini. Si sbraccia, per richiamare l'attenzione di tutte, sorridendo entusiasta. I riccioli rossi uniti al naso un po' troppo affilato mi fanno sospettare che sia la madre di Lorella.

Ma la donna è più alta, e con un viso più raffinato di quello della figlia.

«Prima di tutto vi ringrazio per aver accettato di sfilare per me» esordisce. «Come sapete, proporrò la nuova collezione estiva del mio negozio. Sono abiti freschi, per ragazze che vogliono divertirsi senza rinunciare all'eleganza. Quindi siate spigliate e spontanee.»

Le ragazze le sorridono, trasudando spigliatezza e spontaneità da tutti i pori.

«Lorella mi assicura che avete tutte esperienza nel settore» continua la signora. «Perciò non mi preoccupo che mi facciate fare brutte figure.»

Ci fa l'occhiolino, e le modelle rispondono con risolini e versetti di finto imbarazzo.

Peccato che la mia *esperienza nel settore* si riduca ai servizi del telegiornale durante le settimane della moda a Milano. E anche quei servizi durano due minuti!

La madre di Lorella passa a illustrare l'ordine di uscita dei capi, e legge l'elenco delle modelle, associando a ciascuna l'abito o gli abiti che dovrà valorizzare. Per mia immensa gioia, io sarò la star dell'evento, e dovrò sfilare *tre* volte. E tutte e tre le volte indossando delle scarpe con tacchi vertiginosi, che metterebbero in difficoltà un trampoliere.

L'unico vantaggio è che sarò l'ultima a calcare la passerella, dopo ogni giro di modelle. Ma, agitata come sono, dubito che imparerò qualcosa di utile osservando le altre che sfileranno prima di me.

Artiglio i braccioli della sedia.

Sono pronta a schizzare in piedi, fulminata da un mal di stomaco che ha tutti i crismi della peritonite, quando la signorina Rottenmeier mi afferra il mento.

«Il tuo è un trucco molto complesso» mi dice in tono severo. «Rimani immobile.»

Le sue dita mi stritolano la mascella in una morsa d'acciaio e non oso contraddirla. Stende la base sul mio viso, poi si dedica alle sopracciglia e alle labbra. Nello specchio intercetto il suo sguardo crudele, e ho timore persino a respirare. Mi sento come se fossi dal dentista.

La Rottenmeier impugna un pennellino, lo immerge in un barattolo pieno di una sostanza pastosa color nero pece – i tutorial su YouTube tacevano in proposito – e me la spalma intorno agli occhi.

«Ah, Celeste» dice la voce della madre di Lorella, dietro di me.

Nel riflesso colgo le sue mani che mi sfiorano le spalle. Le unghie sono smaltate dello stesso colore dell'abito, e sono incrostate di brillantini che sfavillano come cristalli Swarovski.

«Grazie davvero di essere venuta» dice. «Quando Lorella ha minacciato di dare forfait perché si vergognava, l'unica soluzione che mi è venuta in mente è stata di invitare anche te, per darle coraggio.»

Si china per sussurrarmi all'orecchio. «Ci tenevo tanto che Lorella partecipasse a questo evento. È importante per rilanciare il negozio e, senza di te, non avrebbe mai accettato di sfilare. Lo sai anche tu com'è sempre in imbarazzo.» Le mani della donna mi stringono le spalle. «Non come te.»

Lorella vivrebbe nell'imbarazzo? E da quando? Ma siamo sicure che ci riferiamo tutte e due alla stessa persona?

La signora si volta, e con la coda dell'occhio noto che la figlia è in piedi poco più in là. Ride contenta mentre un'assistente le porge i bracciali che completeranno il suo outfit.

«A dirla tutta» continua la signora, «Lorella non avrebbe

neanche il fisico adatto per indossare l'abito che le ho assegnato. Ma il pubblico avrebbe reagito male se non avessi fatto sfilare anche lei. Perciò un vestito dovevo trovarglielo. Non è stato facile con il corpo sproporzionato che si ritrova.»

Ma... ma che razza di vipera!

Riesce a farmi provare pietà per Lorella.

Sto per ribattere, ma mi mordo la lingua. Non sono Vera, sono Celeste, e me lo devo ficcare nella mia zucca vuota una volta per tutte. Lo stesso sono a disagio a starmene zitta, mi sento complice di una vigliaccata ad ascoltare una madre che denigra la figlia.

In più il tono della donna era di malcelata soddisfazione. Come se le facesse piacere, in fondo, che la figlia non sia bella quanto Celeste, e magari non è bella quanto lo era la signora da giovane. La madre di Lorella mi guarda come se si riconoscesse in me e invece, quando sparla della figlia, sembra che si riferisca al brutto anatroccolo.

Tutt'a un tratto mi rendo conto che non dev'essere facile per Lorella subire una visione simile.

La signora raddrizza la schiena. «Appena puoi, passa in negozio. Ho pronto un regalo per ringraziarti di oggi. Una borsa della collezione estiva. E poi vorrei parlarti con calma di quell'offerta...»

Ah, la famosa offerta! Quella di cui non so niente di niente perché non sono Celeste e non ti ho mai vista in vita mia! Mi chiudo nel mio silenzio frutto dell'ignoranza, e la madre di Lorella lo interpreta come se non avessi voglia di discutere della sua proposta.

«... be', tu pensaci, fare la top model potrebbe essere il tuo futuro. E ti garantisco che è una carriera fantastica.» Mi rivolge un cenno di saluto. «Ancora grazie infinite. E in bocca al lupo!»

Vorrei risponderle che rifiuto seduta stante – non permetterò mai a mia sorella di entrare in un mondo pieno di gente come lei – ma la signorina Rottenmeier mi immobilizza il capo in una nuova posizione e non posso aprire bocca. Mi rassegno a subire altre offese alla mia povera faccia.

Da dietro le tende viola, sale di intensità il brusio delle voci. Mi sembra di essere a teatro, poco prima che cominci lo spettacolo. E lo spettacolo sono *io*. Pur impegnandomi, non mi viene in mente una situazione più tremenda: di là c'è mezzo Borgobianco che aspetta di acclamare Celeste, e invece salterò fuori io. E io sì che sono un brutto anatroccolo.

Che Dio me la mandi buona. L'unica cosa che conta è non far fare brutte figure a mia sorella.

La Rottenmeier borbotta a proposito di recuperare la piastra per capelli, ché i miei sono un disastro, e si allontana. Tiro un sospiro di sollievo, e ne approfitto per guardarmi intorno: le ragazze si sono trasformate in fate dei boschi, i visi che brillano per i lustrini che decorano loro gli occhi. Il trucco fa sembrare che indossino delle maschere veneziane.

Come sarò ridotta io?

Conto fino a tre e mi affido allo specchio.

Una fascia di piume nere mi attraversa il viso all'altezza degli occhi, accesi da un velo di bianco. Due punti di luce nell'oscurità della maschera. Per dipingermi il volto, la nazista si dev'essere ispirata a *Il cigno nero*.

E devo ammettere che è una maschera bellissima. La truccatrice sapeva il fatto suo, e questo trucco nero mi rispecchia persino. Un po'.

«Oh, no!»

Lorella è in piedi accanto alle tende, e ne ha scostata una per sbirciare oltre. Una lama di luce le illumina il viso. Anche il suo trucco richiama una maschera, una sorta di farfalla realizzata con una marea di brillantini gialli che si intona all'abito corto dello stesso colore.

«C'è qualcosa che non va?» le chiede una tizia che somiglia a un'elfa.

«Ci sono tutti!» La voce di Lorella suona disperata, quasi isterica.

Lei si gira, mi individua, e marcia verso di me.

«Si può sapere perché lo hai fatto?» mi urla contro.

«Fatto cosa?»

«Ti avevo *pregato* di non dire in giro della sfilata...» Gli occhi di Lorella si riempiono di lacrime. «C'era bisogno di invitare tutta la scuola?»

È sul punto di scoppiare a piangere. Dopo il discorso della madre, ho capito che Lorella ha la fobia del pubblico. L'ho sempre detestata, ma a vederla ridotta in questo stato mi fa pena. In più non voglio che Celeste passi per la cattiva di turno, anche se non ho la minima idea di chi abbia invitato chi.

«Io non ho chiamato nessuno» dico con tono calmo.

«Come no, come no!» La voce di Lorella si incrina. «C'è anche Massimo. È *ovvio* che sei stata tu!»

Massimo? Lui che ci fa qui?

«Sono stata io a invitarli, tesoro.» La madre di Lorella affianca la figlia. Le posa la mano sulla schiena, fasciata dal busto del vestito. «Ho solo telefonato a qualche tua amica. Credevo che ti avrebbe fatto piacere ricevere un po' di supporto.»

Lorella si sottrae al tocco della madre con un gesto brusco e si allontana.

La donna sospira, la fronte corrugata. «In certe occasioni mi vergogno di lei.»

«Se Lorella non voleva che venissero i nostri compagni di scuola, lei non avrebbe dovuto invitarli» ribatto a muso duro.

La signora sgrana gli occhi. Non dev'essere abituata a una Celeste battagliera.

«Ma da quando mi dai del lei?»

Accidenti!

Per fortuna arriva qualcuno a salvarmi: un tizio addobbato da elettricista fa capolino dalla tenda. «Le luci sono a posto e si sono accomodati tutti» dice, rivolto alla madre di Lorella.

Lei annuisce e raggiunge il tizio. Confabulano tra loro.

La signorina Rottenmeier ha appena finito di lisciarmi i capelli. La musica oltre i drappeggi è salita di volume e ha soffocato il chiacchiericcio del pubblico. Le prime modelle sono già pronte in fila per uscire sulla passerella.

Un'assistente mi mostra il primo abito che dovrò indossare. È un vestito da sera aderente, della stessa sfumatura di nero della mia maschera. La gonna sopra il ginocchio è di seta, con l'orlo a onda. Una cintura di raso stringe la vita, il busto è fasciato da una stoffa simile al velluto. Il petto viene evidenziato da due coppe stilizzate disegnate sul tessuto; le spalline mettono in risalto la linea delle scapole. Un nastrino sul quale spicca un teschio di brillanti decora il collo.

Indosso l'abito e mi ammiro nello specchio. Il vestito cade a pennello sulle mie forme, come se il sarto mi avesse preso le misure. Sono sempre Morticia, ma in versione extra lusso by Versace.

La madre di Lorella sarà pure una vipera, ma ha buon gusto.

Provo un paio di passi, e la gonna mi carezza le gambe. È così soffice e leggera che sembra il pelo folto di Beatrice quando si strofina contro di me per trarmi in inganno e convincermi che non è un demone.

«E queste sono le scarpe.»

L'assistente poggia sul pavimento davanti a me un paio di scarpe nere da legare alla caviglia con nastrini sottilissimi. I tacchi sembrano più alti del vocabolario di latino. Messo in verticale.

Le calzature mi osservano con la stessa intensità di due cobra che stanno per ingurgitare la povera preda.

«Sei... sei sicura che siano proprio queste?» chiedo alla tipa. «Nessun errore?»

«Certo che sono sicura.» Mi guarda storto. «Dai muoviti, ché tra poco esce Lorella e poi tocca a te.»

Sospiro e, per allacciarmi le scarpe, mi lascio cadere sulla sedia dove mi hanno truccata. La madre di Lorella mi fulmina con un'occhiataccia. Forse così rischio di spiegazzare la gonna.

Sai quanto me ne importa.

Mi alzo e mi avvicino alla tenda.

Lorella è impalata lì accanto, nell'abitino giallo che somiglia a quello che sfoggiava a scuola ieri. Le unghie raspano sul drappo viola che separa la passerella dai camerini, le dita che le tremano. È scossa peggio di una foglia sbatacchiata dal vento. È più terrorizzata di me.

Le sfioro il fianco. «Andrà benone. Vedrai che sarai bravissima e che piacerai a tutti.»

Lorella sospira, e spia oltre il tendaggio.

«Speriamo» dice. «Cristina e le altre sono venute apposta per prendermi in giro, lo so. Si sono pure messe in prima fila per godersi meglio lo spettacolo.»

Mi indica una tizia spaparanzata ai margini della passerella. Non conosco questa Cristina, né le altre arrivate solo per sfottere, ma non dubito che siano delle iene: tra loro spicca Simona, la sorella di Massimo. La simpaticona che ha dato della cagna a Celeste.

A risentire nella testa la voce di quella cretina mi ribolle il sangue.

Se è destino che prenda una storta e caschi giù dalla passerella, mi impegnerò per precipitare su di lei. Poco, ma sicuro.

«Non so se ce la faccio. Non voglio più sfilare.» Lorella prende a mordersi le unghie. Le ombre nette della zona camerini delineano ancora di più la sua magrezza. E la sua espressione smarrita mi ricorda quella di Celeste quando è scappata di casa in lacrime.

«Preferisci che esca prima io?» propongo.

Lorella ha un'opinione così elevata di Celeste da accettare il ruolo di modella solo perché mia sorella fa altrettanto: se fosse testimone di come vinco la paura del palcoscenico, potrebbe calmarsi e superare le sue ansie.

In fondo mi fa tenerezza, sembra una vittima di tutto questo sistema. La voglio aiutare.

«Non lo so» ripete lei. Si tormenta il pollice. Si volta verso la madre, impegnata ad aggiustare l'abito lungo di un'altra modella, si gira di nuovo verso la passerella, guarda me.

«Mia madre aveva programmato l'ordine degli outfit con un significato preciso...»

«Sono vestiti.» Mi stringo nelle spalle e le sorrido. «Che significato possono avere dei vestiti, se non coprirti quando hai freddo?»

Lorella ridacchia.

«Dai, vado io» decido. «E tu basta che mi imiti. Fregatene del pubblico.»

La ragazza che doveva sfilare prima di Lorella rientra dietro le quinte.

Tocca a me.

Mi sento come Cesare che attraversa il Rubicone. O come quando, da bambina, mi affacciavo dal trampolino in piscina.

Alea iacta est.

Spalanco le tende ed esco fuori.

La sala è al buio, tranne per i riflettori che concentrano i loro aloni baluginanti sulla passerella. Al limite del mio campo visivo sbocciano i flash dei fotografi, e davanti a me la gente solleva i cellulari per filmare Celeste.

Strizzo gli occhi per abituarli alla penombra e azzardo un paio di passi. Il rumore secco dei tacchi rimbomba nel vuoto, come se avessi percosso un tamburo. Attacca la musica, e io raddrizzo la schiena. Cerco di proseguire dritta, imitando l'andatura delle modelle che mi hanno preceduta.

Devo percorrere l'intera passerella quattro volte. Andata e ritorno, andata e ritorno. Ce la posso fare.

Sono concentrata allo spasimo, e procedo bene.

Lorella, impara dalla tua amica sicura di sé!

Arrivo al culmine della passerella.

Ora la giravolta... La punta di una scarpa si incrocia con il tacco dell'altra.

Barcollo e distendo le braccia per mantenere l'equilibrio, i capelli che mi piovono sugli occhi. Mi fermo in bilico, la schiena piegata.

La buona notizia: non sono caduta. La cattiva notizia: più che un cigno nero, devo sembrare uno spaventapasseri.

La musica si affievolisce. E sono travolta dalle risate del pubblico. Le iene in prima fila si stanno sbellicando. Cristina, Simona e la combriccola delle deficienti sghignazzano piegate in due dal divertimento.

Io potevo sfasciarmi una gamba, e loro ridono.

Medito di sfilarmi le scarpe e tirarle dritte sulla testa di Simona. Tanto ormai il danno è fatto. Se continuerò a combinare questi casini mentre impersono Celeste, a scuola mia sorella non ci vorrà più tornare di sicuro.

Ma non darò mai a certa gente così cattiva come Simona la soddisfazione di vedermi crollare.

Mi piego e mi slaccio i nastrini delle scarpe. Me le tolgo, senza badare ai commenti del pubblico, o ai versi delle iene.

Mi ritiro su, come se niente fosse. Come se avessi passeggiato per le stradine di un borgo in Costa Smeralda e, giunta alla spiaggia, fossi stufa dei tacchi. Ah, in questa giornata di sole, voglio sentire la sabbia calda tra le dita dei piedi!

L'importante è crederci e agire con nonchalance.

Infilo i tacchi nel nastro che fa da cintura al vestito e proseguo scalza con le scarpe appese lì.

A metà della passerella, l'uomo barbuto dietro la console fa ripartire la musica.

A passo sicuro, con il sorriso sulle labbra, arrivo in fondo alla passerella. Girandomi, aggancio le scarpe con indice e medio e, con un movimento aggraziato, me le butto in spalla, come se fossero un giacchetto.

La seconda passerella la percorro così.

Rientrando, saluto il pubblico con un cenno del capo.

E scoppia un applauso. Prima discreto, poi sempre più accalorato. Anche Massimo, in piedi in fondo alla sala, sorride senza staccarmi gli occhi di dosso e batte le mani. Non so se le persone siano elettrizzate dalla mia performance sopra le righe, o dall'abito, o se si tratti solo di un gesto caritatevole. Il punto fondamentale è che Simona e socie sono rimaste con un palmo di naso. Dedico loro un sorriso soddisfatto.

Appena supero i tendaggi viola per rientrare nei camerini, il sorriso mi si congela sulle labbra.

«Sei sempre la solita!» ringhia la madre di Lorella, accusando la figlia. «Mi infliggi una delusione dopo l'altra. Lo sapevo che non dovevo fidarmi di te. Ma ti sembra possibile che ti rifiuti di sfilare così, all'ultimo?»

«M-mi dispiace» balbetta Lorella, che ora si è fatta piccola piccola.

«Sei solo capace di farmi fare figuracce. Ma lo sai o no che io alla tua età ero sulle passerelle di Parigi? E tu non sei neanche in grado di sfilare davanti a quattro burini di provincia!»

Lorella si copre la faccia con le mani. Tra i singhiozzi mormora una sequela di *scusa, scusa, scusa*. Scappa via, imboccando la porta laterale.

La madre scuote la testa.

Poi si accorge della mia presenza. «E anche tu, si può sapere che t'è preso?»

La ignoro e mi rimetto al volo le mie scarpe da ginnastica. Corro dietro a Lorella.

Mi sento in colpissima.

Lorella era distrutta, ed è anche per causa mia. Volevo fare la splendida, ma con la mia goffaggine sono riuscita a traumatizzarla ancora di più. Così non ha voluto più sfilare e si è dovuta sorbire la ramanzina della madre.

8

Tallono Lorella per i corridoi del Palazzo, e la vedo che si intrufola nel bagno riservato alle signore. La trovo seduta sul copriwater, la testa china, le dita infilate tra i riccioli rossi.

Si è accartocciata su se stessa, e l'unico segno di vita sono le spalle rachitiche, che sobbalzano a ogni accesso di pianto. Di nuovo mi ricorda Celeste, rannicchiata nel letto sfatto.

Lorella toglie la mano dai capelli per strappare un paio di pezzi di carta igienica. La pelle alla base di indice e medio è marchiata da due segni rossi. Li riconosco, te li lasciano i denti quando ti ficchi le dita in gola per indurti il vomito. Li riconosco perché li aveva anche Celeste, alle medie, ai tempi dei suoi problemi alimentari. Problemi che Lorella non deve aver mai superato.

«Sono proprio una stupida» singhiozza. Si strofina le guance con la carta igienica per asciugarle, ma non fa altro che sbavare il trucco e spalmarsi i brillantini gialli fino al mento. «Non dovevo promettere a mia madre che avrei sfilato. Mi avrebbero preso tutte per il culo...»

Come risponderebbe Celeste? La rassicurerebbe che va tutto bene, che è ancora in tempo per uscire sulla passerella e per riappacificarsi con la madre. Le direbbe che ha un fisico bellissimo, e che non ha niente di cui vergognarsi.

Ma io no. Io non le direi queste cose. E per un attimo voglio mettere via la parte che sto interpretando, per essere onesta.

Annuisco. «Sì, hai fatto una grandissima stupidaggine.»

Lorella alza il viso su di me. Non si aspettava che confermassi il suo giudizio su se stessa.

«È da stupidi accettare di fare una cosa che non ti va» le dico.

Mi accovaccio davanti a lei, la gonna del vestito che fruscia sul pavimento del bagno, e la fisso negli occhi. «Se ti fa piacere aiutare tua madre alle sfilate, okay. Ma se devi starci così male, lascia perdere. Senza contare che la vita della modella non è che sia poi tutto questo splendore.»

Lorella tira su con il naso. «Era la vita di mia madre.»

«Non avevo dubbi. Guarda come si è inacidita!»

Lei accenna un mezzo sorriso. «Non eri così. Sei diventata schietta.»

«Ci sono nata.»

«Vorrei essere come te.»

Allungo la mano e prendo la sua. Le distendo le dita, cerchiate dalle impronte dei denti. «Visto che è la sera dell'onestà, ti voglio dire che sei carina, ma con qualche chilo in più staresti anche meglio.»

Lorella si divincola, e nasconde le dita. «Come hai capito che...»

«Gli stessi segni li aveva anche mia sorel...»

Chiudo di scatto la bocca, ma è troppo tardi. Ho parlato d'istinto e mi sono tradita.

Lorella mi scruta in viso. Non ha più lo sguardo triste, è perplessa e incuriosita.

Mi tiro su per sfuggire a quell'esame ravvicinato. Lorella mi imita, il suo naso che sfiora il mio.

«Ma...» Mi fissa dalla testa ai piedi. «Ma tu sei...»

Ha capito. Ha capito che non sono Celeste. Devo escogitare subito una scusa plausibile per giustificare lo scambio di persona. Sto per inventarmi che gli alieni ci hanno messo lo zampino, quando bussano alla porta del bagno.

«Siete qui? Celeste?»

È la voce di Massimo! Accidenti!

«Ma tu non sei Celeste» mormora Lorella. «Sei Ver...»

Le tappo la bocca con il palmo prima che possa pronunciare il mio nome invano. Scuoto la testa e la imploro con gli occhi di non opporsi.

«Ho fatto un salto nei camerini» continua Massimo, «e mi hanno detto che sei scappata insieme a Lorella.»

«Sì, circa» dico a voce alta, rivolta al battente accostato. «Entra pure.»

Massimo compare sull'uscio e io sfilo via la mano dal viso di Lorella. «Non devi dare retta a quella gente» le dico, per sviare il discorso. «Cristina e le altre ti prendono in giro solo perché ti invidiano. Perché sono costrette a elemosinare i vestiti dal negozio di tua madre. La loro opinione vale meno di zero, non devi piangere per colpa di un branco di cretine.»

«Ha ragione Celeste» mi sostiene Massimo.

«O-okay» dice Lorella. Rimane impalata stile stoccafisso a guardarmi.

Anche Massimo mi scruta, ma i suoi occhi sono privi di malizia. È incantato ad ammirarmi, a contemplare la maschera di piume sul mio volto. Quando distoglie lo sguardo, sembra che abbia dovuto compiere uno sforzo.

«Come stai?» chiede a Lorella. «Nei camerini non mi hanno spiegato bene, ma se te la sei presa per quella scema di Cristina non devi, d'accordo?»

Lorella si studia le braccia magre abbandonate lungo il corpo. Mi guarda e guarda Massimo. Annuisce.

Dio, fa' che non gli dica davvero chi sono.

Il fidanzato di mia sorella fa un passo avanti e abbraccia Lorella. Così alto e muscoloso rispetto a lei, è un gigante che abbraccia una bimba. Lei sparisce tra le sue membra, il petto contro la camicia viola di lui.

La dolcezza con cui Massimo stringe Lorella, con cui le scompiglia i riccioli carezzandole il capo, me lo fa vedere in una luce nuova. Per la prima volta, capisco che è bello davvero.

«Una tigre non si preoccupa di quello che pensano le pecore» dice. Si stacca da Lorella e accenna a me. «Guarda lei, è salita sul palco con la grazia di una Tartaruga Ninja, e ti sembra che stia piangendo?»

«Si chiama passerella» lo correggo. «Il palco è dove vai a cantare.»

Massimo mi fa la linguaccia tra i denti candidi. Un gesto infantile, ma super carino nella circostanza. È incredibile, oggi mi suscita persino simpatia. Ma solo oggi.

«In ogni caso, non ha senso starsene in bagno a frignare» continua lui. Sfiora il mento di Lorella. «Io e i ragazzi della squadra ci siamo rotti della sfilata, visto che le modelle migliori se ne sono andate. Pensavamo di comprarci qualche birra e organizzare una festicciola a casa mia. Venite?»

«Non lo so» risponde Lorella.

«Vieni a divertirti» insiste Massimo. «Ti distrai un po'. La gente, là nella sala, non ti merita. Sono persone superficiali che non ne capiscono un tubo di moda, né si rendono conto di quanto impegno ci metti.»

Mi stupisce l'atteggiamento maturo e protettivo di Massimo. Se tratta in questo modo Celeste, mi sfugge quali problemi possano avere. E poi basta che io – che Celeste – gli regali uno sguardo, o l'accenno di un sorriso, e lui diviene radioso, l'uomo più felice del mondo.

Come se mia sorella non gli dedicasse neanche queste attenzioni minime.

«Devo aiutare mia madre» si giustifica Lorella. «Dopo la sfilata devo darle una mano con il rinfresco al negozio. Sarà pieno di clienti e non mi va di lasciarla sola.»

Massimo le sorride. «Come preferisci. Se vuoi, quando stacchi, ti passo a prendere io. Tanto la festa andrà avanti per un bel pezzo. Sempre che la principessa qui non sia gelosa.»

Io gelosa di lui? Per quanto mi riguarda, Lorella può anche sposarselo.

Ma se mi immagino loro due in macchina, lui al posto di guida e lei che gli carezza la gamba, mi scopro infastidita.

«Magari ci penso.» Lorella si ripulisce il viso e le mani bagnate di lacrime con la carta igienica. «Adesso però sarà il caso che torni da mia madre. Si starà chiedendo che fine ho fatto.»

«Sicura che non vieni?» le chiedo anch'io.

L'amica del cuore di mia sorella non è la ragazza incattivita che credevo. È una persona sensibile con la sua dose di problemi, e non mi va che debba subire le angherie della madre per il resto della serata.

Lorella si ferma sulla porta del bagno. «Nah, non mi sembra il caso di abbandonare tutto. E poi mi sento meglio.»

Ma tiene le dita segnate dietro la schiena.

Si avvia per il corridoio.

Il rumore dei tacchi si allontana, e anche io e Massimo usciamo dal bagno.

«Ah!» Lorella si è girata, e mi indica. «In quanto figlia della stilista, ti autorizzo a tenerti il vestito. Per la serata.» Si esibisce in un sorrisetto di sufficienza. «Tanto non troveresti niente di meglio nel tuo guardaroba.»

E questa volta stava proprio parlando con *me*, non con Celeste.

Sospiro. È tornata la solita Lorella.

Massimo mi tocca la spalla. «Ma che ha?»

Sembra stupito della stoccata finale di Lorella.

«Sai com'è fatta.» Lo prendo sottobraccio. «Su, andiamocene da qui.»

Dalla sala in cui si svolge la sfilata giunge ancora forte la musica, e rimbomba per i corridoi. Ci teniamo alla larga e imbocchiamo una scala antincendio, i nostri passi che riecheggiano sui gradini di metallo. Scendiamo fino al cortile interno del Palazzo.

Le auto di lusso degli ospiti della sfilata sono parcheggiate una di fianco all'altra, e occupano ogni posto libero. Ad assistere all'evento era presente la crème de la crème di Borgobianco, e io ho fatto fare a Celeste una figura barbina. Stanotte i video saranno su YouTube e, considerata la fortuna che mi contraddistingue, domani ci ricamerà sopra anche qualche emittente locale.

Meno male che nel paesino dei nonni non c'è l'elettricità.

«Prima ho mentito» mi dice Massimo, il tono serio. «Su quella passerella sei stata impagabile.»

Assumo che sia un complimento, e mi accorgo che mi fa piacere, è una sferzata di calore e di sicurezza.

«Grazie. Davvero.»

Massimo mi cinge la vita, un gesto che gli viene naturale. Io arrossisco fino alla radice dei capelli.

«Sono orgoglioso di te» mi dice. «Gliel'hai fatta vedere a tutti.»

«Spero non in senso letterale.»

Il fidanzato di mia sorella scoppia a ridere. Sospetto che non sia avvezzo a certe allusioni volgari da parte di Celeste, ma constato che gradisce. E anch'io gradisco la sua compagnia. Sarà la botta di adrenalina, sarà che ho bisogno di bere, sta di fatto che ho sul serio voglia di andare alla festa. Con lui.

E poi due o tre birre non hanno mai affossato la reputazione di nessuno. Okay, truth be told, non so se mi merito una ricompensa dopo la mia esibizione in passerella, ma in compenso potrei sfruttare l'occasione per indagare nella cerchia di amicizie di Celeste.

Patetica come scusa.

Non che ci sia niente di male nel volersi divertire. Nel volersi divertire truccata e agghindata come una principessa dark. Anzi, meglio: invece delle scarpette di cristallo, ho un paio di scarpe da tennis comodissime!

Un jingle elettronico mi distrae dalle mie fantasticherie festaiole.

È il cellulare che mi ha prestato Massimo. Vibra nella borsa.

Sbianco. È un sms di Lorella.

WTF?! VERA, SI PUÒ SAPERE CHE ACCIDENTI STAI COMBINANDO?

Mi fermo in mezzo al cortile. Mi sottraggo alla stretta di Massimo.

«Che succede?» mi chiede.

«Vai pure alla macchina.» Sollevo il cellulare, senza fargli vedere lo schermo. «È Lorella. Non sta ancora al cento per cento, voglio risponderle subito.»

«Pensavo che le ragazze come te fossero multitasking.» Massimo fa un sorrisetto ironico. «Non riesci a messaggiare e camminare insieme?»

«Sono stufa di finire a gambe all'aria, per oggi.»

Alla mia battuta, il sorriso di lui si allarga. Ha degli occhi stupendi quando sorride. E quella camicia viola, sui pantaloni scuri aderenti, gli sta una favola. Bisogna riconoscerlo.

«Ho parcheggiato laggiù» dice. «Ti aspetto.»

Si sporge verso di me e preme le labbra sulle mie in un bacio veloce. «Sei incantevole con questo vestito.»

Non mi concede il tempo per escogitare una risposta tagliente, e si affretta alla macchina. Non che se avesse atteso mezz'ora avrei replicato con chissà quale astuzia. È bastato che mi sfiorasse, e la testa mi si è svuotata e il corpo irrigidito.

Dannazione, che mi sta capitando?

Niente di buono, ma non è il momento per pensarci. La priorità è arginare la crisi con Lorella. Se va a raccontare in giro che non sono Celeste, manderà a monte l'indagine. E, se vuole bene a mia sorella, non avrà apprezzato che stasera sarò io ad andare a una festa con Massimo. Potrebbe rivelare tutto a lui. O addirittura mettersi alla ricerca di Celeste per parlare con lei. O rivolgersi a qualche professore. Ogni ipotesi è peggiore della precedente.

Lorella deve starsene zitta.

Indugio con le dita sul tastierino. Potrei giocarmi la carta dell'onestà. Prima, nel bagno, mi sembra abbia funzionato, e Lorella ha dimostrato di avere un carattere diverso da quello che mi figuravo.

Proviamoci. Digito e invio:

CELESTE STA MALE. E IO CERCO DI CAPIRE COSA LE È SUCCESSO. TI PREGO DI NON DIRE IN GIRO CHE MI FINGO LEI. NON POSSO SPIEGARTI TUTTO. DEVI FIDARTI DI ME.

La risposta è immediata:

COS'HA?

Ho deciso di essere sincera.

Scrivo a Lorella:

PIANGE TUTTO IL GIORNO E DA UNA SETTIMANA SI RIFIUTA DI MANGIARE. I MIEI SE NE FREGANO, SONO TROPPO IMPEGNATI CON IL LAVORO. L'UNICA IDEA CHE MI È VENUTA IN MENTE PER AIUTARLA È CAPIRE COSA NON VA NEL SUO MONDO. VOGLIO SCOPRIRE CHI LE HA FATTO DEL MALE.

Premo il tasto per inviare il messaggio. È la prima volta che mi apro con qualcuno riguardo questa faccenda. Non avrei mai creduto che si sarebbe trattato di Lorella.

Aggiungo:

HO PAURA CHE MIA SORELLA STIA DAVVERO MALE. HO PAURA CHE, SE NON CAPISCO COSA LE STA SUCCEDENDO, SI LASCERÀ ANDARE E NON CI SARÀ PIÙ LA POSSIBILITÀ DI TORNARE INDIETRO.

Mi bruciano gli occhi, e devo sfregarmeli con le nocche. Massimo si insospettirebbe se si accorgesse che ho pianto. Appoggio la schiena a un lampione e attendo la risposta di Lorella.

A buttare giù in poche righe la situazione di Celeste, mi rendo conto di quanto sia grave. Spero di non aver angosciato ancora di più Lorella. Lei ha già le sue rogne, e non voglio che si preoccupi. E se mi mandasse al diavolo la capirei. Basta che non mi smascheri, che mi conceda di spacciarmi per mia sorella almeno a scuola, per salvarle l'anno.

I minuti passano, e Lorella tace.

Mi avvio verso l'auto di Massimo. Lui si è seduto sul cofano, e gli amici della squadra di pallanuoto lo hanno già raggiunto, passando per l'ingresso principale.

Il cellulare si rianima.

L'sms di Lorella dice:

CELESTE NON MI HA MAI DETTO NIENTE. NON SAPEVO CHE AVESSE DEI PROBLEMI DEL GENERE. MA SO CHE NELL'ULTIMO PERIODO SIMONA, LA SORELLA DI MASSIMO, LA TORMENTA IN OGNI MODO. COMUNQUE, SE HAI BISOGNO DI AIUTO, DIMMELO E TI DO UNA MANO ASAP. CIAO.

Tiro un sospiro di sollievo. La risposta dimostra che non mi ero sbagliata sulla sensibilità di Lorella, e mi sembra che abbia afferrato la situazione. Se dovessi scommettere, punterei sul fatto che terrà la bocca chiusa.

Lorella è proprio diversa da come me la dipingevo.

E non è la sola. Sono bastati due giorni nei panni di Celeste per capire quanto sbagliavo a giudicare le persone senza conoscerle neanche un minimo. Lorella mi ha voluto persino aiutare, suggerendomi la pista Simona.

Anche se ho l'impressione che sia un vicolo cieco. Celeste è allo stremo, e non può essersi ridotta così per gli scherzi e gli insulti di una ragazzina gelosa del fratello maggiore. Anche aggiungendoci il gregge di amichette malefiche, mi sfugge come abbiano potuto deprimere mia sorella fino a questo punto.

Il che significa che sono di nuovo alla casella numero uno.

Non ho colpevoli, e non ho neanche ipotesi.

Non ho nulla.

A parte un invito a una festa con la squadra di pallanuoto.

Mi tirerà su di morale tracannare la birra e prendere in giro quei cervelloni.

9

Massimo sprizza felicità. È da quando siamo partiti che lo vedo radioso, con un sorriso incantevole che gli illumina il viso. Parcheggiamo in strada, di fronte alla villa dove abita, e lui è svelto a balzare giù dalla macchina per correre ad aprirmi la portiera. Un gesto insieme galante e giocoso.

Si esibisce in un mezzo inchino. «Eccoci alla reggia, principessa.»

Alzo gli occhi al cielo. Va bene rimanere aderenti al personaggio – mia sorella – ma quando è troppo, è troppo.

«Non chiamarmi più principessa, è terribile come nomignolo!»

Massimo ridacchia e mi offre la mano, per aiutarmi a scendere.

«Quale preferisci?» mi chiede, accompagnandomi oltre il cancello.

«Mi andrebbe qualcosa di meno sdolcinato.»

«Che te ne pare di tigrotta?»

«Eh? Lorella sarebbe una tigre e io solo una tigrotta?»

«Uhm, tartarughina? Tartarughina ninja?»

«No.»

«Patatina allora.»

«Ma piantala!»

Lo spintono e Massimo barcolla sul vialetto che attraversa il giardino. Sembra ubriaco di allegria.

Continua a ridere e io rido con lui. Davanti alla porta di casa, Massimo solleva il braccio a salutare gli amici, che ci hanno preceduti. Si sono accampati intorno alla piscina, alcuni a mollo, gli altri stravaccati sui divanetti e sui pouf. Lorenzo si è già procurato le birre, ed è intento a distribuire lattine a chiunque gli capiti a tiro. Certo che quel tizio ha proprio una passione per gli alcolici.

«I miei non ci sono» dice Massimo, girando la chiave nella serratura.

Annuisco, ma non sono sicura che abbia notato il mio cenno. A stare qui, sull'uscio di casa sua, ho un déjà-vu di domenica scorsa. Mi rivedo incavolata nera che gli sbraito contro, che lo minaccio di morte se non confessa le malefatte che ha compiuto. E lui mi ascolta impassibile, appoggiato allo stipite, l'atteggiamento strafottente.

«È tutto okay?»

La sua voce mi riscuote.

«Sì, scusami. Mi ero imbambolata.»

Massimo segue il mio sguardo, ancora puntato sulla fauna notturna. «Ti va di bere?»

È da pranzo che non butto giù un sorso, e mi rendo conto di avere la gola secca. Senza contare che stare in casa da sola con il fidanzato di mia sorella non sembra un'idea brillante.

«Magari sì.»

Massimo mi sorride e mi prende per mano. Mi conduce alla piscina, che si sta sempre più affollando. Dal vialetto arrivano alla spicciolata altri ragazzi della squadra di pallanuoto – li riconosco da ieri sera – e compagni di scuola con le loro fidanzate e altri tizi ancora che non so neanche se abitino a Borgobianco.

La news che qui si è scatenata una festa si sta diffondendo a macchia d'olio.

Sbucano anche le prime bottiglie di vodka, e casse portatili a cui collegare gli smartphone. La musica risuona roboante. E ricominciano gli *Ehi, Cele!* ogni tre per due. Il giardino diviene un vortice di facce e sorrisi e chiacchiere e persone appiccicose che vogliono attaccare bottone con me per decantare le mie doti di modella ribelle e anticonformista.

Con Massimo che mi scorta, almeno mi risparmio gli approcci più sguaiati, ma lo stesso devo sostenere gli sguardi maligni di invidia delle ragazze e quelli da allupati dei maschi. È come l'altra mattina a scuola: un clima più teso che piacevole.

No, non ci tengo proprio a scambiare la mia vita con quella di Celeste. Preferisco i miei videogiochi, e la compagnia di Paolo – che se ha un motivo per lamentarsi di te, te lo dice in faccia, non si nasconde dietro sorrisini e complimenti ipocriti. Persino studiare mi attira di più.

Io e Celeste siamo davvero diverse, ma va bene così.

La nota positiva nel marasma a bordo piscina è che Simona non si è presentata. Buon per lei: se mi rivolge anche solo un altro mezzo insulto, la strangolo, sorella di Massimo o no.

Chissà se invece più tardi si farà viva Lorella. Spero che non abbia litigato un'altra volta con la madre. Ho i brividi al pensiero che quella vipera e Celeste si danno del tu, e che addirittura la vipera ha proposto a mia sorella un lavoro nell'ambito della moda.

Celeste poteva almeno parlarmene. Anche se ha deciso di rifiutare, come mai non me ne ha neanche accennato? È pur sempre una proposta di lavoro, una faccenda seria, e con me si è sempre confidata. O forse no. Da quando mi esclude dalla sua vita? Da poche settimane? Da mesi? Da anni?

Abbasso lo sguardo sulla piscina. Le piccole onde che increspano la superficie dell'acqua deformano il mio aspetto. A tratti è il mio viso, il viso di una Harley Quinn nel suo nuovo travestimento noir, a tratti è il viso misterioso di Celeste.

Un secondo viso si avvicina al mio nel riflesso liquido. Un Joker vestito con una camicia viola elegante.

«Me lo vuoi dire che ti è successo l'altro giorno?»

I lineamenti del Joker si confondono con quelli di Massimo. Mi ha raggiunta a bordo piscina, e la sua mera presenza ha allontanato gli scocciatori che mi assediavano.

Il Joker affianca Harley Quinn, e il miraggio sull'acqua persiste. Cosa mi prende? Certi paragoni li facevo con me e Paolo, e nessun altro. Con Massimo non c'entrano niente.

«Vorrei che mi dicessi la verità» insiste lui.

«Parli di quando mia sorella è venuta da te?» chiedo al Joker nell'acqua.

«Sì.»

Il suo tono secco mi fa rialzare gli occhi. L'espressione di Massimo è seria, di chi è in ansia per una persona che ama, ma è anche infastidito dal non avere risposte.

No, non mi sta mentendo. Non ha idea del perché Celeste stesse male quella mattina. Tra loro ci sono delle incomprensioni, ma non sono quelle alla radice della depressione che consuma mia sorella.

«Vera ha esagerato come al solito» gli dico.

«Non credo.»

Il Joker cinge la vita di Harley Quinn. La sua mano mi brucia il fianco, e mi rende difficile ragionare. Distolgo lo sguardo. Non ce la farei a mentirgli in faccia.

«Davvero Massi, preferisco non parlarne.»

Chiamarlo *Massi* era necessario per rimanere nel personaggio, ma mi è anche venuto spontaneo. Prima, alla sfilata, avevo paura che mi scoprissero, adesso ho timore di essermi calata troppo nella parte.

«Tua sorella ha tanti difetti, ma non è una persona che esagera.»

«Non la conosci.»

«Conosco te, e vi assomigliate.»

Un sorriso amaro mi affiora alle labbra. Beata ingenuità!

Un'ombra nera si stende sull'acqua della piscina. Alle nostre spalle si materializza un ragazzo vestito di scuro, che nel riflesso somiglia a Batman. Se non fosse che sta diventando una metafora troppo nerd persino per la sottoscritta.

La maschera di Batman sfuma nel viso di Giuliano.

Mi auguro che non sia venuto a cercare la rissa. Ieri ci è mancato poco che Massimo gli spaccasse il naso, e non si sono separati in termini molto amichevoli. Al fidanzato di mia sorella non va proprio a genio che Giuliano ronzi intorno a me – cioè intorno a Celeste.

«Ciao» ci saluta, e ci voltiamo verso di lui.

Nessuno di noi tre sorride.

Percepisco i muscoli di Massimo irrigidirsi. La stretta con cui mi tiene a sé si fa più salda.

Il mio cavaliere accenna all'angolo di prato dove Lorenzo si occupa delle birre. «Vai e serviti pure. Fai come se fossi a casa tua.»

«Prima volevo scambiare due parole con te» dice Giuliano, rivolto a Massimo. «Da soli.»

Giuliano ha uno sguardo cupo, e ho la netta impressione che la conversazione che vuole avere con Massimo sia a proposito di Celeste.

Il fidanzato di mia sorella fa un passo avanti, piazzandosi davanti a me, come a volermi proteggere. «Adesso ho da fare.»

«È importante.»

«Sei sordo?» ringhia Massimo. «Ti ho detto che ho da fare.»

Mi ritorna in mente il sorriso che Celeste aveva rivolto a Giuliano quando lo aveva visto in gelateria, prima del nostro appuntamento. Mi ero accorta che non era un sorriso di circostanza, ma sincero, che mia sorella elargisce solo a pochi. Forse Massimo ha ragione a essere geloso.

«Lasciami solo con lui» mi dice Giuliano. «È meglio per tutti.»

Sto per replicare, ma Massimo mi precede. «E tu devi lasciarla in pace, una volta per tutte.» Afferra Giuliano per il colletto della maglietta. «Se non te ne vai subito, ti caccio la testa sott'acqua e te la tengo sotto finché non impari a occuparti degli affari tuoi.»

Sgrano gli occhi. A Massimo tremava la voce per la rabbia. E non ho il minimo dubbio che sia pronto a mettere in atto la sua minaccia. Dimostra un attaccamento a Celeste che rasenta l'ossessione. Ci tiene a lei, la vuole per sé. La ama? E se penso che la risposta sia sì, mi trafigge una fitta di delusione. Mi stupisco io stessa di provare sentimenti del genere.

Che razza di persona sono? Dovrei solo esserne contenta.

Massimo lascia andare Giuliano e lo scosta con una spallata. Mi trascina con sé verso la villa. Lancio un'occhiata da sopra la spalla. Giuliano non smette di fissarmi. Stasera non ce l'aveva con Massimo, ma con me, con Celeste.

Il che non ha senso. Se Massimo non si sbaglia a subodorare una tresca tra mia sorella e Giuliano, i rapporti tra i due devono essere ottimi. In più Celeste è via da una settimana, non può aver fatto niente per imbizzarrire Giuliano. Possibile che sia colpa mia? Possibile che in questi due giorni *io* abbia offeso Giuliano in qualche maniera?

Massimo spalanca la porta di casa e mi conduce dentro. Si

richiude il battente alle spalle. La musica e il tramestio esterno si spengono. Massimo mi fa strada in salotto, un locale ampio, con vetrate che danno sul giardino. Camminiamo nella penombra, l'unica luce viene da fuori, dai lampioncini che accerchiano la piscina.

«Quel bastardo, non lo sopporto come ti guarda.»

Massimo si passa le dita tra i capelli in un gesto nervoso. Ha l'aspetto feroce di un leone, un leone a cui tentano di rubare la preda. «Giuro che la prossima volta che ti fissa in quel modo, gli spacco la testa.»

Gli poso la mano sulla spalla. «Calmati, Massi. Non è successo niente.»

I suoi occhi si addolciscono. Capisco che vorrebbe credermi, che il suo unico desiderio è che io gli abbia detto la verità. Ma ha timore a illudersi; si dev'essere convinto che Celeste lo tradisce con il suo migliore amico.

Ma io mia sorella la conosco, e non farebbe mai una vigliaccata del genere. Giuliano può starle simpatico, ma non andrebbe con lui di nascosto a Massimo. Non è il modo di comportarsi di Celeste. E, quando ha organizzato l'appuntamento in gelateria, sembrava felice per *me*.

Carezzo la guancia di Massimo. «Ti prego, fidati di me. Non lo guarderei mai uno come Giuliano. L'unico che mi interessa sei tu.»

Lui annuisce. Nella penombra, il suo viso appare spigoloso, la mascella pronunciata. Il viso di un supereroe dei fumetti. È bellissimo.

Massimo accosta le labbra alle mie. Il suo fiato è bollente. «Ti voglio.»

Mi afferra per i fianchi, e si preme contro di me. Il suo torace mi schiaccia il seno.

«È tutto il giorno che ti voglio. Da quando sei inciampata sulla passerella e hai rimesso in riga tutti.»

Mi solleva per la vita come se non pesassi niente. Mi ritrovo con il sedere sul legno lucido del tavolo al centro del salotto.

«Non ti avevo mai vista così.»

«Io... c-credo di essere ancora contagiosa.»

«Non me ne frega niente.» Mi sfiora il collo con la punta del naso, inspira il mio profumo. «Non ci casco più nelle tue scuse, le hai già usate mille volte.»

Massimo mi scosta la spallina dell'abito, mi bacia sulla pelle nuda. Un brivido mi scuote da lì fino al ventre, e mi manca il fiato per protestare. Lui risale a baciarmi lungo la gola, in una maniera delicata, che mi fa sentire le farfalle nello stomaco.

«Sei splendida con questo vestito.» Le sue labbra mi stuzzicano il collo, intorno al nastrino. «Il teschio ti sta una meraviglia.»

Rialza il viso, mi fissa negli occhi. Mi prende per i capelli e mi attira a sé.

Ci baciamo.

Un bacio vorace, con la sua bocca che vuole mangiare la mia.

Il cuore mi batte tanto forte che sta per esplodere.

Sto baciando Massimo.

Sto baciando il mio primo ragazzo.

Sto baciando il fidanzato di mia sorella.

Sto tradendo la fiducia di Celeste.

È tutto sbagliato!

Premo i palmi sul petto di Massimo e lo spingo via, con tutta la forza che ho. Lui incespica e indietreggia, l'espressione sorpresa.

Ha le labbra dischiuse, macchiate dal mio rossetto.

Dio, se mi faccio schifo.

Scivolo giù dal tavolo e mi strofino il dorso della mano sulla bocca. Insisto finché le labbra non mi bruciano.

«Ma si può sapere cosa ti ho fatto?» mugola Massimo.

Mi blocco, la mano che ancora mi sfiora la bocca. Mi rendo conto solo ora che l'ho cacciato via come se mi avesse aggredita. Prima bacio il fidanzato di mia sorella – un'azione di cui mi vergognerò per il resto della mia vita – e poi, non contenta, lo tratto pure come un animale rabbioso.

«Massimo, scusa» mormoro. «Io... io non...»

Ma lui non mi ascolta. Si è girato e si allontana. Esce di casa e si sbatte la porta dietro la schiena.

Oddio, che macello...

Mi fiondo a raggiungerlo, ma sull'uscio una mano mi agguanta il polso.

È Giuliano.

«Levati di mezzo!» Scuoto il braccio per liberarmi.

Ho il secondo déjà-vu della serata. Eravamo in gelateria, e Giuliano mi ha trattenuta per il polso, voleva impedire che me ne andassi dopo che si era divertito a insultare Paolo.

«Lo so che sei Vera» dice.

Le sue parole mi pietrificano. Smetto di divincolarmi. Ora sì che sono in un bel casino. «Come hai fatto a capirlo?»

«Non ci voleva un genio dopo la serata di ieri.» Gli occhi verdi di Giuliano sono pieni di rancore. «Perché stai facendo questo a tua sorella?»

«Non sono fatti tuoi.»

«Le stai rovinando la vita.»

«E tu no, invece?» sibilo. «Ormai ho capito che di me non te ne frega un tubo. Mi sono chiesta mille volte perché volessi uscire con la sottoscritta, e in realtà io ero solo un ripiego, quella che ti piace davvero è Celeste.»

Giuliano mi guarda stupito. È il suo turno di rimanere stordito per il contraccolpo, dopo che ti hanno sparato in faccia la verità.

«Ti sei inventato che volevi un appuntamento con me solo per passare del tempo con lei.» Do uno strattone e le dita di Giuliano mi scivolano via dal polso. «Scommetto che ci sono volute un sacco di lezioni private per imparare di Paolo, di quello che mi piace o che mi dà fastidio, e persino di una cosa stupida come i miei starnuti. Una bella scusa per stare con Celeste senza impensierire Massimo, giusto?»

Giuliano tace, ma abbassa appena gli occhi, in imbarazzo. Mi basta questa reazione per capire che ho colto nel segno. E, in ogni caso, di lui e delle sue cotte non mi interessa un cavolo. Mi interessa rimediare al pasticcio che ho combinato con Massimo.

Mi volto a esplorare il giardino con lo sguardo. Passo in rassegna i ragazzi che bevono, fumano, sguazzano nell'acqua. Massimo non c'è. Ma, oltre le sbarre di ferro battuto del cancello, un'ombra è seduta sul cofano della macchina di Massimo. E un uccellino mi suggerisce che nessuno oserebbe spaparanzarsi lì tranne lui.

Mi avvio.

«I problemi tra Massimo e Celeste se li devono risolvere da soli» mi dice Giuliano, da dietro.

Ti farebbe comodo, eh?

Senza girarmi, gli mostro il dito medio.

Corro lungo il vialetto. Sono stata una stupida a scornarmi con Giuliano, avrei dovuto tirarlo dalla mia parte, come ho fatto con Lorella. Non so lui come potrebbe reagire, potrebbe rivelare a tutti che sono un impostore.

Be', se proprio vuole, che si accomodi, di certo non mi metterò in ginocchio a implorarlo di fare altrimenti.

Supero il cancello e vedo Massimo seduto sul cofano della sua macchina, le gambe incrociate davanti a sé. Osserva la strada, dove si perde nel bosco. Una sigaretta spenta gli pende dalle labbra.

I miei passi risuonano sull'asfalto, ma Massimo non muove un muscolo.

Mi siedo di fianco a lui.

Dischiudo le labbra, incerta su quali siano le parole migliori per tirarlo su di morale.

«Mi sento uno schifo» mormoro.

Lui sospira. «Anch'io.» Si rigira tra le dita l'accendino. «Mi spiace se sono stato aggressivo.»

Non so se si riferisce a poco fa, in salotto, o al momento di tensione nei confronti di Giuliano a bordo piscina.

«Non volevo spaventarti» aggiunge.

«Non mi hai spaventata.»

«E allora cosa c'è che non va in me?»

Si volta a guardarmi, a cercare una risposta nei miei occhi.

«Lo so che non ti piaccio più» riprende. «Non c'è bisogno che mi scacci via quando ti bacio, per capirlo. Quello che non riesco a capire è il perché. Cosa è cambiato tra noi, cosa si è rotto? Perché mi odi così tanto? Non vuoi neanche più farti toccare da me.»

La voce gli si spezza sull'ultima frase, e mi sento male a vederlo tanto giù.

«Dove sbaglio?» mi chiede. «Me lo spieghi dove sbaglio?»

Abbasso lo sguardo sulle mie scarpe da ginnastica. «Vorrei avere anch'io una risposta a questa domanda.»

E sono onesta. Se sapessi per quale motivo il rapporto tra Massimo e Celeste si è incrinato, forse avrei degli indizi per chiarire la situazione di mia sorella.

Massimo fa un sorriso mesto.

Purtroppo, se Celeste non lo ama più, io non posso farci niente.

«Mi dispiace per come ho trattato Giuliano» prosegue. «È che quando mi accorgo che ti gira intorno, non ci vedo più dalla rabbia.» Schiaccia il pulsante sull'accendino e la fiamma vibra nella notte. Ne studia il profilo. La spegne e la riaccende. «E poi lo sa che in questo periodo tra la scuola e il divorzio dei miei, mi basta poco per saltare su come una biscia.»

I genitori di Massimo si separano? Non ne avevo idea.

«Ma... ma è sicuro?» chiedo.

Lui accenna di sì con il capo. Prende un lungo respiro. «Mia madre si è rivolta a un avvocato. E mio padre non dorme più a casa.»

«Capisco. Mi spiace molto.»

«Amen.»

Vuole fare il duro, l'indifferente, ma nel suo tono leggo la tristezza.

E lo comprendo benissimo. Anch'io, l'anno scorso, ho temuto che i miei si volessero lasciare. Non ho mai avuto il coraggio di discuterne con Celeste, ma so che lei aveva lo stesso sospetto. Non che mamma e papà litigassero, solo che non si vedevano mai per colpa dei rispettivi impegni lavorativi. E anche quelle poche volte che ci riunivamo tutti quanti, loro due avevano la testa altrove, pensavano ad altro, ai loro casini in ufficio.

Sono rimasti insieme, ma ancora oggi, se mi immagino un Natale con i miei separati, mi viene il magone.

«Sai che ti dico?» Massimo butta a terra la sigaretta che non ha fumato.

«No, dimmi.»

«Mi faccio prete.»

«Ma piantala con le stupidate.» Gli sorrido. «Non si è mai visto un sacerdote con dei bicipiti così pompati. Faresti sfigurare tutto il clero.»

«Ah, quindi un pochino ancora ti piaccio.»

Mi lascio andare contro di lui, la guancia sulla sua spalla. Siamo il Joker e Harley Quinn, o una tizia vestita da cigno nero con le scarpe da tennis e un pugile che ha appena subito l'ennesimo ko in carriera.

In ogni caso ci sosteniamo l'un l'altra. Nel nostro modo bizzarro.

10

Posso depennare con sicurezza il nome di Massimo dalla lista dei sospettati. Non è lui la causa della depressione di Celeste. Anzi, è uno dei pochi che si preoccupa per lei.

Ieri sera, dopo la sfilata, sembrava felice come una Pasqua che scherzassi e parlassi con lui. E, appena l'ho rifiutato, ne è rimasto ferito. Massimo farebbe di tutto per recuperare il rapporto con Celeste, non è lui a crearle problemi.

Ma escluderlo dalla lista nera crea dei problemi a *me*. Avrei puntato dei soldi sul suo coinvolgimento nella crisi di mia sorella, e mi sono dovuta ricredere.

Non lo considero più un nemico. Lui è il Joker con i capelli biondi scompigliati il cui viso si riflette sull'acqua increspata. E lui è il leone che mi afferra per i fianchi e mi bacia.

Non avrei dovuto baciarlo. Non so neanch'io perché ci sono cascata. Per affetto? Per riparare a mesi di insulti, dopo essermi accorta che non è un pallanuotista senza cervello? Perché Celeste lo avrebbe fatto, e io stavo recitando?

No, sono solo scuse.

La verità è che... La verità è che ho tradito la fiducia di mia sorella. Punto.

«Accidenti!»

Lascio cadere il coltello, che tintinna nel lavello della cucina.

Sul polpastrello dell'indice si disegna una linea rossa. Mi succhio il dito e sposto il piatto su cui tagliavo il pane, per evitare che ci goccioli sopra il sangue.

Beatrice, accoccolata sul tavolo, drizza il capo. Le orecchie fremono di aspettativa. Stai calma, gattaccia maligna, che non è successo niente. E anche se mi fossi mozzata un dito, di certo non lo do a te da sgranocchiare!

Ficco l'indice sotto l'acqua del rubinetto. Il sangue si disperde e tampono il polpastrello con un foglio di carta assorbente. Immagino mia sorella che strilla spaventata vedendo il sangue sulla mia mano, e mia mamma che corre in bagno a prendere i cerotti dalla cassetta del pronto soccorso, e mio padre che esce dallo studio, infastidito dal trambusto.

Ma non c'è nessuno. Mamma è ancora all'estero, mio padre è sempre in ufficio e Celeste non ha più messo piede a casa. Le stanze sono silenziose, un silenzio opprimente. È rimasta solo Beatrice a tenermi compagnia. Però lei mi sta appresso non per amicizia, ma come presagio ambulante di sventura: *Ricordati che devi morire, e io sarò lì a nutrirmi del tuo cadavere.*

Dovrei smetterla di lamentarmi. È solo il karma: ho rubato l'identità a mia sorella, mi becco la giusta punizione.

Raccolgo il coltello, lo ripulisco e riprendo a tagliare il pane. Spalmo le fette con la maionese, ci sbriciolo sopra il tonno in scatola al naturale, e guarnisco con qualche foglia di insalata croccante. Chiudo i sandwich e li impilo.

Non sono invitanti neanche per me, figuriamoci per Celeste.

Avvolgo i tramezzini nella carta di alluminio e li ripongo in una busta di plastica trasparente. Speriamo che, nonostante tutto, mia sorella almeno li assaggi.

Sistemo accanto ai panini un paio di succhi di frutta – carota e albicocca, i gusti preferiti di Celeste – e una barretta di cioccolato fondente. Caccio tutto nello zaino. Non sarà un pranzo lucculliano, ma in casa non c'era altro.

Di solito erano la mamma e Celeste a fare la spesa; se fosse per me o per mio padre, nel frigorifero crescerebbe la muffa. E oggi è domenica, a Borgobianco non c'è un supermercato aperto che sia uno.

Mi butto lo zaino in spalla ed esco di casa.

Camminando verso il garage, controllo il cellulare. Nessuna notizia da parte di Giuliano.

Ieri sera, prima di buttarmi a letto, gli ho inviato un messaggio esplicito: o tiene la bocca chiusa, o racconto a Massimo che mi importuna. E Giuliano sa bene che non farebbe in tempo a spiegare alcunché all'amico, non prima di ritrovarsi al pronto soccorso con le ossa rotte.

Giuliano non mi ha risposto, ma dato che Massimo non si è ancora presentato a casa mia imbestialito, ne deduco che Mister Occhioni Verdi si sia fatto gli affaracci suoi e non abbia spifferato niente a nessuno.

Lo stesso, i miei giorni nei panni di Celeste sono contati. Ho appena cominciato, e già due persone si sono accorte dell'inganno. Non ci vorrà molto prima che se ne renda conto anche Massimo.

Devo scoprire cosa è successo a mia sorella e rimetterla in sesto prima che lui mi smascheri. Massimo non deve saperlo *mai* che mi sono scambiata con Celeste. Mai.

Sto per rimettere il cellulare in tasca, quando la mano vibra e attacca *The Imperial March* di *Guerre stellari*, la suoneria che ho scelto per le chiamate di Paolo.

Cavolo, a furia di essere Celeste, sono giorni che non parlo con lui.

«Pronto?»

«Buongiorno, Signora dei Sith.» La voce di Paolo suona allegra, è felice di sentirmi. «Adesso devo chiamarti così, o sbaglio? Mi sembra ovvio che ormai sei passata al Lato Oscuro. Non ti si vede più in giro.»

«Scusami.» Spalanco la portiera della macchina. «Cosa volevi dirmi? Purtroppo non ho molto tempo.»

Dall'altro capo mi arriva uno starnuto. La primavera è un inferno per Paolo: è allergico ai pollini, e avrà già tutto il naso rosso stile pomodoro, le lentiggini che fanno pendant con il colorito. È così buffo quando gli cola il moccio mentre gioca e deve esibirsi in acrobazie degne di un funambolo per ripulirsi senza mollare il joypad.

«Oggi è domenica» dice lui. «Mattinata videogiochi. Realtà virtuale. Te ne sei dimenticata?»

Oh, accidenti!

Le nostre tradizioni stanno andando a rotoli. Non avevo saltato una domenica videogiochi con Paolo da anni, e siamo a due di fila. Non mi sono neanche preoccupata di avvertirlo in anticipo.

Ma stamattina devo andare da Celeste, è da ieri a pranzo che non la vedo. E nel pomeriggio mi tocca studiare, devo recuperare il lavoro degli ultimi giorni, non voglio che la media mi si abbassi. La vita di Celeste è frenetica e non ti concede respiro: sei fuori tutte le sere, e al mattino ti svegli con il mal di testa e una cappa di pensieri malsani riguardo i ragazzi fidanzati che ti hanno baciata. È impossibile concentrarsi sui libri.

«Ho scaricato altri giochi per la realtà virtuale» continua Paolo. «Non sono horror, ma potrebbero piacerti. In uno devi sparare a dei personaggi di cristallo, una faccenda molto weird. E poi ho fatto richiesta per entrare nel programma di beta testing per *MondoPulcino VR*. Dovrei ricevere la mail di conferma da un momento all'altro...»

Paolo parla in fretta, sembra un tizio del call center disperato di venderti una lavatrice prima che tu chiuda la chiamata. Mi spiace da morire trattarlo così, non dedicargli l'attenzione che merita. Ma non mi va di coinvolgerlo in questo casino. Lui deve rimanere il mio porto sicuro, il migliore amico su cui posso sempre contare; non voglio obbligarlo ad avere a che fare con il mondo di Celeste, pieno di gente che lui disprezza e che non fa altro che prenderlo in giro. Meglio per lui rassegnarsi a un pizzico di delusione, che ritrovarsi in mezzo a un branco di individui odiosi.

E poi non sopporterebbe di vedermi in compagnia di Massimo. Se Paolo fosse stato presente ieri sera, la festicciola in piscina si sarebbe trasformata in una tragedia da far impallidire Charles Manson.

«... sembra un gioco pazzesco! Non controlli più i pulcini, *sei* un pulcino. E c'è anche una nuova super arma magica. Tu spari agli oggetti e quelli si animano e attaccano i nemici. E puoi sparare a tutto, persino ai pavimenti!» Paolo prende fiato. «Ma se non ti interessa, ho scaricato anche un RPG con un'ambientazione...»

«Guarda» lo interrompo, «ora non ho proprio tempo, ma sono sicura che mi piacerà tantissimo.»

«Quale?»

«Quale cosa?»

«Quale gioco. Ti sto proponendo...»

«Il primo! Quello... quello con i mostri di cristallo.»

«È bellissimo! Devi proprio provarlo. Passi a casa mia?»

Butto lo zaino sui posti dietro e mi sistemo al volante, il cellulare incuneato tra spalla e orecchio. «Non posso venire oggi. Ho degli impegni, e poi devo studiare.» Sospiro. «Sono un po' indietro, e domani ho una verifica di fisica.»

Paolo si zittisce. In cuor mio spero sia solo perché era al telefono mentre giocava e in questo momento deve dedicare tutta la sua attenzione allo schermo.

Il silenzio si protrae.

«C-ci sei?» gli chiedo.

«Sì» risponde, il tono risentito. «Comunque okay, non preoccuparti. I videogiochi sono sempre qui. Come me. Poi ti dico se mi hanno preso nella beta di *MondoPulcino*.»

Mi mordo il labbro.

«Mi farò perdonare» prometto.

Lui riattacca.

Accendo il motore. Lo giuro, questa è l'ultima volta che snobbo il mio migliore amico.

La casa dei nonni è deserta. Ho trovato la porta socchiusa e un bigliettino sul vecchio tavolo in ingresso. Nella sua grafia aggraziata, Celeste mi avverte che è fuori a fare due passi.

Salgo in soffitta e ne approfitto per rifarle il letto. Le ho cambiato lenzuola e federa del cuscino, ma non so bene come sostituire il materasso. Questo qui è logoro, macchiato, intriso di polvere, e le molle all'interno minacciano di lacerare la stoffa e guizzare fuori. Ma Celeste si ostina a disdegnare il sacco a pelo che le ho portato. Come se volesse punire se stessa, o punire me.

Ma è assurdo che mia sorella voglia infliggersi un castigo. Una persona come lei non è in grado di far del male agli altri, dunque non c'è motivo per mortificarsi dormendo in un letto stile convento.

Liscio le lenzuola con i palmi, e raddrizzo la schiena. Se Celeste non torna, andrò a cercarla alle pale eoliche. Mi metterò accanto a lei e, se anche oggi non le va di parlarmi, disegnerò. Mi concentrerò sull'abbozzare il profilo delle strutture metalliche, e sarò meno a disagio per il suo silenzio.

Solo che mi servono carta e penna. Mi guardo intorno. Non c'è niente in soffitta, a parte il letto e il comodino, e quest'ultimo non ha neppure un cassetto. Però, adagiato in un angolo, c'è lo zainetto che Celeste ha dissepolto e si è portata via scappando di casa.

Ci frugo dentro. Sul fondo è rimasto un mozzicone di matita. E, in una tasca laterale, un quaderno. È uno di quei quaderni con la copertina nera, spessa, e la carta di buona qualità. Lo si potrebbe usare come un'agenda. O come un diario.

Il cuore mi ronza nelle orecchie.

Un diario.

Osservo il quaderno di profilo. Le pagine non sono appiccicate le une alle altre, ma rimangono leggermente ondulate. Su questo quaderno, Celeste ci ha scritto.

Lancio un'occhiata alla porta della soffitta, aspettandomi di vedere mia sorella sull'uscio, indignata per questa ennesima violazione della sua privacy.

Ma sulla soglia non c'è nessuno.

Sfoglio il quaderno, le dita che mi tremano.

Sulla prima pagina campeggia:

confabulano
i cani nella neve
ghiaccio all'alba

Sulla pagina successiva:

liquido nero
dal nucleo del mondo
trama, divora

Sulla pagina dopo:

amore cieco
scrivere nella pioggia
il cuore brucia

Scorro le altre pagine: su ognuna, al centro, Celeste ha scritto una poesia in tre versi, un haiku. Li trovo componimenti affascinanti, ma anche molto distanti dalla sua vita di tutti i giorni. Solo il secondo haiku mi suona familiare: il *liquido nero* potrebbe riferirsi al petrolio, inteso in chiave negativa, visto che costringe la mamma ad assentarsi. Ma potrei prendere lucciole per lanterne.

Mi siedo sulla sponda del letto e leggo tutti gli altri haiku del quaderno. La mente mi si riempie di immagini vivide e inconsuete. Che però non mi aiutano: se queste poesie sono una porta sul mondo segreto di Celeste, mi manca la chiave.

Richiudo il quaderno, lo rimetto dove lo avevo trovato.

Non avevo idea che mia sorella si dilettasse nell'arte della poesia. Tra l'altro, per quanto io non sia un'esperta, secondo me ha talento. Non sono versi buttati lì a caso, scritti di getto, dietro ognuno distinguo un lungo lavoro di *labor limae.*

Non dovrei stupirmene: ho sempre considerato Celeste una persona sensibile, attenta a cogliere dettagli che ai più passano inosservati, con gli occhi spesso rivolti al cielo, a sondare le stelle; non è strano che le sia venuta voglia di riportare su carta questo suo modo di essere.

E sono felice che non si sia separata da questo quaderno, dalla sua passione. Ha rinunciato agli amici, a Massimo, alla scuola, a un letto comodo e a mangiare. Ma non si è staccata dalla poesia. È un raggio di sole in questa catapecchia sudicia.

Vorrei solo averlo saputo prima, per incoraggiarla, e per ripeterle quanto la stimo.

«Dovrai rassegnarti» dico.

Io e Celeste ci fermiamo al limitare del paese, di ritorno dalle pale eoliche.

Come prevedevo mia sorella si era rifugiata lì e, dopo aver trascorso la mattinata con lei, rientriamo.

Mi metto le mani sui fianchi. «Non ho intenzione di lasciarti in pace un solo giorno finché non torni a casa.»

Celeste scrolla le spalle. Cammina curva: con il poco che mangia, anche questa breve passeggiata l'ha resa esausta.

«Preferisco se tieni compagnia a papà» mi dice.

Sbuffo. «Già, perché è lui quello che piange tutti i giorni e si nutre solo di ciliegie.»

Gli occhi di Celeste si animano. Mi mettono a fuoco, e nel blu delle iridi noto un astio che non aveva mai dimostrato nei miei confronti.

«Non sto scherzando, Vera.»

«Ti pare che io l'abbia preso come uno scherzo?»

Mia sorella si trascina in avanti, lungo la stradina che conduce alla casa dei nonni. «A scuola non ci torno. A casa non ci torno. E non voglio più che mi porti da mangiare, tanto butto tutto nella spazzatura. È solo uno spreco di cibo.»

«Celeste...»

Allungo la mano per sfiorare il dorso della sua. Ma lei me la scosta con un gesto seccato. «Lasciami in pace» dice tra i denti. «Tornatene a casa.»

Rimango di sale di fronte alle sue parole così nette, pronunciate con un tono cattivo, che non le ho mai sentito usare con nessuno.

Celeste non mi aspetta, e sparisce tra le ombre che hanno invaso il paesino.

Non si era mai comportata in questo modo. Non mi aveva mai scacciata in maniera esplicita.

Forse è la fame, il nervosismo per il digiuno che si è imposta. O forse è davvero stufa di avere una sorella che la viene a trovare tutti i giorni per implorarla di tornare a scuola e di riprendere a mangiare. Una sorella che anche prima le rompeva le balle un giorno sì e l'altro pure prendendo in giro i suoi amici e persino il suo fidanzato.

Io vorrei solo che fosse di nuovo felice, come lo era fino a settimana scorsa.

Mi riscuoto e corro alla casa dei nonni.

Ma Celeste si è chiusa dentro a chiave.

11

Sono due giorni che non vado a trovare Celeste, e mi sento a pezzi.

È come se un macigno mi schiacciasse i polmoni e mi togliesse il respiro. Mi muovo a fatica, ogni attività mi risulta pesante e inutile. È da domenica sera che sto con la faccia sui libri, ma non ho studiato mezza pagina. Non mi va di fare niente, né di vedere nessuno.

Non ho neanche risposto alle telefonate di Paolo. Non oso parlargli: dalla mia voce si accorgerebbe che sono diventata uno zombie, e si preoccuperebbe, e dovrei spiegargli la situazione, e non ne ho le energie.

Appoggio la guancia sul quaderno di matematica e fisso lo schermo del portatile, dove scorre un filmato su YouTube dedicato al mostro marino di Venezia. Quanto sono ingenue le persone: basta un turista tedesco buontempone che getta un tentacolo di gomma nella laguna, e tutti lì a caccia del kraken.

Sospiro.

Vorrei crepare di inedia, ma sono le cinque e mezza e devo prepararmi.

Tra poco c'è la finale di *qualcosa* della pallanuoto, una partita importante, e Celeste deve esserci per sostenere Massimo.

Cioè ci devo andare io. Sarà una Celeste con i capelli in disordine, il trucco ancora più approssimativo del solito, e addobbata con capi scelti a caso. Pazienza. Non ce la faccio oggi a infiocchettarmi.

Ero anche tentata di rinunciare, ma se Celeste non si presentasse, per Massimo sarebbe l'ennesima ferita. Non voglio che il loro rapporto si spezzi del tutto per colpa mia. Voglio che Massimo continui ad amare Celeste, e che sia di nuovo al suo fianco appena mia sorella si sarà ripresa. Perché è davvero uno dei pochi a volerle bene quanto me.

Premo i palmi sulla scrivania e mi alzo.

Con gesti lenti, mi vesto e indosso le scarpe da ginnastica.

Medito di confessare la verità a Massimo. Se lui andasse a parlarle, chi lo sa, magari saprebbe far breccia nel muro di apatia di Celeste. Non mi rimangono molte alternative.

Prendo la piastra e do qualche passata sui capelli con quell'arnese diabolico. Osservo con indifferenza le ciocche che fumano. Bruciate, bruciate fino alla radice. Tanto non me ne importa niente.

Avrei bisogno di Paolo. Delle sue battute sarcastiche che sono un toccasana per il mio umore. Lo guarderei mentre gioca online e insulta gli altri partecipanti, e le sue offese bislacche mi strapperebbero un sorriso.

Raccatto la prima borsa che mi capita dal guardaroba di Celeste e scendo al piano di sotto. Ormai mi sono così abituata a impersonare mia sorella da trasferirmi in camera sua. O forse è solo che mi manca un casino, e a stare qui la sento più vicina.

Acchiappo le chiavi della macchina dalla mensola accanto all'ingresso e spalanco la porta di casa.

Paolo è in piedi davanti all'uscio, l'indice sul campanello.

«Ciao» lo saluto, sorpresa.

Lui si schiarisce la gola, in imbarazzo. «Ehm, ciao.»

A vederlo con i suoi jeans a pinocchietto e la maglietta merchandising ufficiale di *Resident Evil* su cui spicca il logo della Umbrella Corporation mi sale alle labbra un sorriso.

Chi lo dice che i desideri non si avverano? Smaniavo di rivedere Paolo, ed eccolo qui. Dev'essere venuto a cercarmi, allarmato dal mio silenzio radio.

E per lui presentarsi a casa mia senza invito è sempre un rischio: potrebbe incontrare Celeste con Massimo o con altri amici, tutte persone che Paolo non sopporta, e per le quali è solo un bersaglio. Si è dimostrato dolcissimo a superare le sue paure per me. Vorrei saltargli addosso e abbracciarlo fortissimo. Solo ora mi rendo conto che mi è mancato da morire, che sono sul serio sola senza di lui.

Ma non posso lasciarmi andare alle smancerie nei panni di Celeste.

«Cercavi Vera?» gli chiedo.

«Sì.» Giocarella con l'asticella degli occhiali. «Volevo sapere come sta. Non si fa più sentire.»

Come immaginavo, era preoccupato per la sottoscritta. È un amico delizioso, il migliore amico del mondo. Perciò si merita una scusa plausibile. E devo inventarmela in fretta: Paolo sembra sempre più a disagio davanti a mia sorella. Tiene lo sguardo basso, sposta il peso del corpo da un piede all'altro, e ho l'impressione che se mi sporgessi verso di lui e gli urlassi *Bu!*, fuggirebbe a gambe levate.

«Adesso non è in casa» gli dico. «È andata di corsa all'ufficio di nostro padre per portargli dei documenti. Sai, papà ha assunto una nuova segretaria non proprio sveglia, e così mia sorella gli dà una mano.»

«Ah, ho capito.»

«Credo sia per questo che non si fa sentire, non per altro.» Gli sorrido, incoraggiante. «Comunque, se vuoi dirle qualcosa, glielo riferisco.»

Paolo si picchietta il tallone con la punta dell'altra scarpa. Un tic che scatta quando è nervoso.

«In realtà volevo anche parlare con te, se hai un minuto.»

«Certo, solo...» Controllo l'ora sul cellulare. «Accidenti, la partita di pallanuoto comincia tra poco.»

Paolo adocchia le chiavi della macchina che tengo in mano.

Le sollevo. «Mia sorella ha preso il motorino per fare prima. Così...»

«Be', se proprio non ti do fastidio, potrei venire in macchina con te.» Mi rivolge un sorriso timido. «Non abito lontano dalla piscina comunale. Da lì torno a casa a piedi. E possiamo chiacchierare mentre andiamo. Sempre se ti va.»

È una richiesta bizzarra, specie alla luce del fatto che nell'ultimo periodo Paolo non voleva mai incrociare Celeste. Ma in fondo non c'è niente di male se mi godo la sua compagnia ancora un po'. Ho bisogno di lui e del suo sorriso contagioso. E in più da lui posso sapere quello che vuole dire a mia sorella, visto che ci tiene. È una situazione win win.

«Okay.» Accenno al garage. «Andiamo.»

Guido serena per le strade di Borgobianco. Paolo, seduto al mio fianco, mi spia di sottecchi da dietro le lenti degli occhiali, come se non avesse il coraggio di guardarmi in faccia.

«Allora...» Mi volto a sorridergli. «Di cosa volevi parlarmi?»

Lui sospira. «Volevo dirti che mi dispiace. Ci ho ripensato spesso nelle ultime settimane. Mi spiace ancora tantissimo.»

Il sorriso mi si spegne. L'espressione di Paolo è serissima.

«Scusa, ma per cosa ti spiace?»

Lui si mordicchia l'unghia del pollice. Il braccialetto con il simbolo della Squadriglia Rossa X-Wing che gli ho regalato per il suo diciottesimo gli tintinna al polso.

«Va bene, ho capito, mi hai perdonato e non vuoi più sentire parlare di questa storia. Ma io mi sento ancora in colpa, e vorrei fare qualcosa per redimermi.»

Mi viene la pelle d'oca. Perché diavolo Celeste dovrebbe perdonarlo? Perdonarlo per aver fatto cosa?

Tengo gli occhi fissi sulla strada, sperando che Paolo non si accorga del mio turbamento.

«Se ti ho perdonato» azzardo, «non dovresti insistere.»

«Almeno adesso sai che avrai sempre una persona su cui contare. Se avrai bisogno di aiuto, ci sarò sempre.»

Annuisco.

Paolo abbassa il finestrino, e rilassa le spalle contro il sedile, il gomito che sporge fuori dall'auto. Mi sembra sollevato, come se si fosse liberato di un peso.

È incredibile che né lui né Celeste mi abbiano accennato a questo screzio che ci sarebbe stato tra loro. Devo saperne di più. Al semaforo successivo rallento di proposito e mi fermo al rosso.

Mi volto verso Paolo, e anche lui mi guarda. Mi rivolge un sorriso raggiante.

«Sembri contento» gli dico.

«È normale.» Gli occhi nocciola gli si illuminano. «Sono felice di passare un po' di tempo con te. Ero stufo di girare con la tua brutta copia.»

È un commento pronunciato con un tono simpatico, come se si stesse rivolgendo a *me*, alla sua amica di una vita. Ma lui crede di parlare con Celeste.

«Bru-brutta copia?»

Paolo mi fa l'occhiolino. «Dai, ci siamo capiti.»

Mi fa male il petto. Un dolore che cresce di intensità, e diviene lacerante. Boccheggio.

«Ehi!» Paolo indica oltre il parabrezza. «È diventato verde.»

Schiaccio il piede sull'acceleratore. L'auto schizza in avanti. Voglio arrivare il prima possibile. Voglio uscire da questa macchina. Le dita mi si contraggono sul volante. Sono gelide, non me le sento più da quanto forte stringo la gomma zigrinata.

Parcheggio davanti alla piscina, di traverso sulla riga bianca che separa due posti. Scendo e mi sbatto la portiera alle spalle.

Paolo mi saluta allegro.

«Se hai bisogno, chiamami!» ribadisce, allontanandosi.

Massimo emerge dall'acqua dietro al suo rivale, lo coglie di sorpresa come uno squalo che si avventa contro un surfista. Il tizio si fa prendere dal panico e allenta la presa sulla palla.

Il fidanzato di mia sorella ne approfitta per strappargliela e lanciarsi a grandi bracciate verso la porta avversaria. I compagni lo seguono in un turbinio di schizzi, le cuffie rosse che spiccano tra la spuma bianca.

Massimo evita un difensore e scaglia il pallone nella rete nemica. Sul tabellone si blocca il cronometro: mancano poco più di tre minuti e i nostri hanno recuperato, ora sono sotto di un solo gol.

La gente in tribuna intorno a me è scattata in piedi, incita la squadra e applaude. Io rimango seduta, non ce la faccio a esultare, non ce la faccio a far nulla, ho il cuore spezzato.

Ero stufo di girare con la tua brutta copia.

La partita riprende. La piscina mi si scioglie davanti agli occhi e, per quanto me li sfreghi con le nocche, non riesco più a mettere a fuoco l'azione. Il mondo è liquido, puzza di cloro, e rimbomba degli schiamazzi dei giocatori e dei tifosi.

Ma il baccano non copre mai la voce cristallina di Paolo.

Ero stufo di girare con la tua brutta copia, mi sussurra. *Ero stufo di girare con la tua brutta copia, ero stufo di girare con la tua brutta copia.*

Mi premo i palmi sulle orecchie e mi alzo. Mi faccio largo tra le persone che ormai seguono la partita in piedi. Abbandono gli spalti e mi aggiro per la piscina. Gli spogliatoi riservati alle donne oggi sono vuoti, e mi rifugio lì.

Mi siedo sulla panca tra gli armadietti. Lo sciabordio dell'acqua che ribolle e gli strilli degli spettatori giungono lontani, ovattati. Gli unici suoni netti sono i fischi dell'arbitro, ogni volta che interrompe il gioco.

Osservo gli sportelli metallici degli armadietti.

Analizzo ogni minima traccia di ruggine che scopro sulle superfici dipinte di azzurro. È fondamentale individuare ogni scrostatura. Se non mi concentro al massimo, Paolo mi sorride e mi ricorda che sono solo la brutta copia di Celeste.

Piano piano, il clamore della partita si spegne.

Un tramestio di passi che si avvicinano mi fa voltare. Ma i giocatori superano lo spogliatoio femminile, diretti al loro. Colgo un paio di commenti a voce alta. Intuisco che la squadra di Massimo ha perso per due reti di scarto, e che l'arbitro si è rifiutato di assegnare un rigore lampante proprio allo scadere.

Forse dovrei cercare Massimo. Dirgli che mi dispiace per il risultato, ma che lui ha giocato bene lo stesso, che è stato il migliore in acqua. Sì, dovrei. Celeste lo farebbe. Mi devo fare forza. Poso le mani sulle cosce, per tirarmi su.

La stoffa della gonna è umida sotto le dita.

Abbasso lo sguardo. Il tessuto lilla si è scurito. E un'altra lacrima mi cade sul dorso della mano.

Mi tocco le guance bagnate.

È inutile che provi a far finta di niente, le parole di Paolo mi hanno sconvolta.

Singhiozzo e artiglio la gonna.

Non ho mai pensato che Paolo mi giudicasse per il mio modo di vestire, o per il fatto che sono allergica al trucco e ai tacchi alti. Gli mostravo i miei disegni tecnici e gli raccontavo dei miei sogni, di quello che avrei voluto realizzare; gli parlavo di immensi grattacieli costruiti su piattaforme marine che si spostano lente lungo le coste, con eliche grandi quanto un campo da calcio. E lui sembrava interessato, sembrava persino in grado di vedere gli scenari che gli descrivevo. Era insieme a me sulla cima di quegli edifici futuristici che un giorno avrei progettato.

E invece è probabile che non gliene fregasse niente, che io cianciassi e lui fantasticasse di Celeste in bagno che si spoglia per farsi la doccia.

In tanti anni di "amicizia", non mi ero mai accorta di quanto mi schifasse. Non mi rendevo neanche conto che mi paragonava a mia sorella. E che dal confronto ne uscivo sconfitta su tutta la linea.

Io ero solo un ripiego, la seconda scelta. Lui avrebbe preferito mille volte la compagnia di Celeste. Non ne può più della sua brutta copia.

«Come stai?»

La voce di Massimo mi fa rialzare il viso.

Mi si avvicina. Ha i capelli biondi ancora bagnati e in disordine, ma si è messo un paio di pantaloncini asciutti e una maglietta con il simbolo della squadra: un pescecane che addenta un pallone.

«L'allenatore mi ha detto che ti ha vista correre qui dentro.»

Distolgo lo sguardo da lui. Dovrei essere io a consolarlo per la sconfitta, e invece sono in lacrime, con gli occhi gonfi e le labbra appiccicate. E se anche riuscissi a parlare, so già che mi uscirebbe una vocina da pulcino.

Massimo si siede accanto a me. Mi guarda, l'espressione tranquilla. Non mi dice niente, ma solo averlo a fianco mi dà conforto.

Mi strofino sotto gli occhi con il dorso della mano. «Pensi... pensi che stia piangendo per un motivo?»

«Mi pare ovvio.»

«Ti sbagli.» Trattengo a stento nuove lacrime. «È il cloro. Se tu fossi meno ignorante lo sapresti.»

«Sì, certo, il cloro.»

«Sono i vapori.» Tiro su con il naso. «I vapori del cloro sono tossici, irritano le vie respiratorie e...»

Massimo mi agguanta, mi abbraccia in una stretta che non mi concede scampo. Preme il mio viso sulla sua maglietta.

E io chiudo gli occhi.

Me ne resto così, con il naso schiacciato contro la stoffa che profuma di lui. Mi godo le sue braccia, che mi avvolgono e mi proteggono dal mondo.

Ero qui per sostenerlo durante la partita, ed è Massimo che si occupa di me. E pensare che appena una settimana fa lo minacciavo di staccargli la testa a morsi. Se non fossi caduta nel buco nero della disperazione, troverei tutto questo comico.

«Un... un mio amico» mormoro. Ho bisogno di sfogarmi, non posso tenermi dentro un dolore del genere. «Un mio amico... Il mio migliore amico mi ha appena detto che per lui sono solo la brutta copia di un'altra ragazza che gli piace.»

Sono scossa dai singhiozzi, e Massimo mi stringe a sé ancora di più.

«Calmati» mi dice. «Calmati.»

Accenno di sì, strusciando il mento sulla maglietta. Mi rilasso nel suo calore, e piano piano argino la crisi di pianto.

«Ci sono rimasta così male» dico. «Così male che non hai idea.»

«In realtà di amici traditori me ne intendo abbastanza.»

Sollevo un poco la testa per sbirciarlo in volto.

Massimo fa un mezzo sorriso. «Sono mesi che il mio migliore amico cerca di rimorchiarsi la mia ragazza.»

Abbozzo anch'io un sorriso. Mi piacciono le persone che non perdono il senso dell'umorismo anche nelle circostanze più tetre.

Massimo mi carezza i capelli. «Se hai voglia di parlarmene, ti ascolto.»

«Non sono sicura che mi faccia bene.»

«Più che altro, a lui farebbe malissimo.» Massimo allenta l'abbraccio e si scrocchia le nocche di una mano con l'altra. «Perché se ti scappa chi è questo tizio, gli rompo la faccia.»

«Mi sbaglio, o tu hai un sacco di facce da spaccare?»

«Ci sono più nomi nella mia lista che follower del Papa su Twitter.»

Alla battuta, il sorriso mi si allarga. «Mancanza di tempo?»

«Più che altro di entusiasmo.»

Massimo mi fissa negli occhi. I suoi sono meravigliosi. Da lontano ti appaiono scuri, ma da vicino si rivelano chiari come l'interno delle nocciole in primavera.

«Sei sicura che non ti va di parlarne?»

«Sarebbe un errore.»

«Però domani pomeriggio passa a casa mia.» Massimo corruga la fronte. «Io vorrei parlarti.»

Mi figuro la scena: sono vestita da Celeste e seduta sulla sponda del letto in camera di Massimo, o magari in giardino, sul bordo della piscina, o sul cofano della sua macchina, come l'altra sera; e mi sembrano situazioni familiari, accoglienti.

Io e Massimo ci somigliamo, abbiamo un'affinità naturale.

Perciò *devo* rifiutare il suo invito.

Avevo sottovalutato l'aspetto più fisico del rapporto tra mia sorella e il suo fidanzato, e non voglio ritrovarmi a doverlo baciare per rimanere nel personaggio e poi sentirmi oppressa dai sensi di colpa.

Quanto sono bugiarda, anche con me stessa.

Non ho baciato Massimo perché recitavo.

L'ho baciato perché lo desideravo.

Ed è un problema enorme. Più passiamo del tempo insieme, più cambia la mia immagine di lui, e più ne sono attratta. Frequentarlo sta diventando pericoloso. Se me ne innamorassi, non avrei più il coraggio di guardare in faccia Celeste per il resto della mia esistenza.

«No, domani no.» Scuoto la testa. «Scusami, ma non sono davvero in vena. Ho le parole del mio amico stampate in testa, e non potrò mai cancellarle. Il nostro rapporto non sarà mai più lo stesso.»

Il dolore torna a pulsarmi nel petto e gli occhi mi bruciano.

Detesto piangere. Mi considero una con un carattere di ferro, pronta a sopportare le intemperie della vita. Non mi piace scoprirmi fragile.

Mi divincolo dall'abbraccio di Massimo. «Adesso vai pure. Magari devi parlare con l'allenatore o con gli altri della squadra. Io rimango ancora un po' qui.»

Ma questa volta è lui a scuotere la testa, deciso. «Anche se mi hai scaricato come al solito, non ti lascio sola. Non esiste. Non me ne vado finché non smetti di piangere.»

«Potrebbe volerci parecchio.»

«Anche se piangi tutta la notte, io non me ne vado.»

È incredibile che voglia lo stesso consolarmi dopo che l'altra sera l'ho respinto in malo modo e dopo che oggi ho rifiutato per l'ennesima volta un suo invito. La gentilezza di Massimo è toccante, ma mi fa anche rendere conto di quanto io sia sola. Lui è un ragazzo che in fondo conosco da appena pochi giorni, e solo lui è qui a rincuorarmi.

Paolo era sul serio il mio unico amico.

Passo le braccia intorno al collo di Massimo e nascondo il viso contro la sua spalla, le lacrime mi gocciolano dal mento.

«Non volevo davvero restare da sola» mormoro.

Lui mi carezza la schiena. «Lo so.»

12

Appena la professoressa di latino lascia l'aula, è tutto uno stridere di sedie scostate. I miei compagni si alzano per stiracchiarsi, per chiacchierare, per far baldoria nei cinque minuti di pausa tra una lezione e l'altra. Quel simpaticone di Nicola approfitta dell'anarchia per attaccarsi alla lavagna e riempirla di disegnini sconci, ridacchiando come un bimbo delle elementari.

Io sfilo le cuffiette dalla tasca dei jeans, le collego al mio smartphone e me le ficco nelle orecchie. Seleziono una canzone a caso nella mia playlist metal. Una vale l'altra, basta che faccia casino e mi impedisca di ascoltare i miei stessi pensieri.

Va tutto male. Mia sorella non torna a casa, e non posso più neanche andare a trovarla. Lorella e Giuliano mi hanno scoperta e potrebbero smascherarmi in ogni momento. E Massimo... E Massimo è un problema gigantesco e complicato.

E poi c'è Paolo.

Alzo il volume della musica al massimo, tanto che ho l'impressione che l'intero banco vibri sotto le note di *Aces High* degli Iron Maiden.

Dio, ma quanto ci mette il professore di italiano ad arrivare?

Va bene che pesa centotrenta chili, ma sono solo due passi.

Mi prendo la testa tra le mani, china sul banco.

Siamo alla terza ora, me ne toccano altre tre, e poi mi tocca un'intera giornata, e settimane, e mesi, e anni, e non mi libererò mai di tutta la rabbia e la tristezza che mi divorano.

Non mi sono mai detestata tanto. È facile essere cinica e pessimista osservando da lontano le sfortune degli altri. Ma ora sono io nei guai, e non vedo vie d'uscita. Muri di tenebra bloccano ogni strada. Sono prigioniera del mio stesso cervello, della mia stessa mente che sguazza in uno stagno di ragionamenti orribili.

La canzone si spegne nel silenzio che precede il brano successivo, e mi accorgo che il trambusto nella classe si è calmato. Tutti si sono riseduti.

Il professor Accorsi, l'insegnante di letteratura di Celeste, entra nella nostra classe e si chiude la porta alle spalle. Ci saluta con un gesto della mano, e vedo che apre la bocca, ma parte *Buried Dreams* dei Carcass e non sento niente di quello che dice.

Ma... ma lui che ci fa qui?

Mi levo le cuffiette e le riarrotolo.

«... che è in malattia, quindi per le prossime settimane coprirò io le sue ore» conclude il professore. Sorride alla classe. «Speriamo di riuscire a portare avanti il programma come si deve. Siete una quinta e con l'esame alle porte mi sento responsabile.»

Poggia la ventiquattrore marrone sulla cattedra e si accomoda. Ha cambiato occhiali: questi di oggi sono grandi, con una montatura spessa; più giovanili.

Martina e Sara, nel banco accanto al mio, parlottano a bassa voce e si scambiano risolini inconfondibili. Apprezzano che sia toccato all'Accorsi di sostituire il Biasotti. Il nuovo professore ha un certo ascendente sulle ragazze della nostra scuola: il suo nome è rimasto per un sacco di settimane al primo posto nella top ten degli insegnanti più fighi, classifica a cura delle amministratrici del gruppo privato su Facebook dedicato al nostro liceo. Non che sia difficile sbaragliare la concorrenza, visto il livello estetico del corpo insegnante: lo stesso Biasotti, con il suo pancione da bevitore di birra all'ultimo stadio, oscilla tra la sesta e la settima posizione.

L'Accorsi sfila dalla borsa un notebook, lo accende e scorre quelli che devono essere gli appunti per la lezione di oggi. Annuisce soddisfatto e lo richiude.

«Penso siate abituati ai fenomeni virali» comincia. «Al giorno d'oggi, qualunque idea, anche la più povera, può diffondersi ovunque nell'arco di pochissimo tempo. Un tipo dall'altra parte del mondo infilza un ananas con una penna, ci fa una canzoncina, e la settimana dopo la canticchia mezzo pianeta.»

Qualcuno ride, ma io sto già srotolando le cuffiette.

«Anche se non sembra» continua l'Accorsi, «nel mondo dell'arte è sempre stato così. La velocità di propagazione delle mode era molto più lenta, ma lo stesso una corrente o un movimento artistico poteva diffondersi a livello globale.»

Il professore va alla lavagna, cancella gli scarabocchi di Nicola e scrive:

Il carnato del cielo
sveglia oasi
al nomade d'amore

«Questo è un componimento di Giuseppe Ungaretti, e in pratica è un haiku, una forma di poesia tradizionale giapponese.»

Alla parola *haiku* drizzo le orecchie, e ricaccio le cuffiette nella tasca dei jeans.

«E non è il solo poeta italiano che a cavallo tra la fine dell'Ottocento e l'inizio del Novecento si è cimentato con gli haiku. Per esempio anche Gabriele D'Annunzio, che dovreste aver appena studiato, era un appassionato di cultura giapponese e ha composto degli haiku.»

Alzo la mano di scatto.

L'Accorsi mi fa cenno che posso parlare.

«Sembra un argomento molto interessante» dico. «Magari potremmo dedicare la lezione agli haiku.»

E forse potrei scoprire la chiave per interpretare le poesie di Celeste.

Il professore mi sorride. «Sarebbe bello. A me piacerebbe. Ma purtroppo il programma prevede altro, e il tempo è davvero scarso.»

«Capisco» mormoro.

Per il resto della lezione, non riesco a scacciare dalla testa gli haiku che mia sorella ha scritto sul quaderno nero. A un orecchio poco addestrato come il mio, suonano anche meglio della poesia di Ungaretti. Mi domando se scrivere sia la via di fuga di Celeste, il modo di esprimersi di una persona abituata a tenersi tutto dentro.

Mi rigiro nella mente le parole degli haiku. Si mescolano le une con le altre, in un labirinto senza uscita.

La campanella mi fa sobbalzare.

«Bene ragazzi, allora ci vediamo domani» dice il professor Accorsi.

I miei compagni lo ignorano e sciamano fuori, siamo a ricreazione.

«Ah, e ricordatevi di portare anche autori latini» continua il professore, rivolto alle schiene dei suoi alunni. «Qualche riferimento interdisciplinare vi aiuterà all'esame.»

Ma ormai più di metà della classe è uscita in corridoio. Chi con i soldi pronti in mano per comprarsi una merendina e chi armato di sigaretta, diretto in cortile a fumarsela.

Dal canto mio, non ho la minima intenzione di scollarmi dal banco. La classe di Paolo è ad appena due porte di distanza, e se mi mettessi a girovagare rischierei di incontrarlo.

È l'ultima persona che voglio vedere.

Me ne rimarrò al posto. A farmi rintronare dalla musica.

«Vera, potresti venire qui un attimo?»

Sollevo gli occhi dalla playlist sullo schermo del cellulare.

L'Accorsi è seduto alla cattedra con il notebook aperto davanti a sé. Mi fa gesto di raggiungerlo.

«Devo parlarti.»

Ha una faccia seria, che non promette buone notizie.

Mi alzo, e metto in moto le rotelle per architettare nuove giustificazioni per mia sorella. Celeste ha dovuto accumulare altre assenze perché io avevo dei compiti in classe. Da domani mi alternerò con lei, ma non so quanto tempo potrò tirare avanti così. Questa faccenda alla Clark Kent/Superman – quando c'è uno non c'è mai l'altro e viceversa – funziona solo nei fumetti.

Mi accosto alla cattedra, ma il professore non mi dice niente. Aspetta che anche un paio di ragazze ritardatarie escano dall'aula. Le osserva sparire in corridoio.

Rimasti soli, riporta l'attenzione su di me. «Ti devo parlare di tua sorella.»

Accidenti. Speriamo che sia solo l'ennesima ramanzina sul fatto che se non la smette di marinare la scuola, dovranno bocciarla. A meno che i professori non abbiano già preso decisioni irreparabili. Non voglio crederlo. Ma è necessario che escogiti una scusa geniale. Solo che non mi viene in mente niente di niente.

«Se si tratta delle assenze...» abbozzo.

L'Accorsi scuote la testa e mi indica la porta. «Chiudila per favore.»

Mi affretto ad accostarla. Questa storia non mi piace per niente.

Torno alla cattedra e il professore gira il computer verso di me. Inclina lo schermo in modo che possa vederlo bene.

Una pagina Facebook occupa il display. Mi tiro su gli occhiali sul naso, e leggo. La pagina si intitola *La regina del canile*.

«Me l'ha segnalata uno studente di un'altra classe.» L'Accorsi scorre la pagina, mostrandomi i messaggi e le foto. «È una pagina dedicata a Celeste.»

I post consistono in immagini di mia sorella con impresse sopra delle brevi didascalie.

«Non so chi l'abbia creata» continua l'Accorsi. «Ma ho il sospetto che sia uno dei nostri studenti, perché diverse foto sono state scattate all'interno dell'istituto. E comincio a pensare che sia questa pagina il vero motivo per cui Celeste non si fa vedere più a scuola. Ho ragione?»

Ma le parole del prof le sento appena, nelle orecchie ho solo il rombo del mio sangue che ribolle. Scosto le dita dell'Accorsi dal notebook ed esploro io la pagina, un post dopo l'altro.

Ci sono foto pubbliche che mia sorella ha messo lei stessa su Facebook, e ci sono scatti rubati in classe, o per strada, o durante le serate in discoteca. Sopra ciascuna, un commento disgustoso.

La principessina mangia dalla ciotola per i cani campeggia sopra un'immagine di Celeste che, seduta con le gambe accavallate a un tavolino dell'Octopus, spizzica le noccioline da una scodella trasparente. *La tua tipa ha visto più uccelli di Hitchcock* accompagna una foto di Celeste che si bacia con Massimo appena fuori dal cancello della scuola. *In India saresti sacra!* è appiccicato sopra una Celeste nei bagni delle ragazze, intenta ad aggiustarsi la gonna; si intravede il pizzo delle autoreggenti.

Chi le ha scattato le foto di nascosto agiva con malizia. Sono scatti realizzati apposta per far sembrare Celeste volgare, per comunicare l'idea che sia una ragazza facile. Che sia una cagna, come sostiene il titolo della pagina.

Solo il pensiero che ci sia gente che si riferisce a mia sorella in quel modo mi fa prudere le mani. Pagherei oro per sapere chi è il farabutto dietro questa pagina. Gli farei ingoiare il computer, il modem, i pali del telefono, e tutto quello che ha usato per insozzare Internet con queste porcherie.

«Tu non ne sapevi niente?» mi chiede l'Accorsi.

Non rispondo. Se aprissi la bocca mi colerebbe fuori tanto di quell'acido da fondere il computer e la cattedra.

Scorro altri post, andando a ritroso nella cronologia. Ci sono inviti a iscrivere mia sorella a siti di escort, o a recensirla sui portali dedicati agli allevamenti di varie razze canine. Qualche insulto se lo becca anche Massimo, che sarebbe uno stupido a rimanere con una poco di buono come Celeste.

A cadenza settimanale, appaiono anche storielle sozze con protagonista mia sorella. Le date e i luoghi citati sono giusti, ma gli avvenimenti sono inventati di sana pianta.

È orribile. Non esiste persona più sensibile di Celeste. Per quanto affronti sempre la vita con ottimismo, davanti a questa valanga di insulti ne uscirebbe distrutta.

Ma chi odia tanto Celeste? Chi si impegnerebbe per ore e ore solo per offenderla? Addirittura scattarle foto di nascosto. È assurdo.

Torno in cima alla pagina, e ci sono persino immagini *mie* – cioè di me nei panni di Celeste. Un paio scattate all'Octopus, la sera del misterioso festeggiamento, e c'è una mia foto in passerella, quando incespico e i capelli mi piovono sugli occhi. È uno scatto preso da vicino, da qualcuno che era tra il pubblico...

L'sms di Lorella mi lampeggia davanti alla faccia.

Ma so che nell'ultimo periodo Simona, la sorella di Massimo, la tormenta in ogni modo.

E all'Octopus, Simona mi aveva dato proprio della cagna, citando la ciotola da cui mangerei i croccantini. E Simona era in prima fila alla sfilata. E le foto prese nei bagni della scuola? Solo una ragazza avrebbe potuto scattarle.

No, non ci sono dubbi, è stata Simona.

È lei che ha creato la pagina.

Maledetta bastarda.

Celeste dev'essersi accorta di questa fogna, e le sarà crollato il mondo addosso.

Abbasso lo schermo del notebook con un tonfo. Simona non la passerà liscia. Poco, ma sicurissimo.

«Non ne ho parlato con il dirigente scolastico.» Il professor Accorsi sospira. «Meno persone ne sono a conoscenza, meglio è. Se tua sorella sta male per questa pagina, non dobbiamo pubblicizzarla in alcun modo. Questo pomeriggio la segnalerò a Facebook, ma se non scopriamo chi l'ha fondata, ci metterà poco a rifarla.»

«Forse una mezza idea io ce l'ho» dico. «Ma devo controllare.»

«Bisogna che questa persona la smetta. E subito. Non tollero che qualcuno spii le mie studentesse.»

«Non si preoccupi.» Corro al mio banco e recupero il cellulare. «So come agire. Lei per ora non lo dica a nessuno, se la notizia si diffondesse, mia sorella non riuscirebbe a sopportarlo. Non segnali neanche la pagina a Facebook, almeno fino a stasera.»

Non aspetto che l'Accorsi mi risponda ed esco dall'aula. In corridoio sfoglio la rubrica per cercare il nome di Massimo. Lo chiamo.

«Massi? Ciao, sono Celeste, sto usando il cellulare di Vera.»

La campanella trilla a segnalare la fine della ricreazione. Il suono si ripete anche dal microfono del cellulare: Massimo è a scuola pure lui. Mi tappo l'orecchio con il dito.

«È ancora valido l'invito di questo pomeriggio a casa tua? Sarei felice di venire.»

13

Picchio l'indice sul campanello e lo picchio più forte e ancora e ancora. Da dentro la villa di Massimo riecheggia il concerto dei miei squilli.

Prendo un lungo respiro.

Devo calmarmi, perché se mi si presenta davanti Simona finisce che le salto addosso e le tiro il collo come a una gallina. E non va bene. No, Vera, non si ammazzano i parenti del fidanzato di tua sorella. Almeno finché non hai le prove.

Tra l'altro Simona è ancora minorenne. In caso di omicidio sarà un'aggravante?

Rumore di passi. Qualcuno viene ad aprirmi. Mi strofino le mani sudate sui jeans. Avanti, bulletta infame, mostrami il tuo faccino, che lo riduco a una maschera di sangue!

Massimo spalanca la porta.

Mi sorride. Un sorriso solare, dolcissimo.

«Sei in anticipo.»

Si sporge verso di me e mi bacia sulle labbra.

Un bacio leggero, per salutarmi. Ma che mi manda in fiamme le guance e alimenta il fuoco del mio senso di colpa.

«Non... non vedevo l'ora di vederti» mormoro. Sbircio all'interno. «Posso?»

Massimo inarca il sopracciglio e ridacchia, scostandosi per cedermi il passo. «Ma certo, accomodati pure.»

In piena luce, il salotto è ancora più affascinante. Massimo mi ha raccontato che suo padre è un interior designer, e la villa l'ha arredata lui. I mobili sono bianchi e neri, dalle linee semplici; superfici lisce, lucide. Mi sembra di essere nel cuore di un'astronave, a bordo della *Discovery One* di *2001: Odissea nello spazio*. Solo che, invece di raggiungere Giove, la nave spaziale è atterrata in giardino.

Massimo mi prende per mano e mi accompagna su per le scale a chiocciola. «Camera mia è di sopra.»

Possibile che debba specificarlo, e che Celeste non sia mai stata in camera sua? Ma forse era sarcastico: avrà notato la mia fretta di intrufolarmi in casa sua e il mio sguardo indagatore degno di un agente dell'FBI.

In ogni caso, se la camera di Massimo è al secondo piano, è probabile che la stanza della sorella sia nei pressi. Aguzzo la vista, e la individuo subito: in fondo al corridoio, la porta dipinta di rosa shocking su cui spicca il cartello *SORRY, WE'RE CLOSED!!!* Da lì viene anche un frastuono spaccatimpani: Katy Perry sparata a tutto volume. Mi sembra persino che il battente tremi al ritmo della musica.

Accenno in quella direzione. «Ma non avete paura che crolli la casa?»

Massimo sospira rassegnato. «Se provi a dirle qualcosa, ti tira contro di tutto.»

«Che sorella simpatica.»

«Quasi quanto la tua.»

Il commento mi lascia interdetta. Sarei più sgradevole di Simona, o la sorella di Massimo è una tale rompiballe che come lei non c'è nessuno, neppure quell'acida della sottoscritta?

«Eccoci.»

Massimo mi fa gesto di precederlo in camera sua.

Non è come me l'aspettavo.

Mi figuravo magliette di calciatori autografate e incorniciate, mensole cariche di trofei sportivi, e le sue stesse foto in pose da sbruffone, in mezzo agli amici adoranti.

Invece la stanza riprende lo stile minimalista del salotto, con pochi mobili eleganti. Le pareti sono tappezzate di fotografie, e sulle scansie della libreria ci sono – incredibile a dirsi – dei libri. Piego il collo per leggerne i titoli lungo le coste. Manuali sulle tecniche di ripresa. Sul fotoritocco. Sulla fotografia come espressione artistica.

Il ripiano della scrivania è sgombro, tranne per una borsa da cui spunta l'obbiettivo di una fotocamera. Non avevo intuito quanto Massimo fosse appassionato della materia.

Osservo le foto appese.

Gigantografie di paesaggi, alcune a colori, altre in bianco e nero. I dettagli sono stupefacenti: posso contare le venature sulle foglie degli alberi, e ho l'impressione che le nuvole siano tridimensionali, sbuffi di panna che potrei leccare via.

Le foto che occupano la parete sopra il letto mi lasciano a bocca aperta. Sono decine, e hanno tutte lo stesso soggetto: le pale eoliche. In alcuni scatti sono riprese da lontano, fiori metallici sulla cresta della collina, e in altri sono inquadrati solo particolari specifici, come le giunture alla base delle pale, o i bulloni lungo gli steli.

Sono ammirata dall'abilità di Massimo.

Indietreggio di un passo, e mi accorgo che le foto delle pale eoliche non sono appese a caso. Sono disposte in maniera che, più ci si avvicina alla parete, più si ha l'impressione di precipitare verso le strutture di metallo bianco. Le foto ai margini della composizione sono riprese da lontano, e quelle al centro sono ravvicinate.

Sfioro una delle stampe: è inquadrata la cappella di mattoni dedicata alla Madonna, e nell'angolo si coglie una pala ferma, una lancia splendente che trafigge il cielo.

«Questa è stupenda» mormoro.

«Ti piace?» mi chiede lui.

«Se è in vendita, la compro.»

Massimo ridacchia, ma io sono seria. Pagherei volentieri per decorare camera mia con un'immagine tanto suggestiva.

Appiccico il naso alla foto successiva, per studiarla con attenzione. Sono incantata dalla capacità che Massimo dimostra nel catturare la bellezza meccanica di quei giganti di metallo. Mi sembra di essere lì, sotto le pale che ruotano maestose.

Ma... aspetta un attimo.

Individuo una sagoma scura seduta all'ombra della pala eolica. Una persona con i capelli scompigliati dal vento, che regge in mano un blocco per appunti. E non ho bisogno della lente di ingrandimento per sapere di chi si tratta.

Punto l'indice sulla figura accoccolata ai piedi della struttura. «Quella...»

Massimo annuisce. «È tua sorella Vera.»

Allontano il dito, come se avessi preso la scossa. Vedermi lì tranquilla a disegnare mi mette a disagio. Ho la sensazione che non possa trattarsi di una coincidenza, che Massimo abbia piazzato la foto in bella vista per farmi intuire che mi ha smascherata.

Mi trema la mano.

E poi perché Massimo mi avrebbe scattato una foto?

«Non potevi aspettare che se ne andasse?» dico, gli occhi bassi per non incontrare lo sguardo di lui.

«In realtà mentre sistemavo il treppiede speravo che non si muovesse.» Massimo mi sorride. «Appena l'ho vista, ho capito che era un'immagine da catturare subito. La luce e il soggetto erano perfetti.»

«Che esagerato, di solito non la sopporti.»

«Da come ne parli, si direbbe che non la sopporti neanche tu.»

Dal tono intuisco che scherza, ma forse lo scherzo nasconde un fondo di verità. Una verità che non voglio affrontare. Non ora.

Rialzo gli occhi sulla mia foto. Più la guardo, più sono in imbarazzo, in un imbarazzo terribile. Meglio cambiare soggetto. Deglutisco e mi giro verso la libreria. Sfioro la costa di un volume dedicato alle riprese in notturna.

«E così studi fotografia?»

Massimo mi rivolge un'occhiata perplessa. «Credo di avertene parlato spesso. Ma capisco che non è l'argomento più interessante del mondo.»

Mi mordo la lingua. Accidenti, non ne combino una giusta. È ovvio che Celeste sia al corrente del suo hobby. Che razza di domanda era?

Un ronzio sospetto mi fa allontanare di scatto la mano dal manuale. Una vespa svolazza sulla libreria e si posa dove tenevo le dita. E io non mi sono portata dietro l'epipen. Se l'insetto mi punge, rischio una crisi anafilattica e di finire dritta al pronto soccorso.

«Non preoccuparti.» Massimo scaccia via la vespa agitando la mano, e la bestiaccia fila fuori dalla finestra. «Fanno solo un giro sui miei manuali e se ne vanno via. Ormai la libreria è diventata una tappa turistica per le api.»

«Era una vespa, non un'ape.»

«Mamma mia quanto sei precisina.»

Mi sorride ironico, e non è il sorriso di quando è estasiato dalla compagnia di Celeste, è il sorriso che dedica a *me*, la sorella pedante.

«Devo parlarti» dice. «È importante.»

Ma lo strimpellare di Katy Perry aumenta di botto e mi distrae. Ne deduco che Simona sia uscita dalla sua camera. Mi volto verso la porta che Massimo ha lasciato aperta. Come in un dipinto, Simona compare nella cornice delimitata dagli stipiti, in shorts rosa e canottiera dello stesso colore, con sullo sfondo l'intonaco bianco del corridoio.

Lei cammina svelta e sparisce dal quadro.

Massimo sbuffa. «Ma mi stai ascoltando?»

Simona non ha neanche abbassato la musica, non starà via molto, dev'essere andata in bagno. Devo approfittarne per ispezionare camera sua.

«Sì, sì» dico, senza staccare gli occhi dalla porta. «Puoi aspettare solo un attimo? Ho bisogno del bagno.»

Lui storce la bocca, credo si sia convinto che voglia scansare la discussione.

Gli sorrido. «Ti garantisco che dopo parliamo.»

«Va bene.» Massimo si va a sedere sul copriletto candido steso sul materasso. «Ma ho paura che mia sorella abbia occupato il bagno qui al piano, ti conviene usare quello di sotto. Sai dov'è, no?»

«Certo!»

Esco dalla camera di Massimo, controllo che Simona non sia in vista, e con nonchalance mi intrufolo in camera sua.

Katy Perry mi aggredisce con i suoi lamenti stonati, ma a zittirla desterei sospetti.

Mi chiudo la porta alle spalle.

Bene, questa prima fase della missione è compiuta. Numero 47 sarebbe orgoglioso di me.

Ora, il computer.

Lo trovo subito, sulla scrivania sotto la finestra. Un notebook con la scocca rosa, adagiato vicino alla lampada. Mi ci fiondo – e per poco non mi ammazzo inciampando sui peluche sparsi per il pavimento. Ma possibile che una diciassettenne che si atteggia da glam collezioni unicorni morbidosi?

Tocco la tastiera e lo schermo si accende. Il notebook era solo in standby e non mi chiede le credenziali. Avvio il browser, carico Facebook, e rivolgo una preghiera a San Google: ti scongiuro, fa' che Simona abbia salvato la password la prima volta che l'ha inserita.

Ed è così!

Due click, e sono sul suo profilo.

Verifico subito le pagine che gestisce.

Come volevasi dimostrare: l'idiota amministra *La regina del canile* dal profilo con il suo vero nome. Non si è neanche presa la briga di creare un account falso ad hoc.

Inserisco nel notebook una pennetta usb e salvo gli screenshot con tutte le informazioni che mi servono. Con queste jpeg in mano, nessuno potrà dubitare che sia Simona ad aver creato la pagina contro mia sorella.

Per sicurezza faccio due copie di ogni immagine, e sfilo via la pennetta.

«E tu che diavolo ci fai qui?»

Mi giro. La porta si è spalancata, e la bastarda è sulla soglia, la piastra per i capelli in mano. Mi fissa con il faccino indignato.

«Esci subito da camera mia» strilla. «Nessuno ti ha autorizzata!»

Tolgo l'iPod dall'alloggiamento con le casse. Spengo Katy Perry e sorrido a Simona. Ormai ho le prove che cercavo, non ho più bisogno di agire in modalità stealth.

«Gioia e giubilo in tutto il Regno!» esclamo. «Chi abbiamo qui, se non l'autrice di questa pagina deliziosa in mio onore.»

Giro il notebook verso di lei.

Simona sgrana gli occhi. «Non... non sono stata io che...»

«È inutile che fai la modesta, ho controllato. Hai il pieno diritto di prenderti tutti i meriti per la tua impresa.» Le rivolgo un gesto innervosito. «Be', che aspetti? Non ti inchini davanti a me? Dopotutto sono una regina.»

Simona si affretta ad accostare la porta. Ma certo, carina, non vuoi mica che Massimo scopra che ti sei accanita contro la sua fidanzata. Non che sia sorpresa dalla reazione dell'infame: quel tipo di persone, oltre che cattive, sono anche vigliacche.

«Adesso ti spiego come procediamo.» Chiudo il portatile e me lo metto sottobraccio. «Ti requisisco il computer, e mi porto via anche il tuo cellulare. Poi li prendo a martellate e ficco i pezzi nel forno acceso. Per essere sicura che non rimangano tracce delle porcherie che hai scritto su Celeste.»

«T-tu» balbetta Simona. «Tu n-non sei Celeste...»

«Esatto, furbona, sono la gemella psicopatica» replico a muso duro. «E ringraziami in ginocchio che non ti denuncio alla polizia postale.»

L'espressione di Simona si incrina. La schiena struscia contro la porta, e lei si accascia con il sedere per terra. La piastra le cade dalle dita.

La piccola bastarda scoppia a piangere.

Meschina, codarda e con la tempra di una bambina lagnosa.

«Mi dispiace... mi dispiace» piagnucola. «Era solo uno scherzo, per prenderla in giro. E basta.»

Si ripulisce il moccio con le nocche. Dio santo, che spettacolo pietoso.

«Ti prego, non dirlo ai miei. Non dirlo a Massi! Non ho fatto niente di grave.»

«Il tuo problema non è la mammina. Il tuo problema sono

i reati di diffamazione a mezzo stampa, stalking, interferenza illecita nella vita privata, e sospetto molti altri. Sono *anni* di galera.»

Distendo la mano libera. «Su, dammi il cellulare. Tanto paparino te ne comprerà uno nuovo.»

Simona infila le dita nella tasca degli shorts e tira fuori lo smartphone. Lo strappo via dalla sua mano tremante e me lo intasco.

Lei continua a singhiozzare. Mi domando se abbia compreso la gravità di quello che faceva mentre caricava le foto e scriveva le didascalie. Possibile che una drogata di social come lei non si renda conto del male che infligge a un'altra ragazza mettendola alla berlina? Ha una vaga idea di quanto Celeste ci soffre?

«Non era uno scherzo per *niente*» le dico. «Celeste piange giorno e notte per colpa tua. Per la tua cattiveria senza motivo. Ti piacerebbe se mi accanissi *io* contro di te in quel modo?»

«Non volevo» mugola Simona. «Non volevo che ci rimanesse male. La pagina era solo una stupidaggine, non pensavo neanche l'avesse vista. Ha pochi visitatori. E non ho mai postato il video, lo giuro!»

«Quale video?»

Simona mi guarda sorpresa. Sbianca. Si è resa conto che io non ne so niente, e che si sta scavando da sola una fossa sempre più profonda. «P-però non mi denunci?»

Mi chino su di lei. «Dimmi del video.»

«Parlo d-di questo...»

Mi fa cenno di consegnarle il portatile. Tentenno, ma acconsento. Tanto ho la pennetta con le prove necessarie: se la furbona si dà alla fuga, ci vado sul serio dai carabinieri.

Simona smanetta con il computer. Lo rigira verso di me. Ha

aperto una cartella che contiene un unico file, un filmato in formato MP4.

«Ho ricevuto il link via mail, qualche tempo fa» mi spiega. «Ma non l'ho caricato io, lo giuro. Io non c'entro niente. Non so neanche chi mi ha mandato la mail.»

La premessa mi preoccupa, e non poco.

Clicco sul video. Il filmato si allarga a schermo intero.

Una stanza in penombra, l'unica luce viene dall'abat-jour sul comodino. L'alone giallo sfiora i cuscini e il piumone steso sul letto. Sul piumone è impressa una stampa della Via Lattea.

Deglutisco. Il Natale scorso ho regalato a Celeste un piumone con lo stesso disegno.

Il video prosegue e compare proprio Celeste.

Che diavolo, quella era davvero camera sua!

Mia sorella si toglie la felpa e i pantaloni. Si sfila anche le mutandine e il reggiseno. Rimane nuda al centro dell'inquadratura. Dal suo viso sereno si capisce che è ignara che la stiano riprendendo. Raccoglie il pigiama drappeggiato sullo schienale della sedia davanti alla scrivania e lo indossa.

Il filmato termina con Celeste che scivola sotto le coperte.

Fisso l'ultimo fotogramma, rimasto a riempire lo schermo.

Dall'angolazione, sembra che il video provenga dalla webcam nel notebook di Celeste. Ma l'abbiamo provata diverse volte la webcam parlandoci via Skype, e in condizioni di scarsa luce produce immagini sgranate. Invece il filmato è di ottima qualità, in HD.

Qualcuno si è introdotto in camera di Celeste e ha installato una telecamera nascosta.

Sono sconcertata. Questo non è lo scherzo di una ragazzina gelosa, è roba da maniaci. E se Celeste si è accorta che una roba del genere gira su Internet, capisco che si senta tanto male.

Inspiro ed espiro per calmarmi, anche se l'istinto mi urla di fracassare il portatile di Simona contro il muro, per far sparire il filmato maledetto. Ma devo essere razionale. Ho bisogno di una copia del video per andare alla polizia postale.

Infilo la pennetta nel notebook e mi salvo il file.

«Chi altro ha visto questo video?»

«Non lo so.» Simona scuote la testa. «La mail era indirizzata a me e ad altri compagni di classe. Ma il link per scaricare il video è morto già il giorno dopo. Non lo hanno scaricato in tanti. Credo.»

Anche pochi sono troppi. Se la voce è arrivata a Celeste, si sarà sentita morire. Mi viene la nausea. Non me ne frega più niente di recitare la parte della psicopatica per vendicarmi della mocciosa.

Le restituisco il cellulare. «Avanti, cancella la pagina e tutte le foto, qui davanti a me.»

Simona annuisce e si mette all'opera. Dopo averle fatto ripulire lo smartphone, le ordino di cancellare ogni traccia di mia sorella anche dal notebook.

«Hai altre foto di Celeste nascoste da qualche parte?» La fisso dall'alto in basso. «Chiavette usb? Dischi esterni, dvd?»

«No, lo giuro, davvero.»

«Sarà meglio.»

Afferro la maniglia della porta. «Levati dai piedi.»

Simona sgattaiola via.

Le punto l'indice contro. «Se vedo il filmato da qualsiasi parte, in qualsiasi modo, ti riterrò responsabile. E la denuncia che ti becchi sarà il meno. Mi hai capita? Il meno.»

Simona accenna un timido sì con il capo. Tira su con il naso e riprende a piagnucolare. Sembra una bambina spaventata pronta a rifugiarsi sotto la gonna della mamma.

Ma era solo giusto traumatizzarla. Così la prossima volta che in quella sua testolina vuota si affaccerà il proposito di dire mezza parola contro mia sorella, saprà che ci saranno conseguenze. Tra l'altro tutto questo astio solo perché è gelosa del fratello maggiore... Dio, è meglio che non ci pensi, altrimenti la strozzo.

Peccato che non ne ho proprio il tempo, devo precipitarmi a casa.

Mi affretto lungo il corridoio. Massimo sbuca dalla sua camera. «Pensavo che fossi andata in bagno.»

Lo schivo e imbocco le scale. «Scusami, ma è sorto un problema, devo andare.»

«Ma quale problema...»

Mi giro che già sono scesa diversi gradini. «Mi è venuto un mal di stomaco terribile. Quello che volevi dirmi me lo dici la prossima volta, okay?»

Non aspetto che mi risponda e riparto di corsa.

Entro in casa come un tornado, e mi fiondo al piano di sopra.

Se Celeste è disperata per via del filmato, devo scoprire chi lo ha realizzato, e perché si è accanito contro mia sorella.

Escluderei Simona. Installare una videocamera senza farsi beccare richiede un certo grado di furbizia, e una che amministra pagine diffamatorie con il suo vero nome non si candida al ruolo di genio del male. In più la sorella di Massimo non ha mai messo piede in casa nostra, almeno che io sappia.

No, non è stata lei.

Chi, allora? E mi sembra incredibile che Celeste possa avere dei nemici disposti a rischiare la galera pur di danneggiarla. Lei è la persona più buona del mondo. Alle volte sarà un po' ingenua, ma nessuno potrebbe odiare una ragazza come lei. Mi rifiuto di pensare che sia circondata da persone tanto maligne.

Eppure ne ho le prove, le ho qui in tasca, nella pennetta usb.

Mi metto davanti alla scrivania di Celeste, rivolta verso il letto. Sì, l'inquadratura è questa, proprio come se a riprendere il video fosse stata la webcam del computer. Ma non è possibile, in penombra non si sarebbe visto niente, al massimo una silhouette sfocata.

Tolgo il computer dalla scrivania ed esamino i portapenne, le matite una a una, i libri di scuola, gli astucci. Verifico che gli oggetti siano a posto e li poso per terra. Alla fine il ripiano è vuoto e non ho trovato niente di sospetto.

Stacco le foto dalla parete dietro la scrivania. Tasto il muro, centimetro per centimetro. Tiro giù i poster e le scritte a caratteri panciuti delle amiche.

Niente.

Disperata, metto a soqquadro la stanza. Rovisto nell'armadio, smonto lo specchio dalla toeletta, sradico il cassetto del comodino. Accidenti! Chi ha piazzato la telecamera dev'essere tornato per rimuoverla. O magari l'ha trovata e rimossa la stessa Celeste, dopo aver scoperto dell'esistenza del video.

Mi butto sul letto, delusa e frustrata. Se almeno mia sorella me ne avesse accennato, avrei potuta aiutarla. Avrei chiesto a Paolo, lui se ne intende di...

Aspetta. Aspetta un attimo.

Schizzo giù dal letto e corro in camera mia.

Il pupazzetto che mi ha regalato Paolo, il pinguino zombie, è a cavalcioni dello schermo del mio portatile. Il pupazzetto ha un gemello rosa confetto con due cuoricini al posto degli occhi, e Celeste lo teneva sul suo, di portatile.

Solo che non è più lì sopra, mi pare di averlo notato in un cassetto.

Ritorno nella stanza di mia sorella. Rovisto nel cassetto della scrivania. Il pupazzetto è in una busta di plastica trasparente. La apro e mi faccio cadere il giocattolo sul palmo.

Celeste ha svitato la parte inferiore.

Sbircio nell'altra metà del pinguino.

Una microcamera è montata dietro l'occhio destro.

14

Paolo si guarda intorno in piazza dei Mercanti, dove gli ho dato appuntamento. Scorge la mia auto, e si avvicina sorridente, lo zaino buttato su una spalla sola. Il sole alle otto è già alto e fa scintillare la spilla con il diagramma della Morte Nera, che lui ha appuntato sulla camicia a maniche corte, all'altezza del taschino.

È in anticipo. Credo si illuda che cammineremo fianco a fianco fino a scuola.

Smonto dalla macchina, e disincastro dai sedili posteriori la scatola di cartone. È grande, devo allargare le braccia per reggerla.

«Long time no see!» mi saluta Paolo. «Ma... c'è qualche problema? Hai una faccia.»

Sollevo lo scatolone e lo ribalto davanti a lui. Le alette marroni si separano e il contenuto si rovescia in strada.

Ci sono cd e dvd fatti a pezzi, confezioni di videogiochi in edizione limitata schiacciate e tagliate, animaletti di peluche sventrati, portachiavi divelti, poster ridotti a coriandoli, libri con le pagine strappate, magliette a brandelli, e un'intera collezione di action figures a tema *Guerre stellari* presa a martellate. Scuoto la scatola e piomba giù anche la coppa per il terzo posto al torneo di *MondoPulcino* che avevamo conquistato insieme l'anno scorso al Lucca Comics. È annerita e mezza fusa: le ho dato fuoco.

C'è voluta l'intera notte, ma sono riuscita a distruggere tutto ciò che mi legava a Paolo. Tutto quello che mi aveva regalato, o che avevo comprato su suo suggerimento.

Eccoli lì, i nostri anni di amicizia: un cumulo di spazzatura.

«Sono rimasta sveglia da ieri sera fino a poco fa per prepararti questo regalo» gli dico, il tono funereo. «Spero lo apprezzerai.»

«Cristo santo, Vera!» Paolo indietreggia, e i rottami del nostro rapporto gli sfiorano i piedi. «Ma perché lo hai fatto? Sei diventata mat...»

Gli mollo uno schiaffo. Lo schiocco risuona nella piazza deserta.

Lui si porta la mano alla guancia arrossata.

«Dimmi solo una cosa» ringhio. «Perché hai messo online il video di mia sorella? Perché?»

Paolo accenna a fare spallucce. «Di che cavolo parli?»

«Non prendermi in giro.» Tiro fuori dalla tasca il pinguino zombie. L'ho svitato, ma il mio pupazzetto non contiene sorprese. Lo butto in mezzo alle altre cianfrusaglie. «Presumo dovrei ringraziarti per non aver nascosto una telecamera anche nel mio. D'altra parte io sono solo la brutta copia.»

Paolo impallidisce. «Non ci credo, te lo ha detto?»

«No, non ce n'è stato bisogno.» Sulle labbra mi affiora un sorriso amaro. «L'altro pomeriggio, in macchina, non mi hai riconosciuta ma ero io. Pensa che Giuliano si è subito accorto dello scambio. Persino Lorella ha intuito che non aveva di fronte Celeste. E tu, che in teoria saresti il mio migliore amico, non hai avuto neppure un sospetto. Ironico, non trovi?»

Paolo si aggiusta gli occhiali, che per poco non volavano via per il mio schiaffo. Mi guarda come se mi vedesse per la prima volta. «Ma... ma perché hai fatto una cosa simile?»

«No, no, no. Qui la domanda è perché *tu* hai fatto una cosa simile. Hai piazzato una telecamera nella stanza di mia sorella, hai caricato il filmato su Internet, e l'hai anche segnalato ai nostri compagni di scuola. Perché? Si può sapere?»

Lui si mordicchia il labbro, e rimane in silenzio.

«Non mi rispondi?» Sferro un calcio alla montagnola di roba spaccata. «O vuoi ancora negare? Il pupazzetto gliel'hai regalato *tu*.»

«Io...»

«Allora?»

«Sì, sono stato io.»

La sua confessione era una formalità. La telecamera era saldata nel giocattolo, i modelli di pinguino spione li vendono già così.

Non è stato semplice, ma spremendo Google ho scovato il negozio online cinese da cui si è servito Paolo. Ogni pupazzetto ha tre varianti: vuoto, con microfono, o con microfono più telecamera.

Per questo ho distrutto ogni ricordo di lui: non c'erano dubbi sulla sua colpevolezza.

Lo stesso, a sentire l'ammissione di colpa dalla sua voce, mi viene male al petto. È la conferma che tra noi due si chiude ogni rapporto. Per sempre.

«Dimmi perché l'hai fatto» gli chiedo di nuovo, la voce che vorrei fosse rabbiosa e invece mi trema. È terribile dover dire addio al mio unico amico.

Paolo si ficca le dita tra i capelli, se li scompiglia, abbassa gli occhi. «Non lo so» mormora, e anche la sua voce è poco salda. È sul punto di piangere. «Non lo so perché l'ho fatto.»

Eh, no. Non mi accontento di una risposta del genere. Non dopo che hai rovinato la nostra amicizia.

«Eri invidioso di Celeste perché lei è popolare e tutti le vogliono bene? O era una vendetta meschina per gli insulti su Instagram? O magari sei solo un pervertito schifoso?»

«Instagram non c'entra niente, il video l'ho registrato prima.» Paolo sospira, e le lacrime gli solcano le guance. «Gli insulti me li ero meritati. Celeste aveva confidato a Giuliano che io l'avevo spiata, e lui ha aizzato gli altri contro di me.»

Mi torna in mente la reazione cattiva di Giuliano quando eravamo in gelateria e io ho messaggiato con Paolo. Non era la reazione del pallanuotista senza cervello che si accanisce senza motivo contro il nerd, e non era la reazione di un ragazzo geloso infastidito da un rivale. Era la reazione di una persona che sapeva che razza di farabutto frequentavo. Giuliano doveva essere preoccupato e innervosito dal fatto che un tizio falso e pericoloso come si è dimostrato Paolo ronzasse intorno a me e a Celeste.

«Mi fai pena» dico. «Mi fai pena e mi fai schifo.»

«Io non...»

«Lo sai che hai distrutto la vita di mia sorella?»

«Non...»

«Lo sai sì o no?»

Gli occhi mi bruciano, ma mi impongo di non piangere. Non davanti a lui. Non piangerò davanti a Paolo.

Mai.

«Sono due settimane che se ne sta chiusa nella casa dei nonni. Non mangia, non vuole vedere nessuno, e se non torna subito a scuola, perderà l'anno.»

«Ma non è possibile...»

«Certo che è possibile! Da giorni fingo di essere lei, per evitarle altre assenze.» Pigio l'indice contro il petto magro di Paolo. «Ma se non si presenta agli esami sarà tutto inutile.»

Lui scuote la testa. «Non è per colpa mia. Non è per colpa del video, il motivo dev'essere un altro.»

«Sì, invece, è *solo* colpa tua!»

«Sono passati più di due mesi da quando Celeste ha saputo del video. È assurdo che stia male adesso dopo così tanto tempo.»

Gli levo il dito dal torace. «Come faccio a sapere che mi stai dicendo la verità?»

«Te lo giuro.» Paolo risolleva il capo e mi guarda negli occhi. «Gliel'ho confessato io del video. Dopo averlo caricato su Internet e aver mandato le mail, qualcuno l'ha segnalato a Celeste. E lei è venuta da me disperata, chiedendomi se potevo aiutarla a rimuoverlo. Era così triste... e non aveva idea che l'avessi registrato io. Anzi, veniva a chiedermi aiuto.»

Si sfila gli occhiali con le dita che gli tremano e si asciuga le lacrime sotto gli occhi. «Mi sono sentito una merda. Stavo malissimo. Così le ho raccontato tutto.»

E dallo scambio di battute in macchina dell'altro pomeriggio so qual è stata la reazione di mia sorella. «Celeste ti ha perdonato.»

«Sì. Mi ha detto che non aveva importanza, bastava che lo togliessi. E così ho fatto. Per fortuna l'avevano scaricato in pochi, e che io sappia nessuno l'ha più rimesso in Rete.»

«Simona, la sorella di Massimo, lo ha salvato sul suo computer. E come lei chissà quanti altri. Non hai nessuna giustificazione.»

Paolo china il viso. «Hai ragione, non ho scuse. E il perdono di Celeste mi ha fatto sentire ancora più in colpa. Per questo la evitavo. Non riuscivo a guardarla in faccia.»

Non ho mai visto Paolo così contrito. Scommetto che se potesse si ridurrebbe alle dimensioni di un soldatino per andare a rifugiarsi sotto il cumulo di robaccia che gli ho rovesciato ai piedi.

«Non sei costretta a perdonarmi» aggiunge, a bassa voce.

«Stai scherzando?» sibilo. «Non ci penso neanche per sbaglio. Io non sono come mia sorella. Io non ti perdonerò mai.»

Paolo accusa il colpo, come se le mie parole fossero pugni nello stomaco. Si piega, con la mano sul ventre. Singhiozza. Forse ha capito che tra noi l'amicizia è finita per sempre.

Anch'io sto male. Un dolore che mi consuma il costato. Sto perdendo il mio migliore amico, il mio solo amico, la persona con cui ho condiviso buona parte della mia vita negli ultimi anni. Ogni esperienza, ogni bel ricordo, ogni sorriso.

Ma non c'è modo di tornare indietro. Mi conosco, e so che non riuscirò mai a perdonarlo.

«Lo capisco che sei arrabbiata» mormora Paolo. «Ma l'altro giorno ero a casa tua per redimermi. Se hai bisogno di qualunque cosa, se Celeste ha bisogno di aiuto, io ci sarò sempre. Se vuoi che...»

«No, grazie» lo interrompo. «Non ho bisogno di un amico come te. Nessuno ha bisogno di un amico come te.»

Gli do le spalle e risalgo in macchina. Metto in moto e me ne vado, piantandolo lì in mezzo ai nostri ricordi rotti.

Accelero e imbocco la strada che esce da Borgobianco. Paolo mi ha fatto buttare mezz'ora e non mi ha neanche spiegato perché ha realizzato il video. Ma che sia per invidia, per ripicca, o per semplice stupidità, in fondo non me ne frega niente. Tanto non avrò mai più nulla a che spartire con lui.

«Perché non mi hai mai parlato del video?»

Sono seduta a gambe incrociate sul pavimento sporco della

soffitta, in casa dei nonni. Quando mi alzerò, avrò i jeans striati di polvere e di unto, ma non me ne importa. Volevo starmene qui accoccolata, con la schiena al sicuro contro la parete di legno.

Come quando io e Celeste eravamo bambine e ci confessavamo a vicenda segreti incredibili, accucciate nella casetta sull'albero. Che ormai non esiste più, spazzata via da una violenta nevicata.

Celeste si volta a guardarmi, seduta sul letto. La finestrella le illumina i capelli castano chiaro, rendendoli biondi. Il sole ha appena scavalcato il versante della collina e invade con i suoi raggi il paesino dei nonni. Cominciano le poche ore di luce.

Mia sorella si porta una ciocca dietro l'orecchio. Si è tolta la tuta da ginnastica, e indossa una maglietta e dei pantaloncini. Le braccia e le gambe sono ancora più magre di quanto avessi intuito da sopra i vestiti.

«Non è sempre facile parlare di fatti del genere» risponde.

«Ma io non sono un'estranea.» Abbasso il viso a studiare le venature nelle assi del pavimento. «Sono tua sorella.»

Celeste mi sorride. «Certe volte è ancora più difficile confidarsi con chi ti sta vicino.»

«Avresti dovuto dirmelo lo stesso.» E mi accorgo che il mio tono è ostile, anche se non vorrei. «Paolo lo vedevo tutti i giorni. Pensavo che fosse un amico. E invece coltivavo una serpe in seno!»

«Ha fatto una stupidaggine. Non si merita di essere crocifisso per questo.»

Ma leggo nella sua voce che ci è rimasta malissimo per l'episodio. Solo che mia sorella è la persona più generosa del mondo, ed è sempre pronta a essere clemente con il prossimo.

«A volte ti detesto per quanto sei buona. Vorrei che ti facessi valere. Che fossi meno altruista e che pensassi più a te stessa.»

«Vedi perché è complicato discutere di certi problemi con te?»

Celeste lo dice senza astio, come se fosse un dato di fatto. E lo è, so di avere un brutto carattere. Ma il commento mi ferisce lo stesso.

«Credi sul serio che siamo tanto diverse?» le chiedo. «Che non ti capirei se mi parlassi dei tuoi problemi?»

«No.» Lei scuote la testa. «Non penso che siamo tanto diverse.»

Si alza dal letto e si siede accanto a me. «Ci accomunano un sacco di cose, e prima fra tutte l'affetto che proviamo l'una per l'altra. Non voglio che tu debba preoccuparti per me. Soprattutto quando non c'entri niente. E poi sono io che dovrei badare a te, e non viceversa.»

Mi volto, e Celeste mi sorride.

«Dopotutto sono la maggiore» aggiunge.

«Di cinque minuti.»

«Sono la più grande, e non è corretto che riversi i miei problemi su di te.»

«Se lo dici tu.»

Premo le gambe al petto e ci appoggio sopra il mento. Celeste mi sfiora il dorso della mano, il nostro gesto di complicità.

«Sei triste per Paolo?»

Annuisco strusciando il mento sulle ginocchia.

«Pensi che un giorno riuscirai a perdonarlo?»

«Mi stai prendendo in giro?»

«Il video, la pagina Facebook... sono delle stupidaggini.»

La voce di Celeste suona sincera. La sbircio di sottecchi.

«Forse l'anno scorso» riprende «me la sarei presa sul serio per queste cretinate. Ma adesso no. Sono altri gli avvenimenti che ti spezzano davvero.»

Distoglie lo sguardo da me e lo rivolge alla finestrella. È lo stesso sguardo assente di quando l'ho trovata alle pale eoliche, di quando è scappata di casa.

Uno sguardo che mi spaventa.

E che purtroppo testimonia dell'onestà di Celeste. Non sono state le azioni ignobili di Paolo o di Simona a buttarla giù. Tra l'altro ha saputo solo stamattina della pagina Facebook – dopo che le ho raccontato di averla scoperta per caso – e sul video ha confermato la ricostruzione di Paolo. È una storia vecchia, che all'epoca l'ha turbata, ma non ha niente a che fare con la situazione attuale.

Ma se Massimo non l'ha maltrattata, se ha perdonato Paolo, e neanche si era accorta di Simona, che le può essere successo di peggio?

«Celeste...»

Lei si riscuote dal torpore. Si volta verso di me. «Senti, ti faccio una proposta. Ti va un brunch dall'indiano? Qui vicino, ad Albaerta, c'è un ristorante indiano che tiene aperto tutto il giorno. Tanto mi sembra di aver capito che oggi non ci andrai a scuola, o sbaglio?»

Io vorrei solo sapere la ragione del suo tormento, qual è il motivo della depressione che la attanaglia. Ma non è il momento delle domande, è il momento di accettare al volo la sua offerta. È fantastico che abbia voglia di mangiare, di pranzare insieme a me.

«Ma lo faranno il pollo tandoori alle dieci del mattino?» le chiedo.

Celeste mi fa l'occhiolino. «Se mi passi il cellulare li chiamo subito e controllo.»

«Brava sorellona.»

15

Rientro a casa mia e poso le chiavi della macchina sulla mensola. Mi richiudo la porta alle spalle.

È stato bello volare su e giù per le colline a tutta velocità sul motorino di Celeste, aggrappata a lei, i capelli scompigliati dal vento. E il pollo tandoori era ottimo. Me lo sono gustato con calma, seduta a uno dei tavolini all'aperto, con il sole che mi carezzava e una Coca-Cola ghiacciata che teneva a bada il caldo.

Anche Celeste ha mangiato: ha ordinato delle verdure fritte, e le ha sbafate dalla prima all'ultima. Rideva, e scherzava, e minacciava di fregarmi i pezzetti di pollo se non mi sbrigavo a papparlo.

Ma, per quanto si sforzasse di sembrare allegra, la malinconia nel suo sguardo non spariva. Era una recita a mio favore, per tirarmi su di morale, ma lei sta ancora male. Anzi, sta sempre peggio. È come se la tristezza avesse piantato le radici nella sua anima. Celeste è cambiata, un mutamento che ho il terrore sia irreversibile.

L'ho riaccompagnata alla soffitta e lei mi ha ribadito – senza astio o dispiacere – che non intende né tornare a casa, né riprendere a frequentare la scuola. Ha confermato che della pagina Facebook e del video non le interessa più, tanto che mi ha obbligata a giurarle che non denuncerò nessuno, e neanche parlerò dell'accaduto con i nostri genitori.

E, secondo lei, in futuro dovrei prendere in considerazione l'idea di perdonare Paolo. Celeste mi ha spiegato che il mio ex migliore amico ci aveva provato con lei diverse volte nell'ultimo anno e, in un'occasione, lei aveva reagito male, ridendogli in faccia – sospetta che da questo episodio sia nato il progetto di lui di filmarla di nascosto.

Mia sorella è incredibile: ci manca poco che sia lei a sentirsi in colpa! Come se un rifiuto giustificasse una ritorsione tanto disgustosa. Celeste mi ha anche spiegato di essersi confidata con Giuliano perché era a disagio a discuterne con me e, se avesse confessato a Massimo quel che aveva combinato Paolo, il fidanzato avrebbe ammazzato di botte il mio ex migliore amico.

E avrebbe fatto benissimo, volevo aggiungere, ma me ne sono rimasta zitta.

Scuoto la testa. Celeste è davvero troppo buona.

Mi sfilo le scarpe e indosso le ciabatte.

Tra i sentimenti contrastanti per Massimo, la scenata con Paolo e questo pranzo a metà mattina, sono stravolta. Ho l'impressione di essere invecchiata dieci anni in due giorni.

Mi trascino verso le scale. Voglio solo buttarmi sul letto e dormire fino a domani.

«Vera?»

La voce di mio padre, dal salotto. «Vera, vieni qui per favore.»

Accidenti, ma è sempre in ufficio, che ci fa a casa proprio oggi?

Spero solo che non voglia parlarmi di Celeste. Ma dubito ci siano altri argomenti all'ordine del giorno. E io che gli racconto?

Niente. Tra l'altro ho promesso di non aprire bocca riguardo al video, soprattutto con papà. Se lui lo sapesse, denuncerebbe Paolo, Simona, mezza scuola e il sito cinese dei pupazzi. E poi sbatterebbe Celeste in collegio.

Mi tiro su gli occhiali sul naso, e mi presento in salotto.

Mio padre è seduto sul divano, vestito con pantaloni neri, camicia e cravatta. Lo stesso outfit dell'ufficio. Non che per lui ci sia differenza: sia a casa, sia allo studio, è sempre in tenuta da avvocato. Non l'ho mai visto in abiti casual.

Strascico i piedi e lui scolla gli occhi dal tablet. «Giornata pesante a scuola?»

«Abbastanza.»

E meno male che ho aspettato le due per rincasare. Se papà sospettasse che ho marinato la scuola per far visita a Celeste, sarebbe capace di andarla a prendere per i capelli e di trascinarla a Borgobianco con la forza.

Sospiro. «Volevi dirmi qualcosa?» Accenno alle scale, che si intravedono oltre la porta aperta del soggiorno. «Se no, vado su a fare i compiti. Non voglio rimanere indietro.»

Altro che compiti. Voglio solo affondare la faccia nel cuscino, chiudere gli occhi e cadere in un sonno senza sogni. Non ci tengo a rivedere le braccia smagrite di Celeste, o gli occhi rossi di pianto di Paolo.

Mio padre inarca il sopracciglio. Deve aver intuito che sto mentendo, e che i compiti sono l'ultimo dei miei pensieri. D'altra parte è abituato in tribunale a stanare i testimoni bugiardi e io ho sì accumulato molta esperienza negli ultimi giorni, ma rimango una dilettante in ambito menzogne.

«In ogni caso» papà posa il tablet, «il dottor De Nardi, che è un vecchio amico, e che è appena diventato procuratore a Parma, ci ha invitati per una cena a casa sua. È un'occasione importante, ci saranno anche gli altri soci dello studio. Con le famiglie.»

Mi guarda dritto negli occhi. «Per ovvie ragioni vostra madre non potrà partecipare. Tu e tua sorella dovete venire.»

Dischiudo le labbra. E ora che diavolo mi invento?

Ma lui mi precede sollevando la mano, in un gesto irritato. «Va bene, ho già capito, Celeste non intende farsi viva. Tu però non hai scuse.»

«In realtà avrei un impegno per stasera.»

Papà mi fulmina con un'occhiataccia.

«Ma Celeste verrà volentieri» aggiungo.

E per la prima volta da non so quanto, stupisco nostro padre. Però la deformazione professionale lo rende sospettoso. «Ne sei sicura?»

«Guarda, le scrivo subito un messaggio e vediamo.»

Digito a vuoto sul cellulare e poi scorro i suoni di sistema fino a trovare quello che ho impostato per WhatsApp. Simulo un messaggio in arrivo.

Sorrido a papà. «Ha detto di sì.» Fingo di leggere la risposta di Celeste. «Chiede se è una cena elegante.»

Papà raccoglie il tablet e ingrandisce la pagina del documento che stava consultando. «Sarà una cena molto raffinata. Perciò niente minigonne, o zeppe, o altre amenità del genere.»

«Riferirò.»

«E si può sapere stasera tu cos'hai da fare che non puoi venire?»

«Ho dato appuntamento a Lorella per studiare insieme. Domani abbiamo una verifica.»

Inoltre non si può violare la regola cardine dei supereroi: o Clark Kent o Superman, i due non possono essere nello stesso posto nello stesso momento.

Papà cambia pagina sul tablet. «Avrei preferito che venissi tu al posto di tua sorella.»

Ma come fa a dire cattiverie del genere con quel tono tranquillo?

Mi viene voglia di rispondergli per le rime, ma mi rendo conto che se in quasi vent'anni lui non ha mai colto le qualità di Celeste, non riuscirò certo io a fargliele vedere in un pomeriggio. E se gli parlassi degli haiku, a lui non farebbero né caldo né freddo. Anche se per miracolo lo convincessi che non sono versi buttati a caso, e che mia sorella dimostra un talento invidiabile, lui non muterebbe la sua opinione di una virgola.

Nostro padre disprezza la letteratura. Ha letto i classici solo perché la citazione giusta da Dostoevskij o da Shakespeare può impressionare i giudici popolari in dibattimento. Per il resto considera la narrativa e la poesia una perdita di tempo per gente pigra che non ha voglia di lavorare.

Papà gira un'altra pagina, con un movimento brusco delle dita. «Di' a Celeste che voglio trovarla pronta per le otto. Non mi interessa se arriva dalla casa dei nonni, alle otto partiamo. Andremo con la mia macchina, e non ho la minima intenzione di far aspettare il procuratore.»

«Sarà puntualissima.»

Lui storce la bocca e non distoglie gli occhi dal tablet.

Sembra davvero che di mia sorella non gliene freghi un bel niente. Ma forse, dopo stasera, si renderà conto che la giudica con severità eccessiva. Alla cena si ritroverà una Celeste perfetta: educata, elegante e pronta a stupire gli ospiti con riferimenti colti. È anche ora che cinque anni di studio matto e disperatissimo mi servano a qualcosa!

E, mal che vada, il rapporto tra papà e Celeste rimarrà uguale. Perché peggio di così non può essere.

Elementali dell'elettricità scuotono le nubi scure in lontananza. I lampi accendono la pancia delle nuvole e delineano il profilo delle colline. I fulmini rischiarano il panorama ma, l'istante successivo, il mondo ripiomba nelle tenebre. Nonostante le giornate si siano allungate, il temporale ha anticipato la notte.

Esco in giardino che pioviggina. L'odore dell'erba bagnata mi riempie le narici. In equilibrio precario sui tacchi, cammino verso l'auto di papà, l'ombrello che mi protegge a stento dagli scrosci sempre più violenti.

Invece di ronfare, questo pomeriggio mi sono trasformata nella migliore imitazione di Celeste finora. Mi sono truccata con particolare cura, e ho scelto di indossare un pantalone lungo e una maglia di marca con abbinata giacchetta alla moda.

Voglio dimostrare a papà che si sbaglia nei confronti di Celeste. Voglio sia chiaro che mia sorella è una persona responsabile e seria. Papà resterà impressionato.

Lui è in piedi accanto alla portiera, vestito con un completo scuro. È super elegante, e a vederlo così, accanto alla Mercedes nera, capisco come sia riuscito a conquistare la mamma.

Però cominciamo male: papà mi accoglie con una faccia seccata, come se avesse appena ricevuto una pessima notizia.

Mi studia con occhio critico. «Dai, sali, sbrigati.» Consulta l'orologio che tiene al polso. «E non farmi perdere tempo con le stronzate.»

Aiuto! Sarà super elegante, ma è anche super nervoso. Non sospettavo che questa cena fosse così importante. Forse si è solo incavolato perché, senza accorgermene, ho fatto tardi. Sbircio il cellulare. No, sono puntuale come un orologio svizzero.

Magari è normale che sia irritato, in fondo Celeste se n'è andata di casa e ha più di un problema a scuola. Ma deve solo chiedermelo, e non avrò difficoltà a giurargli che non perderò l'anno. Dovessi presentarmi io al posto di mia sorella anche all'esame di maturità.

Monto in macchina, e mi accomodo sul sedile davanti. Rilasso le spalle contro lo schienale di pelle. Papà ha preteso interni di lusso, e il profumo del cuoio permea l'abitacolo. Quando richiudo la portiera, il rombare dei tuoni si attenua, diviene un borbottio.

Papà accende i fari, e parte.

Siamo ancora sulla provinciale che collega Borgobianco al casello dell'autostrada, quando si scatena la tempesta.

La pioggia martella il tettuccio dell'auto con tale furia che sembra grandine. I cespugli ai lati della carreggiata spariscono, spazzati via dal turbinio di schizzi che rimbalzano sull'asfalto. Gli abbaglianti fendono il buio solo per pochi metri, e intorno a noi non distinguo più niente, né il guardrail, né i cartelli stradali, né tantomeno le colline. Le curve appaiono all'improvviso, e papà è costretto a procedere a passo d'uomo per evitare rischi.

«Dannazione!» impreca. «Con questa pioggia arriveremo con tre ore di ritardo.»

Ma la cena è l'ultima delle mie preoccupazioni. Lo scenario apocalittico che ci circonda mi sta mettendo in ansia. Sembra che procediamo in mezzo al nulla, e che non usciremo mai dalla burrasca.

Un tuono squarcia l'aria. Questo era vicino, tanto che i vetri dei finestrini tremano. Mi accorgo di avere i palmi sudati. Comincio ad aver paura.

«Magari è il caso che ci fermiamo» propongo. «Aspettiamo un po' che si calmi.»

Papà mi incenerisce con un'occhiata di traverso. «Non dire cavolate, ché stasera mi hai già fatto incazzare abbastanza.»

«Ma che ho fatto?»

È assurdo: mi sono presentata in perfetto orario, e in pratica non gli ho mai neanche rivolto la parola. Come avrei fatto a imbestialirlo?

Papà accelera, e l'auto scatta in avanti. A ogni pozzanghera, muri d'acqua si innalzano ai nostri fianchi.

«Pensi che tuo padre sia un cretino?» mi chiede.

Rimango a bocca aperta. Se non lo conoscessi, giurerei che è ubriaco.

«Rispondi alla domanda» insiste.

«No.»

«E allora mi spieghi perché diavolo ti sei travestita in questo modo?»

E non si riferisce ai pantaloni o alla giacchetta, no, non sono i vestiti a infastidirlo. Sono io.

Deglutisco e serro i pugni sulle ginocchia. L'ha capito. Gli è bastato uno sguardo e ha capito. Ecco perché era già irritato appena l'ho raggiunto alla macchina.

Prenderei a testate il vano portaoggetti incassato nel cruscotto per punirmi della mia stupidità. Mi hanno sgamata Giuliano e Lorella, come speravo di ingannare papà?

«Vera, non azzardarti a fare scena muta con me. Che accidenti ti è saltato in mente? Eh? Si può sapere?»

«Non lo so, okay?» ribatto. «Magari volevo farti capire che Celeste non è la persona irresponsabile e superficiale che credi tu. Tutto qua.»

«Ah, allora va bene!» Sorride ironico. «Hai ragione, sono io che non capisco, sono io quello severo, quello cattivo. Lei è un angioletto. E non sta saltando la scuola un giorno sì e l'altro pure solo per rompere le palle a me.»

«Non è per quello. Celeste sta *male*. E ho provato a dirtelo, ma tu non mi sei stato neanche a sentire.»

«Tua sorella ti racconta un sacco di cazzate.»

L'auto prende male una curva, slitta, e mi devo reggere alla maniglia della portiera.

«Papà, rallenta...»

Lui stacca il piede dall'acceleratore, e la macchina riprende un'andatura sicura. Ma la strada è ormai inondata e il diluvio non accenna a diminuire. Dovremmo fermarci.

«Visto che tua madre è sempre via» continua papà, «tua sorella pensa di poter fare come le pare. Se ne frega di tutto e di tutti. E adesso ti ha convinta a reggerle il gioco.»

«Siamo gemelle e ci vogliamo bene» replico, alzando la voce. «Celeste non mi ha convinta a fare niente. La aiuto perché lo voglio *io*.»

Papà scoppia a ridere.

Mi volto verso il finestrino, non ce la faccio più a guardarlo.

«Pensi che non abbia parlato con i vostri professori?» mi chiede. «Lo so che Celeste a scuola è un disastro in quasi tutte le materie.»

Accidenti, ero strasicura che papà se ne fregasse, e invece avrà telefonato lui a scuola.

«E so anche che ti sei finta tua madre con la professoressa Galatea, per proteggere tua sorella. Ti rendi conto che per uno scherzetto del genere rischi la sospensione?»

«Quella lì è una strega!»

«Quella lì è una professoressa, e come tale va rispettata» ribatte. «È tua sorella ad avere qualcosa che non va. E non credere che tua madre non lo sappia. L'ho chiamata per dirglielo. Appena torna, la strigliera per bene.»

«Mamma non c'è mai e la sua opinione non vale niente!» urlo, piena di rabbia.

«Adesso basta Vera!»

La macchina sobbalza. Un botto. L'auto sbanda. Grido di paura, e finisco schiacciata contro la portiera. Papà gira il volante a destra e a sinistra cercando di riportare dritta la Mercedes che procede a zig zag, fuori controllo.

Raschiamo il guardrail, e ci fermiamo a lato della strada. Riprendo fiato, le mani che mi tremano.

«Maledizione!» Papà sbatte entrambi i palmi sul volante. «Abbiamo bucato. Mi hai distratto e adesso siamo a piedi, complimenti. Me lo spieghi come ci andiamo alla cena?»

«Sai quanto me ne frega della tua stupida cena.»

Papà si volta verso di me, la fronte imperlata di sudore, la bocca socchiusa, l'espressione incredula. Solleva la mano per tirarmi una sberla.

Resto impassibile e sostengo il suo sguardo.

Lui sospira e riabbassa il braccio. Si tampona la fronte e il collo con il fazzoletto di seta che spuntava dal taschino della giacca.

«Lo sapevi che tua sorella voleva tenere il bambino?»

Il significato delle singole parole mi è chiaro, ma la frase nel complesso non ha alcun senso.

«Come?»

Papà si ficca in tasca il fazzoletto ormai umido. I fulmini gli illuminano il volto con la loro luce violenta, mettendo in risalto le rughe intorno agli occhi e agli angoli delle labbra.

«Se non ci avesse pensato la natura» continua, «tua sorella avrebbe avuto un figlio a diciassette anni.» Abbassa le dita sul pomello del freno a mano e blocca l'auto. «A *diciassette anni*. Tua sorella non è capace di badare a se stessa, e voleva tenersi il bambino. Che assurdità.»

«Celeste...» Ho la gola arida, come se non bevessi da giorni. «Celeste era incinta?»

«E non so chi sia il padre. Non me l'ha voluto confessare. Magari non lo sapeva neanche lei.»

«Non è possibile... A me... a me non ha detto niente.»

«Forse si vergognava. Mi sembra solo normale che si vergognasse di essere incinta a diciassette anni. Mi sono stupito che ne abbia parlato a me e a tua madre.» Storce la bocca. «Credevo di farle un piacere a trovare una clinica dove risolvere il problema. Ma lei voleva tenerselo. Ci ha informati stile atto dovuto, ma insisteva per fare di testa sua.»

«Risolvere il problema?»

«Abortire, d'accordo? Io e tua madre le abbiamo consigliato di abortire.»

Il suo tono è di sufficienza, il tono di un uomo senza cuore. Ma i lineamenti del viso sono contratti, come se avesse condiviso la sofferenza di Celeste.

«Quando...» mormoro. «Quando l'ha...»

«Sotto Natale. Un aborto spontaneo.»

Un liquido gelido mi penetra nelle viscere. Come se avessi ingoiato una bottiglia d'acqua appena presa dal freezer. Una morsa mi chiude lo stomaco.

«Celeste non la capisco» riprende papà, «non la capirò mai. È mia figlia, ma non la capisco.»

Tengo gli occhi fissi sulla strada. Il velo di pioggia si dirada, e oltre il parabrezza distinguo i rami degli alberi agitati dal vento. Vorrei essere sotto il temporale, per non sentire più neppure una parola, per essere assordata dall'acqua che scroscia.

«E adesso non capisco più neanche te.» Papà spalanca la portiera. «Non vi capisco più.»

Esce dall'auto sotto la pioggia battente, senza ombrello. Sparisce dietro la Mercedes, e fa scattare la serratura del bagagliaio. È andato a recuperare la ruota di scorta.

Spalanco anche la mia portiera e mentre scendo le gambe non mi reggono. Cado in ginocchio sul selciato, i pantaloni che strusciano sull'asfalto ruvido. Mi tiro su reggendomi alla carrozzeria.

«Dove vai?» urla papà, per superare il frastuono della pioggia. Le dita piegate a uncino reggono la ruota di scorta.

Mi volto verso di lui.

«Torno a casa a piedi.»

Ma non ho gridato, e dubito che lui mi abbia sentita, al massimo ha visto le mie labbra muoversi.

Non obbietta, e appoggia la ruota alla portiera. Però si deve essere dimenticato gli attrezzi, perché si dirige di nuovo al bagagliaio.

Gli interessa solo della sua schifosissima cena!

Mi sfilo le scarpe e le scalcio via. A piedi nudi mi avvio a margine della carreggiata. Siamo fuori da Borgobianco, a chilometri da casa, ma non posso più rimanere con mio padre.

La pioggia fredda si abbatte su di me, mi inzuppa i capelli, mi scende in rivoli intorno al naso, mi gocciola dal mento. Intirizzita, mi stringo nella giacchetta. Incespico sull'asfalto, i piedi che si infangano nelle pozzanghere.

Davanti a me, la strada prosegue all'infinito. Non so neanche se ho preso la direzione giusta. Perché non esiste più una direzione giusta. So solo che voglio allontanarmi il più possibile da papà, dalle sue parole crudeli.

Celeste gli ha aperto il cuore, e lui ha solo saputo trovarle una maledetta clinica. Celeste voleva tenere il bambino, e lui ha liquidato il desiderio di mia sorella come se fosse il capriccio di una mocciosa.

Sono fiera di lei. Che avrà pianto, si sarà disperata, ma ha tenuto la testa alta e ha insistito per avere un figlio.

E poi, quando l'ha perso, come si sarà sentita? La persona a cui si era rivolta per avere aiuto, la persona che l'aveva messa al mondo, è probabile fosse *felice*. Lei stava male, e nostro padre pensava solo che era un problema risolto.

E io non mi sono accorta di niente.

Troppo impegnata a giocare con quei cazzo di videogiochi e a prendere in giro Massimo o Lorella.

Era Natale, lei ha perso il bambino, e io le ho regalato un piumone.

Mi siedo a lato della strada, su un muretto diroccato che sbuca tra gli arbusti. Ho i piedi doloranti, e non ce la faccio più a correre al freddo e al buio, sotto la pioggia che non accenna a smettere.

Il pensiero di quanto Celeste abbia sofferto, della tragedia che ha affrontato, mi tormenta, mi insegue come un demone. Da un momento all'altro potrebbe saltare fuori dai cespugli e divorarmi.

Non resisto più da sola.

Tiro fuori dalla tasca dei pantaloni il vecchio cellulare che mi ha regalato Massimo. È zuppo, striato da rigagnoli d'acqua. I led che dovrebbero illuminare il tastierino da sotto non si accendono. Spero che funzioni comunque.

Lo sblocco e apro la rubrica.

L'acqua ha rovinato il display lcd, e metà dello schermo è un ammasso di pixel spenti. Per fortuna posso lo stesso selezionare i nomi.

Indugio su quello di Celeste. Ma non ho il diritto di chiamare lei. Nel suo momento più buio, io mi baloccavo con i videogiochi: non mi merito la sua solidarietà, non me la sono guadagnata. E Paolo... lui non potrebbe più consolarmi. Mia sorella ne aveva già passate tante, e lui l'ha tradita. Ha aggiunto male al male. No, non lo voglio più sentire.

Rimane un solo nome.

Mentre aspetto – le mani posate sulle ginocchia, il capo chino – le nubi scure si disperdono e la tempesta si placa. Tra le nuvole si affacciano sprazzi gelidi di cielo stellato.

Un tremito mi fa battere i denti, e mi stringo le braccia intorno al corpo, anche se ho legato i capelli bagnati per non averli sul collo, sono scossa dai brividi. I piedi mi fanno sempre più male, ho timore di essermi ferita. Che ore saranno? Mi sembra che sia notte fonda, di essere seduta al gelo su questa catasta di mattoni sgretolati da un'infinità di tempo.

Due fari tagliano il buio in lontananza.

Una macchina si avvicina a velocità contenuta. Spero che sia lui, e che proceda piano per non rischiare di superarmi senza accorgersi di dove sono. Non ho saputo dirgli di preciso dove mi trovo lungo la provinciale, non lo so neanche io.

Mi riparo gli occhi per proteggerli dal bagliore dei fari.

L'auto si ferma a poca distanza, e ne scende una sagoma con le spalle larghe.

«Ho fatto prima che ho potuto.»

È la sua voce, è lui.

Gli corro incontro, i piedi nudi che sciaguattano sull'asfalto bagnato.

Mi butto su Massimo, e lui mi abbraccia. Anche se sono fradicia e sporca di fango, non tentenna. Mi stringe forte, e il suo calore mi calma. Tra le sue braccia smetto di tremare.

«Sono esausta» mormoro.

«Ti porto a casa con me.»

Mi aiuta a salire in macchina e mi copre le spalle con il suo giacchetto asciutto. Appoggio la guancia al finestrino, stanchissima. Oltre il vetro rigato dalle goccioline, la strada scorre monotona. Massimo guida sicuro, e ogni tanto mi accorgo che mi lancia occhiate ansiose.

Come se potessi morire di freddo da un momento all'altro.

Ma ho solo sonno.

Abbasso le palpebre e mi addormento.

16

Strofino la guancia sul cuscino, che profuma di fresco, di bucato. Mi rigiro nel letto, e le lenzuola pulite mi si attorcigliano intorno alle gambe. Mi stiracchio languida, senza sollevare il viso dalla federa.

Sono indolenzita da capo a piedi e non mi va di svegliarmi, ma tanto lo so che tra poco la suoneria del cellulare mi trapanerà le orecchie per ricordarmi che devo andare a scuola.

Sospiro e socchiudo gli occhi. Li strizzo, mi bruciano, devo aver dormito con addosso le lenti a contatto. E non sono in camera mia.

Da un paio d'anni insisto con papà perché faccia riverniciare i muri della mia stanza della stessa tonalità viola che Ragana ha scelto per gli interni del suo castello magico, ma finora i miei desideri sono caduti nel vuoto, e le pareti sono rimaste del loro colore arancione chiaro.

Invece la stanza che mi circonda ha le pareti candide, che riflettono la luce intensa del mattino.

Che diavolo...

Sbircio la parete a cui è addossato il letto. È tappezzata di foto: gigantografie in bianco e nero delle pale eoliche. Mi volto verso la libreria, piena di volumi impilati uno accanto all'altro. Ma non è la mia collezione di romanzi fantasy, sono manuali di fotografia.

Sono a casa di Massimo. Nella sua camera. Nel suo letto.

Sono nel letto del fidanzato di mia sorella.

Con un gesto fulmineo, mi tiro su seduta, il fiato corto. Dio, se mi fa male la testa! È come se una fatina mi fosse penetrata nel cervello e me lo prendesse a picconate da dentro. Ho bisogno di una boccata d'aria, e di una manciata di analgesici.

Sto per scivolare giù dal letto per andare ad aprire la finestra, quando si schiude la porta.

Massimo si affaccia. «Vedo che ci siamo svegliate. Posso entrare?»

Anche lui deve essersi alzato da poco: i capelli sono in disordine, gli occhi gonfi, e indossa solo boxer blu e una canottiera.

Ehi, ma ci manca solo che sono... Abbasso lo sguardo su di me. Ho addosso una maglietta della squadra di pallanuoto, con il pescecane che zompa fuori dall'acqua. La maglietta è di quattro misure più grande, e mi copre fino alle cosce. Tiro un sospiro di sollievo.

Però i miei vestiti che fine avranno fatto? Cerco di disperdere la nebbia che mi offusca la mente. Ieri sera... ieri sera Massimo mi ha scortata nella villa, e mi tremavano le gambe per il freddo e la fatica, e lui mi ha consegnato un asciugamano pulito, e mi sono tolta i pantaloni fradici in bagno e mi ha detto che lui avrebbe dormito nella camera degli ospiti, e sono crollata nel suo letto.

Riporto l'attenzione su di lui e gli faccio cenno che può presentarsi al mio cospetto. Massimo trascina la sedia davanti alla scrivania fino al letto e si accomoda di fronte a me.

D'istinto, strattono le lenzuola a coprirmi il petto. È una situazione imbarazzante e sconveniente. E poi chi mi garantisce che lui abbia davvero fatto il bravo e che abbia trascorso la notte nella camera degli ospiti?

«Non è che...»

«Non preoccuparti.» Massimo scuote la testa. «Non ho approfittato di te mentre dormivi. Anche perché non eri proprio invitante. Russavi peggio di Lorenzo dopo una sbronza.»

«Smettila di dire stupidaggini» ribatto. «Io non ho mai russato in vita mia.»

Lui mi sorride. «Ti garantisco che stanotte hai recuperato il tempo perso.»

Lo colpisco alla spalla con un pugno, per rimetterlo al suo posto. Anche se, a onor del vero, è Celeste quella che non russa: a me ogni tanto capita – molto di rado, intendiamoci – ma capita. Però ieri ero Celeste, dunque non ho russato, oh!

Chissà quante notti insonni avrà passato lei dopo aver perso il bambino.

In un lampo rivedo nostro padre, il volto in chiaroscuro per i fulmini, che mi spiega come lui le abbia consigliato di *risolvere il problema*. Le sue parole sfumano nel tambureggiare della pioggia. Il cuore batte più forte, e fatico a respirare.

Massimo mi sfiora il fianco. «Stai bene?» Il sorriso gli si è spento, e gli occhi nocciola mi scrutano preoccupati. «Ti sei ripresa un po'? Stai ancora pensando alla litigata con tuo padre?»

Dalla foschia dei ricordi riaffiora un altro frammento di ieri sera. Sono distesa sul letto di Massimo, e lui è accanto a me, e mi carezza i capelli umidi. Mi sussurra di tranquillizzarmi, che adesso lui è con me, e farà di tutto per proteggermi. Io gli racconto che ho avuto un litigio epocale con papà, e che non voglio tornare a casa. Lui annuisce e si sdraia al mio fianco, mi abbraccia da dietro. Il tepore del suo corpo mi rilassa, e chiudo gli occhi.

La mano di Massimo si posa sul mio ginocchio. «Come va stamattina?»

«Meglio.» Distolgo lo sguardo da lui. «Ma non me la sento di parlarne. Scusami.»

«Non importa. A volte anche il mio vecchio è intrattabile. Sono situazioni difficili da chiarire.»

In questo Massimo è simile a mia sorella: se una questione è complicata da decifrare, preferisce non insistere. Una reazione che rispecchia quella che ha avuto Celeste quando le ho domandato come mai non mi avesse parlato del video.

Contraggo le dita, che stropicciano il lenzuolo.

Mi assillavo per uno stupido video... Sì, è difficile confidarsi su certi argomenti, specie con le persone che ti stanno più vicine.

«Sono felice che tu mi abbia chiamato» dice Massimo. «Davvero. Sono felice che mi concedi di occuparmi di te.»

Non so se Celeste si sarebbe comportata allo stesso modo, se gli avrebbe telefonato. Forse mia sorella non gradisce che Massimo si prenda cura di lei. Forse ho reso il loro rapporto ancora più fragile.

Ma ieri *io* avevo bisogno di lui. Volevo vedere la sua auto arrivare sfrecciando, e lui scendere come il Joker che corre a salvare la sua Harley Quinn dall'uragano. Almeno nella mia interpretazione del rapporto tra il Joker e Harley: una faccenda senza abusi domestici e più romantica di quanto traspaia dai fumetti.

«E io sono felice che tu sia venuto per me.» Sollevo il viso su di lui. «Sul ser...»

Massimo si sporge verso di me e mi zittisce schiacciando la sua bocca contro la mia. È un bacio che mi mozza il fiato. Il suo profumo mi avvolge, così intenso, così buono.

Dischiudo le labbra, e la sua lingua stuzzica la mia, in un bacio che diviene sempre più appassionato. Spingo in avanti il viso, lo premo sul suo, e il respiro di Massimo si fa ansimante e...

Mi ritraggo di scatto.

«S-scusami...» Mi sfioro le labbra, le dita mi tremano e le guance scottano. «Non volevo.»

«O non potevi?»

«Io...»

Massimo mi fissa negli occhi, e la mia faccia avvampa. Ho le orecchie bollenti e lo stomaco sottosopra. Ma è una sensazione meravigliosa, e mi sembra che la luce del sole sia abbacinante, che la stanza risplenda.

È bastato un bacio e sono ascesa in Paradiso.

Come se fossi l'eroina di un film della Disney.

Massimo china di nuovo il viso verso il mio. E io voglio baciarlo un'altra volta. E poi baciarlo ancora, e ancora, e ancora. E rimanere in Paradiso insieme a lui, e abbeverarmi delle sue labbra.

Il che significa che non posso rimanere qui, devo allontanarmi da lui. Subito. Quando siamo insieme, quando mi guarda con desiderio, perdo il controllo e la tentazione diventa irresistibile. Non va bene, non va per niente bene.

Stare con Massimo è come salire sulle montagne russe. Ci sono istanti di gioia purissima, e istanti di totale sconforto, quando mi rendo conto che prima ho rubato l'identità di Celeste, e ora le rubo il fidanzato.

E Massimo potrebbe essere il padre del bambino.

Il pensiero mi trafigge, e dalla ferita riemerge la disperazione di ieri sera.

Mi si gela il sangue.

No, sono sicura che Massimo non sappia del bambino. Celeste non gliene ha mai parlato, forse per proteggerlo, come ha sempre fatto con me.

Ma lui potrebbe essere il padre.

Scosto il lenzuolo con un gesto brusco, e scendo giù dal letto. Spalanco la finestra in cerca di aria fresca, ma dopo la tempesta di ieri notte, oggi non spira un filo di vento. Soffoco in questa stanza.

Mi giro verso Massimo. «Ho sbagliato. Non sarei dovuta venire qui.»

«Ero sicuro che prima o poi lo avresti detto.»

«Rivoglio i miei vestiti. Devo andare a scuola.»

«Ormai sono le undici, e i tuoi vestiti sono ancora bagnati.»

«Fa niente.»

Mi piange il cuore a essere dura con lui. Lo sto deludendo: per l'ennesima volta Celeste lo scarica. Ma non ho altra scelta. Devo tenermi lontana da lui e basta.

Massimo sospira. «Come vuoi.» Si alza dalla sedia. «Posso frugare in camera di mia sorella. Qualcosa della tua misura lo trovo.»

Il suo tono è mesto, e mi odio, perché lui mi piace, e l'unica cosa che vorrei è renderlo felice, e non posso. A travestirmi da Celeste, ho solo combinato dei gran casini.

Gli faccio gesto che si sbrighi. Intanto per distrarmi sbircio i volumi della libreria. Uno è più spesso degli altri, con la copertina rigida. Sul dorso leggo il titolo: *Fotografia stereoscopica digitale*. E così alla fine scopro che il pallanuotista senza cervello legge saggi molto più impegnativi di quanto faccia io.

Ma non saltiamo alle conclusioni. Prima conviene controllare se le pagine sono ancora lisce come nuove, o se mostrano segni di *sfogliamento*, ché può darsi il tomo non l'abbia mai neanche aperto.

Sfilo dallo scaffale il volume.

Sul bordo superiore sono appiccicati dei bozzoli grigiastri, che sembrano di fango solidificato. Che stranezza. Avvicino l'unghia dell'indice ai gusci. In cima sono più scuri, come se ci fosse un'apertura...

Una vespa sbuca dal suo guscio di melma. L'insetto ronza e si contorce fuori. E poi spunta un'altra vespa. E una terza. Rimango pietrificata con il libro in mano.

Oddio, oddio, oddio, e non ho l'epipen!

«Vera, attenta!»

Massimo mi strappa dalle dita il manuale incrostato di nidi e lo scaglia via, come farebbe con la palla segnando un rigore in piscina. La fotografia stereoscopica vola fuori dalla finestra, e le vespe la seguono.

Massimo si precipita a chiudere i vetri e torna da me.

Mi afferra per il polso e mi rigira la mano, scruta le dita una a una.

«Ti hanno punta?»

Non riesco a smettere di tremare, e non posso rispondere.

«Ti hanno punta da qualche parte?»

Faccio cenno di no con il capo.

«Non ho sentito il dolore della puntura» mormoro.

«Meno male.»

Ma, nonostante l'assalto delle vespe, ho sentito bene come mi ha chiamata. Mi ha chiamata *Vera*. Indietreggio e libero la mano. Lui mi guarda e si morde il labbro. Si è reso conto di essersi tradito.

«Da quando lo sai?» gli chiedo.

Massimo si passa le dita tra i capelli, e si volta a osservare la libreria. «È meglio uscire da questa stanza. Potrebbero esserci altri nidi.»

Mi fa strada lungo il corridoio fino alla camera degli ospiti. Il locale puzza di chiuso e il letto è sfatto. Massimo si accosta la porta alle spalle. «Dovevo pensarci. Le vedevo che ronzavano intorno alla libreria.»

«Non cambiare argomento» dico con voce piatta, priva di emozione.

«Lo sospetto dalla serata all'Octopus» ammette lui. Si lascia cadere seduto sulla sponda del letto, le spalle curve. «Ma ne ho avuto la certezza solo dopo la partita di pallanuoto.»

«E perché hai fatto finta di niente?»

Lui scuote la testa. «Che avrei dovuto dirti?»

«Dev'essere stato brutto scoprire che avevi baciato Morticia.» Gli rivolgo un sorriso amaro. «Immagino che dopo ti sei lavato la bocca con lo sturalavandini.»

«Per niente. E non fare sarcasmo su di te, non mi piace sentire che ti insulti.»

«Un po' di autoironia non ha mai ucciso nessuno. Dovresti provare.»

«Non essere cattiva con te stessa, non quando ci sono io.»

Ma siamo precipitati nel Mondo Bizzarro – per rimanere in tema DC Comics – senza che me ne accorgessi? Da quando a Massimo dà fastidio che mi prenda per i fondelli da sola? Dopo *mesi* che ci siamo scambiati offese più o meno velate.

«Ormai ti conosco» continua, «ho notato come ti comporti. Anche se frequentavo tua sorella.»

«Tu non sai niente di me.»

«Usi il sarcasmo come uno scudo, per proteggerti dalla gente.»

Sì, proprio, lo scudo di Capitan America. Ma io glielo darei in testa! «Ecco, per esempio, questa è una cretinata.»

«Se la smettessi di dare del cretino a chiunque, magari capiresti che non esiste solo la tua opinione.»

«Non è colpa mia se le persone sono cretine. Io constato solo la realtà.»

Massimo sospira. «Non c'è modo di parlare con te.»

Il suo tono sconsolato mi lascia a bocca aperta. Lo so che ha ragione, che spesso sono prigioniera dei miei pregiudizi, e che non concedo agli altri neppure mezza occasione per redimersi ai miei occhi.

«Ed è un peccato» riprende. «Ci tengo a te, mi interessa discutere con te, mi interessano le tue idee. Perché mi piaci.»

Liquido l'ultima frase con una risata. Ma è solo per mascherare il fatto che il cuore ha perso un battito a sentire le due paroline magiche: *Mi piaci.*

«Non hai neanche mai riso alle mie battute» replico con un tono stizzito.

Massimo fa una smorfia. «Forse perché erano tutte frecciatine contro di me?»

Touché, non posso negare.

Se avessi gli occhiali, per allentare la tensione, mordicchierei l'asticella come un topolino con il formaggio... A ripensarci, non credo che lo farei davanti a lui.

«Se sapevi che ero io» dico, «come mai ieri sera eri così preoccupato per me? Che te ne importava?»

«Devo spiegartelo sul serio?»

No, non c'è bisogno che me lo spieghi. Lo intuisco dal suo imbarazzo. Io mi nascondo dietro l'ironia, lui dietro il suo atteggiamento da sbruffone, ma sono difese molto fragili, e ci vuole poco per superarle e scoprire la verità sottostante: anche dopo aver capito che ero io e non Celeste, Massimo non mi voleva perdere.

Mai stata più a disagio in vita mia. Massimo mi sta dicendo quello che, in cuor mio, ho sperato mi confessasse da giorni:

che mi apprezza per come sono, che apprezza chiacchierare con me, stare con me. Che gli piaccio.

Ma non posso dimenticarmi di Celeste. Di quello che ha passato. Del fatto che ha affrontato il momento più buio della sua vita da sola. E non posso dimenticarmi che Massimo non è il mio fidanzato, è il fidanzato di mia sorella. Ed è probabile che abbiano concepito un figlio insieme.

«Non so perché ti comporti così.» Massimo mi squadra da capo a piedi, e intuisco che si riferisce al travestimento. «Ma dopo gli ultimi giorni, ho capito che non posso più fare a meno di te. Di te, di Vera.»

Le parole che temevo e desideravo più di tutte.

«Non puoi dirmi questo.»

Massimo abbassa il viso. «Mi dispiace.»

E questa volta non si sta rivolgendo a me, ma a Celeste.

Fantastico. Mia sorella è nei guai, e io mi sento come se avessi piantato l'ultimo chiodo nella sua bara. Sono partita con il proposito di salvarla, e ho ottenuto di fregarle il fidanzato.

È troppo persino per una Regina del Male.

«Per favore» dico a Massimo, la voce rotta, «riportami a casa.»

Il panorama scorre lento oltre il finestrino. In mezzo alla campagna assolata che circonda Borgobianco, spuntano le villette familiari con i loro giardini curati, le siepi a dividere una proprietà dall'altra, e le piscine o i laghetti artificiali.

Superiamo un casolare con i muri di pietra rivestiti dall'edera, un vecchio agriturismo ormai chiuso – a detta di mamma, un tempo, credo più o meno quando i dinosauri dominavano la Terra, Borgobianco era meta turistica.

Ci immettiamo nella rotonda e sfiliamo davanti alla pizzeria al taglio. La cameriera pulisce i tavolini all'aperto, in attesa dei primi clienti a pranzo.

Conosco a menadito Borgobianco, e potrei descrivere il percorso fino a casa mia tenendo gli occhi chiusi. E forse sarebbe una bella idea, perché ho sempre la tentazione di voltarmi ad ammirare Massimo seduto di fianco a me, le mani sul volante.

Ho fatto bene a tagliare corto. La conversazione stava prendendo una piega che desideravo da morire, ma che era sbagliata con la S maiuscola. Se lui avesse ribadito che gli piaccio e io gli avessi confessato i miei sentimenti, sarebbe stato un macello.

Però non voglio che Massimo si convinca che non gradisco la sua compagnia.

«Celeste sta male» gli dico, grattando con l'unghia la maniglia della portiera. «Per questo mi sono travestita da lei. Per evitarle troppe assenze a scuola. E per indagare su quello che le è successo.»

«Che cos'ha?»

«Si è rinchiusa nella casa dei nostri nonni paterni, vicino ad Albaerta, sulle colline.» Sospiro. «Non vuole tornare a casa, non vuole più andare a scuola, e mangia pochissimo. Ho paura che...»

Ma non ce la faccio a dirlo ad alta voce, se gli dicessi che Celeste medita di lasciarsi morire, il mio timore diventerebbe concreto. Ho già commesso questo errore una volta con Lorella, e ho provato troppo dolore per riprovarci di nuovo.

«Hai qualche idea sul perché si comporti così?»

Scuoto la testa. «Neanche una.» Mi volto verso Massimo. «Sono giorni che scavo nella vita di Celeste, tra le persone e i luoghi che frequentava. E mi sembra di frugare in un cassonetto della spazzatura. Senza offesa.»

«Nessuna offesa.» Lui si stringe nelle spalle. «Anche perché hai ragione. Ma credo che la vita di ogni adolescente faccia schifo.»

«Può essere» gli concedo. «In ogni caso ho scoperto che mia sorella è stata oggetto di cyberbullismo, e che ci sono più persone che la invidiano e la detestano di quante le vogliono bene.»

Rapide, nella mia mente, scorrono delle istantanee degli ultimi giorni nei panni di Celeste. Devo ammettere che non sono proprio tutte immagini negative. «Però ho anche scoperto che qualche amico sincero almeno lei lo ha. Per esempio Lorella si è dimostrata più che disponibile ad aiutarla.»

«Quindi l'altro giorno in piscina piangevi per Paolo.»

La sua affermazione mi spiazza. Ha cambiato discorso perché non vuole parlare di Celeste? Si sente in colpa a sapere che la fidanzata sta male e lui ci prova con la sottoscritta?

O forse gli interessa solo di me. E anche se è una considerazione egoista, mi dona un pizzico di felicità.

«Diciamo che Paolo ha danneggiato la mia famiglia. E prima che lo perdoni, farà in tempo ad arrivare l'Inverno in *Game of Thrones*. E parlo dei romanzi, non della serie tv.»

«Magari si sentiva abbandonato» commenta Massimo. «Se siete stati migliori amici per anni, non dovresti giudicarlo senza appello.»

«Potrei dire lo stesso di te con Giuliano.»

«Pensavo proprio a lui.»

Massimo dovrebbe piantarla di dimostrarsi maturo. E dovrebbe anche piantarla di dimostrarsi sensibile. Dovrebbe smetterla di essere ironico in una maniera che apprezzo, e non dovrebbe discutere con me in modo intelligente.

Il motivo è che posso ignorare i suoi addominali scolpiti e bagnati quando emerge dall'acqua in piscina, e posso ignorare i capelli biondi inondati dal sole estivo, e posso ignorare il suo bel faccino – con estrema difficoltà, ma è un'impresa fattibile – però se mi prende così a livello intellettuale sarà un disastro.

«C'è un posto» continua Massimo «dove ho scattato delle foto ancora più belle di quelle alle pale eoliche.»

«Ci credo poco.»

«E perché mai?»

Mi indico il viso. «Perché, o parli di casa mia, oppure mancava il soggetto principale.»

Massimo mi sorride. «Dai, te lo mostro. È un luogo magico. Ed è qui vicino.»

Parcheggia nel bosco, ai margini di un fiume che scorre in una vallata a pochi chilometri da Borgobianco. La strada proseguirebbe, ma l'asfalto cede il posto alla terra battuta, e la carreggiata è piena di buche e di sassi.

Procediamo a piedi. Ai due lati della sterrata, le piante si fanno sempre più aggressive, ansiose di riconquistare quella lingua di terreno strappata alla foresta. Gli arbusti tentano di artigliarmi le gambe a ogni passo, e il profumo delle felci e dei fiori è tanto intenso da far girare la testa.

«Ci siamo quasi.» Massimo scosta un paio di rovi con le mani e mi apre la via.

Mi ritrovo davanti a una costruzione imponente, colonizzata dalla vegetazione. Sembra una fabbrica abbandonata, le finestre spaccate, i muri di cemento armato cosparsi di crepe e di rampicanti.

Ci avviciniamo a un portone di ferro consumato dalla ruggine. Il battente di metallo è socchiuso, e ci intrufoliamo dentro. Massimo però mi blocca subito con il braccio, per non farmi compiere un passo in più.

Dal soffitto decrepito penetrano lame di luce che rischiarano il lago. Il pavimento della fabbrica non esiste più, al suo posto uno specchio d'acqua tappezzato da fiori lacustri bianchi e rosa. Le alghe sono cresciute intorno ai macchinari semisommersi e alle colonne che un tempo sostenevano la volta dello stabilimento.

«Ma che...» Rimango imbambolata a osservare questo scenario alieno a un tiro di schioppo da Borgobianco. È come se mi avessero catapultata in un futuro remoto, e della nostra civiltà fossero rimasti solo i ruderi. «Ma dove siamo?»

«Non ne sono sicuro. Ma credo che negli anni Sessanta qui si producesse cemento, sai, per l'autostrada.» Massimo indica la parte opposta del lago. «Là c'era un pontile, i materiali venivano trasportati su delle chiatte, sfruttando il fiume. Poi, terminati i lavori per l'autostrada, la fabbrica ha chiuso, il livello del fiume è salito, e questo è il risultato.»

«È davvero un luogo affascinante.»

«Mi ripromettevo di fare ricerche più accurate per scoprire la storia di questo posto, ma tra gli allenamenti con la squadra, i casini con i miei e studiare per la maturità, non ho ancora avuto tempo.»

Annuisco e lui mi riporta fuori. Mi scorta fino a uno spiazzo – dove presumo sostassero gli autocarri quando lo stabilimento era in attività – e studiamo la struttura dall'esterno.

Solo che io sbircio Massimo. Dall'attenzione con cui esamina i contrafforti di cemento, mi sembra proprio un artista, di quelli seri, che analizzano il soggetto prima di affrontarlo. Chissà se questo occhio critico lo ha ereditato dal padre.

Massimo si strofina le mani sui pantaloni, per ripulirle dalla polvere. «Peccato che non mi sono portato la fotocamera.»

Rialzo gli occhi sulla fabbrica. I raggi del sole fanno scintillare le schegge di cristallo ancora incastonate nei telai dei finestroni. «È un posto meraviglioso.»

«E il bello è che lo conosco solo io.» Massimo mi guarda. «Solo io e te.»

«Come mai volevi mostrarmelo?» Allargo le braccia come a comprendere l'intera costruzione. «Okay, lo ammetto, sono estasiata, ma non sembra lo scenario adatto a un primo appuntamento.»

«Dopo ieri sera avevi l'aria di chi ha bisogno di distrarsi. E visto che avevi apprezzato le foto delle pale eoliche, ho pensato che avresti gradito.» Mi fa l'occhiolino. «È roba da intenditori.»

Nel silenzio risuonano i garriti delle rondini. Devono aver fatto i nidi sotto il tetto della fabbrica.

«Mi piace disegnarle» dico, sovrappensiero. «Le pale eoliche, intendo. Ma non è niente di artistico, sono disegni tecnici.»

«Mi piacerebbe vederli.»

Mi volto, per impedire che lui si accorga del mio imbarazzo. «Un giorno, magari.»

«Magari più tardi, quando siamo a casa tua.»

«Massimo...»

«Non voglio rinunciare a te solo perché pensi di avere degli obblighi nei confronti di tua sorella.»

«Non lo penso, è così. E anche tu hai dei doveri nei confronti di Celeste.»

«Celeste non prova più niente per me.»

Massimo si china a raccogliere un sassolino e lo scaglia contro il muro dell'edificio. Lo schiocco riecheggia tra i versi degli uccelli.

«Ma non è vero...» mormoro.

«È cambiata.» Piega in giù le labbra, in un'espressione ferita. «Il rapporto tra noi non andava più bene dall'autunno scorso.

Celeste è diventata meno affettuosa, sempre più distante. Cercava ogni scusa per non uscire più noi due da soli.»

«Però Celeste sembrava felice» abbozzo. «Di stare con te, dico.»

Massimo scuote la testa. «Se era felice, non era per merito mio. A volte, dopo aver fatto l'amore, si chiudeva in bagno a piangere. Non voleva più toccarmi, e non voleva che la baciassi. Se ti confessassi da quanto non facciamo sesso, non ci crederesti.» Tira un altro sasso. «Anche perché sospetto che tu mi ritenessi un porco che stava con Celeste solo per scoparsela.»

«Be'... più o meno.»

Massimo mi lancia un'occhiata di sbieco per vedere se parlo sul serio.

«Comunque» continuo, «pensavo che stessi con lei anche perché Celeste è la persona migliore al mondo.»

«Sarà. Ma con me non si è comportata tanto bene.» Stavolta Massimo il sassolino lo scaglia con rabbia. «Sono mesi che non vuole stare più con me. È chiaro. Eppure non si è fatta scrupoli a giocare con i miei sentimenti.»

«Quanto sei melodrammatico.»

Lui mi rivolge uno sguardo infastidito.

Sollevo le mani in segno di resa. «Okay, okay, scusa, ma è solo normale che difenda mia sorella.»

«Nello specifico è indifendibile.»

Lo dice come se fosse un dato di fatto, ma la sua voce tradisce uno sconforto che mi fa male al cuore. Celeste deve averlo fatto soffrire, ma la sua angoscia è niente in confronto a quella che ha tormentato lei.

E se gli rivelassi il motivo, Massimo se la prenderebbe ancora di più con Celeste per non avergli mai detto che... E se il bambino non fosse suo? Secondo lui, non fanno sesso da chissà quanto. Possibile da prima di Natale? Celeste ha smesso di andare a letto con lui quando ha scoperto di essere incinta? Oppure Massimo non è il padre?

Se Celeste tradiva il fidanzato, i suoi comportamenti scostanti assumono senso. Ma allora per quale motivo è rimasta con Massimo? Perché non lo ha lasciato se aveva una storia con un altro?

«Senti, Vera.» Massimo fa un passo verso di me. «Lo capisco che vuoi bene a Celeste e la rispetti. Ma tra me e lei non c'è più niente. Ed è stata lei a rompere il nostro rapporto.»

«D'accordo, ma perché vuoi convincermi?»

Lui si avvicina e io indietreggio, ma presto mi ritrovo con la schiena al muro. Massimo allunga la mano, mi tocca il collo. «Se ti convinco che tra me e Celeste è finita, non ti sentirai in colpa.»

La sua carezza scende fino alla spalla. Lui si sporge verso di me, le nostre labbra minacciano di toccarsi.

Ma sono svelta a metterci in mezzo l'indice. «Stavolta no, carino. Basta con i baci a sorpresa.»

Massimo mi sorride, la sfida lo diverte. «Ti piace avere sempre l'ultima parola, eh? Ma io non ho bisogno di parole.»

«Che diavolo...»

Mi spinge contro il cemento, mi scosta il braccio e mi blocca i polsi. Sgrano gli occhi, una Vera in trappola. Il suo viso incombe sul mio. Il cuore mi batte all'impazzata, fin nelle orecchie. La bocca di Massimo sfiora la mia.

«Credo di essermi innamorato di te» mi sussurra.

E poi mi bacia.

17

Sfoglio un'altra pagina del diario scolastico di Celeste, che tengo poggiato sulle gambe incrociate. Tra gli appunti per i compiti, e delle annotazioni su cambi di orario di questo o quel professore, spuntano altri haiku. Sono più rozzi di quelli sul quaderno nero, forse sono solo delle prove.

Tranne uno, ripetuto più volte. È identico a quello che avevo già letto:

confabulano
i cani nella neve
ghiaccio all'alba

È la terza volta che lo incontro sul diario, da dicembre in poi. Celeste era ossessionata da questa poesia. E credo di intuirne il motivo: ho paura che i cani rappresentino i nostri genitori, che Celeste considera ostili; i due confabulano per portarle via il figlio. Un bambino che era già freddo dentro di lei prima che fosse l'alba di Natale.

La trovo una poesia bellissima, ma è anche difficile da leggere: conoscendo i fatti, il tormento di Celeste mi turba come se fossimo una persona sola. Non avrei mai voluto che mia sorella soffrisse tanto.

Chiudo il diario e lo poso accanto a me, sul letto in camera di mia sorella. Alzo lo sguardo sulle pareti: Celeste mi rivolge sorrisi allegri da decine di foto. Sembrava felice. Sembrava la persona più contenta sulla faccia della Terra. Era la personificazione della spensieratezza. Ma era solo apparenza.

Io mi sono travestita e mi hanno scoperta subito. Lei indossava una maschera da chissà quanto, e neanche io intuivo il dolore che si nascondeva dietro la finzione. Lei è stata brava, ma io sono ingiustificabile. Siamo gemelle, dovevo accorgermene che c'erano indizi preoccupanti.

Forse è vero che sono troppo concentrata su me stessa. Sono troppo impegnata a giudicare gli altri per delle stupidaggini e non mi rendo conto che così mi sfuggono questioni ben più importanti.

Ero tanto convinta della saldezza dei miei pregiudizi da non metterli mai in discussione: Celeste è una persona gentile e senza problemi, Massimo è un tizio vanitoso e stupido, Lorella è arrogante e superficiale. Ecco, li ho catalogati, e io non sbaglio mai, che altro c'è da aggiungere?

Ma li incasellavo al solo scopo di trovare scuse per prendermela con loro.

Sono delusa da me stessa. Mi ritenevo più furba del prossimo, e invece ero solo una ragazza astiosa. Una che guarda il dito quando le indicano la luna.

Un bussare leggero alla porta socchiusa mi riscuote. Il battente si apre.

Mio padre compare sulla soglia.

«Sono appena tornato dall'ufficio» dice. In effetti ha ancora la valigetta in mano.

«Non ti avevo sentito rientrare» replico, fredda.

«Preparo io la cena.»

È una proposta di pace. Anche perché papà non si mette mai ai fornelli per caso, se decide di cucinare lui, è per sfornare manicaretti. Forse si è accorto che ieri sera la situazione è precipitata anche per colpa sua, per colpa del suo atteggiamento cinico.

Annuisco, ma riporto gli occhi sul diario. Lo riprendo e lo sfoglio, come se fossi impegnata. Non riesco a guardare in faccia papà. E la ragione è più profonda che non lo strascico della litigata: mi riconosco in lui. Quando giudico le persone in maniera sprezzante mi comporto come mio padre. Ho preso da lui.

«Salgo a chiamarti quando è pronto» dice.

Sento il rumore dei suoi passi che si allontanano. Il suono cambia quando lui scende i gradini della scala. E poi sento che papà torna indietro.

Si riaffaccia nella stanza. «Vera, guardami.»

Alzo il viso. Lui accenna al mio cellulare, adagiato tra le lenzuola.

«Se tua sorella si fa sentire, per favore dille che vorrei tornasse a casa. Mi farebbe piacere.» Sospira. «Non importa se non rientra a scuola. Ma che almeno torni a casa.»

Sgrano gli occhi. Questa sì che è un'offerta di pace con i fiocchi. Anche più di una cena da ristorante stellato.

Mi tiro su gli occhiali sul naso. «Riferirò.»

Papà annuisce e scende al piano di sotto.

Forse ne ha discusso con la mamma e hanno mutato politica. Di solito, quando papà cambia atteggiamento, è per via di un confronto con lei.

Spero che entrambi si rendano conto che la nostra famiglia ha bisogno di stare più unita, ha bisogno di più affetto. Specie Celeste e specie in questo periodo.

Ripongo il diario e prendo il mio smartphone. Lo sblocco e

sullo schermo campeggia ancora il messaggio che mi ha inviato Massimo, dopo avermi riaccompagnata a casa.

CHIAMAMI SE HAI BISOGNO D'AIUTO CON CELESTE. ANCHE SE LEI NON MI AMA PIÙ, LE VOGLIO BENE, E VOGLIO CHE SIA FELICE. SE POSSO FARE QUALCOSA PER DARLE UNA MANO, SONO SEMPRE DISPONIBILE.

È sincero. Ed era sincero il suo bacio, ed era sincero quando mi ha detto che crede di essersi innamorato di me.

Io provo lo stesso per lui.

Siamo persone affini. Fino a poche settimane fa mi sarebbe sembrato incredibile ma, scavando a fondo, mi accorgo che l'attrazione tra noi è sempre esistita. Per quale ragione mi divertivo a provocarlo, se non per godermi le sue risposte sarcastiche? Era il nostro modo di corteggiarci.

Il che è tutto splendido, rose e fiori, ma dove lo trovo il coraggio di confessare a mia sorella che mi sono invaghita del suo fidanzato?

Non posso tenermi dentro un segreto del genere, né ho la forza per rompere il rapporto che si è creato con Massimo. Vostro onore, signori della giuria, io ci ho provato a tenerlo a distanza, e ho una sfilza di persone pronte a testimoniare a mio favore. Se non ci sono riuscita, la colpa è *sua*, è lui testardo come un mulo!

Ma come lo dico a Celeste, proprio ora che è più vulnerabile? E poi mi fido di Massimo, mi fido che lui sia convinto che mia sorella non lo ami più, ma sarà davvero così?

Se almeno Celeste stesse bene, se non fosse preda di questa depressione a cui non trovo spiegazioni. Perché quella dannata domenica mattina si è presentata in lacrime? Cosa le ha sconvolto la vita?

Sono passati mesi da Natale. Cinque mesi da quando ha perso il bambino. È strano che sia impazzita di dolore adesso. Che altro le è successo da Natale fino all'altra domenica?

Il *dlin dlon* del campanello alla porta di casa mi risveglia dalle mie riflessioni.

Chi diavolo è all'ora di cena?

Che sia... Celeste?

Ma forse è Massimo.

Schizzo via dal letto e mi precipito giù per le scale. Corro all'ingresso prima che intervenga papà, che fa capolino dalla cucina, le presine da forno in mano.

Spalanco la porta.

Davanti a me c'è l'ultima persona che mi aspettavo di vedere. L'ultima persona che vorrei vedere.

«Ciao» mormora Paolo, impalato sull'uscio. Si è legato i capelli rossi in un mezzo codino, e un accenno di barba amaranto gli vela il mento. Sulla maglietta scura che indossa sono stampati i piani della Morte Nera, con una freccia a indicare il condotto di scarico collegato al reattore.

Mi giro verso papà. «È per me» gli dico.

Lui ritorna in cucina, e io posso dedicarmi a Paolo. Anche se non c'è molto da discutere. Anzi, niente.

«Non intendo farti entrare, per nessun motivo.» Lo fisso con ribrezzo da dietro gli occhiali. «Se speri di mettere ancora piede in camera mia o in quella di Celeste, ti sbagli di grosso.»

«Non era mia intenzione.» Paolo accenna a guardarmi in viso, ma abbassa subito il capo. «Sono venuto a implorarti di perdonarmi.»

Si leva lo zaino dalla spalla e lo poggia sullo zerbino. Ne tira fuori un sacchetto di plastica.

«Ho portato i ceci» dice.

Inarco il sopracciglio. «Non mi va di scherzare.»

Paolo rovescia il sacchetto, e il contenuto si sparge sul pianerottolo. È una pioggia di frammenti di plastica, per lo più grigi. Non sono ceci, sono mattoncini della Lego!

Paolo scuote il sacchetto per stimolare a uscire anche gli ultimi pezzi. I Lego rotolano ovunque, persino tra l'erba in giardino. Beatrice, accorsa a controllare, annusa ai margini del lago di mattoncini e ci squadra entrambi come se fossimo matti.

Sposto lo sguardo da lei a Paolo ai pezzi per terra. «Ma che...»

«A dire la verità, non avevo ceci in casa» spiega lui. «Perciò ho preso una chiave inglese e ho distrutto la Morte Nera. Mi sembrava un sacrificio adeguato per placare una Regina del Male.»

Se non lo conoscessi, giurerei che mi stia prendendo in giro. Ma Paolo è serissimo, e la Morte Nera che ha sfasciato non è un giocattolo da quattro soldi. È un modello Lego non più in produzione che Paolo aveva comprato su eBay dilapidando tutto lo stipendio guadagnato lavorando part-time alla creazione di siti web. È una scultura da tremila e più pezzi. Per costruirla ci ha messo una settimana, e la teneva in camera protetta da una teca di plexiglas. Era uno dei gadget di *Guerre stellari* di cui andava più fiero.

«Mi sono dimostrato un amico terribile» dice, appallottolando il sacchetto. «Mi sono comportato peggio di un Romulano. Peggio di un Vogon.»

«Puoi giurarci.»

Paolo rimette il sacchetto nello zaino e si inginocchia sui ceci. Indossa i soliti pantaloncini corti, e i pezzetti spigolosi contro le ginocchia ossute devono fare un male boia.

Ma se lo merita.

«Sono stato...» Stringe i denti e cambia posizione per alleviare la sofferenza, ma dalla smorfia sul suo viso non sembra riuscirci. «... un idiota. E me ne starò qui a fare ammenda dei miei crimini finché non vorrai perdonarmi. Anche se ci volesse una settimana.»

Sono stupita dalla sua determinazione, ma la rabbia per il suo tradimento non si è placata. E soffoca nella culla ogni scintilla d'affetto che rinasce.

«Auguri» dico.

E gli sbatto la porta in faccia.

Me ne torno al piano di sopra, accompagnata dallo scalpiccio delle mie ciabatte. Se quel fesso crede che basti una manciata di Lego e qualche smorfietta dolorante per redimersi, non ha capito proprio un bel niente.

Ma il diavoletto sulla mia spalla – io non ho appollaiati sulle spalle un angioletto e un diavoletto, ma due diavoletti, uno cattivo e uno un filo meno cattivo – mi ricorda che non si tratta di Lego a caso. È un modello che Paolo non troverà più a meno di ipotecarsi la casa. Era la *sua* Morte Nera.

Giusta considerazione, diavoletto.

Ma anche se la mia determinazione vacilla, tiro dritto.

In camera di Celeste, spio dalla finestra. Paolo è ancora lì, a recitare la parte dell'allievo shaolin deciso a convincere i maestri che sia degno di entrare nel tempio.

Be', chissenefrega!

Altro che ceci. Se davvero volesse farsi perdonare, dovrebbe iniziare con il porre rimedio ai danni che ha procurato. Ma, guarda un po', non c'è modo. Il video l'ha diffuso, e non si può più rinfilare il genio nella lampada una volta che è uscito. Non può più fare niente per Celeste.

Gli occhi mi cadono sullo smartphone di mia sorella, che ho lasciato sulla scrivania.

Se Paolo riuscisse a superare il pin smanettando con il cellulare, potrei scovare quegli indizi su Celeste di cui ho così disperato bisogno. Tanto ormai la privacy di mia sorella l'ho violata in ogni maniera possibile e immaginabile.

Sbircio in giardino.

Paolo, immobile sui ceci, borbotta a bassa voce.

Sospiro. Proviamoci.

Corro al piano di sotto, e apro la porta.

«... peggio di uno scagnozzo di Donbot» sta cantilenando lui, «e stupido come se una larva di Ceti Alpha V mi fosse entrata nel cervel...»

«Vieni qui.»

Paolo rialza il viso. Io lo agguanto per il braccio e lo trascino dentro.

Paolo si è sbafato una bella porzione del coniglio gourmet cucinato da papà e, quando siamo saliti in camera, mi ha rivelato che non aveva idea di come fare a superare il pin che blocca lo smartphone di Celeste.

Ma, smanettando con la configurazione del router wi-fi, ha fatto sì che il traffico Internet del cellulare di mia sorella passasse per il mio notebook. Così, quando in automatico lo smartphone ha controllato la posta, e se ci fossero aggiornamenti su Facebook o su Instagram, Paolo ne ha carpito le credenziali.

E ora posso accedere ai social di Celeste come se fossi lei.

Lui gonfia il petto magro, tutto fiero. Sullo schermo del mio portatile si è aperto il sito di Gmail, ma con l'account di Celeste.

«... e puoi anche controllare WhatsApp, o almeno i backup su Google Drive.»

«Sì, bravo.» Gli batto con il palmo sulla spalla. «Ora però levati.»

Paolo si alza, e mi siedo al suo posto davanti al computer. Lui rimane al mio fianco per offrirmi assistenza tecnica, ma tiene lo sguardo basso e si disinteressa dello schermo giocherellando con la penna. Lo ha capito che se lo becco ancora a ficcare il naso negli affari di mia sorella lo strangolo con il cavetto del mouse.

Oltre a Gmail, apro anche Instagram, il social che Celeste usava di più. Scorro i post, ma all'apparenza non c'è niente di strano. Anche i commenti sono pacati. La percentuale di haters e di gente creepy è bassissima, considerando quanto è popolare a scuola mia sorella.

Mentre carico le conversazioni private su Facebook, passo in rassegna le mail in entrata e in uscita. Purtroppo sono solo una manciata. È probabile che Celeste le cancellasse dopo averle lette o scritte. E scopro che si ricordava pure di svuotare il cestino.

Però, tra le mail sopravvissute, una potrebbe essere significativa. È marcata come importante e il mittente è l'organizzazione di un concorso di poesia.

«Vediamo un po'...» mormoro.

Visualizzo la mail, che risale ad alcune settimane fa.

Spett.le Sig.na Celeste Oliviero,

siamo lieti di comunicarle che la nostra Giuria ha selezionato il suo componimento ("Corallo") quale vincitore della categoria haiku del Premio Internazionale di Poesia "Affreschi dell'Oriente Urbano". Le chiediamo altresì di fornirci al più presto le coordinate bancarie a cui liquidare il premio stesso.

Distinti saluti.

Il Direttore Amministrativo,
dott.ssa Antonia Loiacono

«Non ci posso credere!» Batto le mani per la contentezza. «Celeste ha vinto un premio!»

Paolo si sporge per leggere anche lui. Fischia. «Cavolo... e se si vincono dei soldi dev'essere un concorso serio.»

«Già!»

Stavolta è il mio turno di inorgoglirmi, anche se il premio lo ha vinto mia sorella. Sono così felice per lei, così felice che Celeste abbia visto riconosciuto il suo talento. E ha fatto tutto per conto suo, senza l'aiuto di nessuno.

«Aspetta che lo sappia papà!»

Scatto in piedi, e nello slancio vorrei abbracciare Paolo. Ma mi trattengo, e ritiro la mano. Lui era già pronto a ricambiare, e le braccia gli ricadono lungo i fianchi.

«Ero solo preda dell'entusiasmo» gli dico.

«Sì» mormora lui con tono deluso. «Lo avevo capito.»

Mi risiedo a rileggere la mail. Che notizia splendida. Sono sicura che Celeste si sia sentita al settimo cielo. Ci avrei scommesso che aveva più talento di Ungaretti!

E posso anche godermi questa poesia capolavoro. Gli haiku sul quaderno nero non hanno titoli, ma li ho fotografati tutti e me ne ricordo uno a tema coralli. Sono sicura che è lui ad aver trionfato.

Recupero il mio smartphone e scorro la galleria fino a trovare l'immagine che cerco. L'haiku recita:

tramonto sulle
ossa dei grattacieli
Tokyo corallo

Stupendo.

La prossima volta che rivedrò Celeste, indirizzerò il discorso verso l'argomento, nella speranza che sia lei a parlarmi del premio, così potrò sfogare tutto il mio entusiasmo. Non posso accennargliene io, dato che l'ho scoperto frugando senza permesso tra le sue mail.

«Però è abbastanza strano» dice Paolo. «È strano che Celeste abbia partecipato a un concorso. Non è da lei.»

«Non hai tutti i torti» ammetto.

A ragionarci è vero, non fa parte del carattere di mia sorella mettersi in mostra. È bellissima e tutti la notano, ma lei non è vanitosa. Per esempio, se Lorella non l'avesse supplicata, non avrebbe partecipato alla sfilata. E non aveva accettato la proposta di lavoro in ambito moda. Non l'ho mai vista prendere l'iniziativa se si trattava di gare o simili.

E, riservata com'è riguardo i suoi haiku, è curioso che li abbia esposti al giudizio altrui iscrivendosi a un premio internazionale. Le sue poesie non le ha neanche fatte leggere a *me*, figuriamoci se ci teneva che le leggesse questa dottoressa Loiacono.

«Guarda» Paolo accenna allo schermo del computer, «credo ci sia un'altra mail a proposito del concorso.»

L'oggetto della mail è: *Hai visto che ce l'hai fatta? Non avevo dubbi!* e il mittente...

«Non ci posso credere» mormoro.

«Chi è questo tipo?» chiede Paolo.

Evidenzio il nome passandoci sopra con il cursore. «È il professore di italiano di Celeste. Ettore Accorsi.»

«Uhm.» Paolo studia lo schermo come se stessimo risolvendo insieme gli enigmi di un videogioco d'avventura. «Secondo te è stato lui a iscriverla al concorso?»

Mi massaggio il mento. Durante la supplenza dell'Accorsi gli haiku sono saltati fuori, e non sono un argomento comune nell'ambito della letteratura italiana. Il professore ha anche ammesso che gli sarebbe piaciuto dedicare più spazio alla poesia giapponese. Che ne abbia discusso con Celeste? Che sia stato lui a instillarle questa passione?

Clicco sulla mail per aprirla.

Ora sono a una conferenza, per questo non ho potuto risponderti. Ma sono fierissimo di te e appena esco da qui ti chiamo.

«Mi sa che ci hai visto giusto» dico. «Deve averla spinta lui a partecipare.»

«Non so.» Paolo si gratta la barba incolta. «Questa mail non mi convince.»

«Spiegati meglio.»

«Celeste ti ha mai parlato del fatto che scriveva poesie?»

«No.»

«E del concorso?»

«Neanche. Non credo lo abbia detto a nessuno. Né a Massimo, né tantomeno ai miei.»

«Però ha addirittura telefonato a un professore per comunicargli la vittoria.»

Mi stringo nelle spalle. «Se l'aveva iscritta lui...»

«E qui torniamo al punto di partenza. Celeste non ha parlato a nessuno della sua passione, ma con questo professore sì. Curioso.» E ci manca solo che aggiunga *caro dottor Watson* – già immagino Paolo con il berretto da cacciatore e la pipa, uno Sherlock Holmes con le lentiggini.

«In più» continua, «ti sembra normale che abbia il suo numero di cellulare? Che una studentessa chiami il suo professore al telefono? Al massimo poteva mandargli una mail.»

«Magari l'Accorsi è un prof giovanile, a cui piace tenersi in contatto con gli studenti.»

«Se ho capito di chi stiamo parlando, da come si veste non si direbbe per niente *giovanile.*»

Sogghigno. «E da quando giudichi le persone dal modo di vestire?»

«Me lo ha insegnato Lorella.»

La sua battuta per un attimo mi riporta indietro a quando eravamo amici e complici. Come forse non saremo mai più.

«Io la vedo così» dico. «Il professor Accorsi ha notato che Celeste era portata per la materia. Le ha parlato degli haiku, e lei si è appassionata. Celeste ha fatto leggere qualche poesia al professore, lui si è accorto che era brava e le ha proposto il concorso.» Riprendo la mail che annuncia la vittoria. «Magari lo ha fatto anche per ragioni scolastiche, per aiutarla a non essere bocciata. Per me ha senso.»

Paolo assottiglia gli occhi, puntati allo schermo. «Secondo me la faccenda puzza. L'entusiasmo del professore è esagerato.» Picchietta sul riquadro in cui inserire i termini di ricerca. «Vediamo se si sono scambiati altre mail, o se ci sono altre mail riguardo il concorso.»

Seguo il suo suggerimento e cerco il nome dell'Accorsi, termini generici tipo "haiku" o "poesia", cerco il nome della dottoressa Loiacono. Niente. Scorro una a una tutte le mail nella casella della posta in arrivo, e in quella della posta in uscita.

Niente. Niente che abbia a che spartire con premi internazionali o con il professore di italiano.

Però un risultato l'ho ottenuto: è evidente che Celeste sia in confidenza con l'Accorsi. Se mi presentassi da lui travestita da mia sorella, potrei scambiarci due chiacchiere, e magari scoprire dei particolari utili. Certo, dubito che Celeste gli abbia svelato chissà che a proposito della propria vita, ma non si sa mai.

E poi non mi sono rimaste molte altre piste da battere.

Per scrupolo, passo al setaccio anche Instagram, Facebook e i backup di WhatsApp archiviati su Google Drive. Purtroppo non sbuca fuori niente di eclatante.

Abbasso lo schermo del notebook. «Be', qui ho finito.» Mi stiracchio. «E comincia a venirmi mal di testa a furia di fissare il computer.»

Paolo mi rivolge un sorrisetto timido. «Allora...»

«Dimmi.»

Lui china il capo. «Allora... questo orribile e ripugnante Rettiliano pel di carota... lo hai perdonato?»

Raddrizzo la schiena. «No, non ti ho perdonato.»

Paolo sospira. «Capisco.»

Gli sorrido. «Ma prendo atto che mi hai aiutata, e ammetto che è stato bello lavorare insieme. Come una volta.»

«Sì, anche per me.» Paolo si massaggia le gambe, dove sono rimasti piccoli segni rossi e netti. «Però ora torno giù a rimettermi in ginocchio sui Lego.»

«Fai sul serio?»

«Ci tengo davvero a ricostruire la nostra amicizia.»

Si avvia alla porta della stanza.

Lo raggiungo e gli do una pacca sul sedere. «Dai, lascia stare i ceci. A me è tornata fame.»

Lui mi guarda incredulo.

«È avanzato del coniglio» dico. «È nel forno, al caldo.»

Paolo annuisce appena ma, mentre scendiamo le scale, si scioglie e si mette a chiacchierare di videogiochi e a saltellare dalla gioia.

18

Questa sarà l'ultima volta che mi travesto da Celeste. Lo giuro.

Il mio piano per oggi è semplice: seguo tranquilla le lezioni, e appena me ne capita l'occasione chiedo al professor Accorsi se possiamo parlare un attimo. Dopodiché... be', spero di avergli cavato qualche dettaglio utile a decifrare il comportamento di mia sorella, altrimenti non saprò più che pesci pigliare.

Se stamattina le indagini non avranno una svolta positiva, non mi rimarrà che tornare da Celeste e implorarla di darmi lei una spiegazione. Ma se non l'ha fatto finora, dubito che cambierà idea.

Entro a scuola a passo svelto, per sfuggire alle occhiate dei miei compagni. Rovistando nel guardaroba di Celeste, ho recuperato un paio di short jeans a vita alta e un top nero che mi lascia scoperta la schiena – era la combinazione più casual dato il materiale a disposizione.

Schivo con saluti sbrigativi la gente che muore dalla voglia di tampinarmi. Ci sono tizi talmente disperati che si stenderebbero davanti a me a mo' di zerbino pur di avere un contatto con la ragazza più popolare della scuola.

Mi dirigo in classe ad ampie falcate. Alla prima ora c'è quella simpaticona della Galatea e non intendo arrivare in ritardo. Non voglio darle pretesti per accanirsi contro Celeste.

Punto alla porta dell'aula. Ma un tipo grande e grosso mi si para di fronte.

«Levati di mezzo» gli dico.

Il ragazzo non si sposta, e alzo lo sguardo su di lui, pronta a usare le maniere forti. Mi ritrovo davanti la maglietta con il pescecane mascotte della squadra di pallanuoto. Sollevo un po' di più il viso, e incontro gli occhi verdi di Giuliano, che mi scrutano.

«Posso parlarti?» chiede.

«Adesso non ho proprio tem...» Lui mi afferra per il polso e mi trascina via. «Ehi!»

Svoltiamo l'angolo e imbocchiamo il corridoio che conduce alle aule di chimica e di fisica. Lungo le pareti, sono allineate le teche di cristallo con gli animali impagliati.

Giuliano mi molla accanto alla vetrinetta con il corvo, che spia i passanti con i suoi occhietti neri e vitrei.

Mi massaggio il polso. «Si può sapere che diavolo vuoi?»

«Voglio che tu la smetta di vestirti come tua sorella. Voglio che smetti di impicciarti della sua vita.»

Ci mancava solo questo tipo che non ha capito *niente*. «Giuliano, ascolta...»

Lui solleva il pollice. «Primo, è un comportamento ingiusto.»

«Sì, okay, ma senti...»

Al pollice affianca l'indice. «Secondo, è un modo di agire da immaturi.»

«Giuliano, io...»

Distende anche il medio. «Terzo, è rischioso. Può creare un sacco di casini a te e a...»

«Giuliano!» urlo.

E, sia ringraziato il Signore, lui tace.

«Hai ragione su tutto.» Gli prendo la mano e gli piego le

dita. «Ma oggi è l'ultimo giorno che mi travesto da Celeste. Puoi starne certo.»

«E come faccio a esserne sicuro?»

«Lo avevo già deciso.» Mi tiro su lungo il naso gli occhiali immaginari. «Non c'è motivo per continuare. Mio padre ha detto che se anche Celeste non darà l'esame, gli sta bene lo stesso. Perciò deciderà lei se tornare a scuola o no.»

«Ma... ma se era per la scuola che ti fingevi lei, come mai sei andata all'Octopus? E alla festa a casa di Massimo?»

Giuliano incrocia le braccia sul petto, compiaciuto della sua deduzione, l'atteggiamento del detective convinto di aver incastrato l'indagato.

«È complicato da spiegare.» Adocchio il cellulare, caspita sono già le otto e venti, la Galatea mi sbrana! «E ora non ho tempo. Ma in sintesi. Celeste sta male, non vuole mangiare, è sempre triste. Non mi dice il motivo. Così mi sono spacciata per lei allo scopo di ficcare il naso nei suoi affari e vedere cosa scoprivo.»

Giuliano corruga la fronte. «Capisco. Credo. Mi dispiace molto.»

«Tu hai qualche idea?»

«No, purtroppo no.»

«Immaginavo.» Sospiro. «Se ti preoccupavi che io le incasinassi la vita, devi volerle proprio bene.»

«Abbastanza.»

«Su, io non sono Massimo, non c'è bisogno di essere diplomatici.»

«Che vuoi che ti dica?» replica. «Che mi sono innamorato di Celeste? Non ci sarebbe niente di male.»

«A me sembra che sia tu a farti problemi da solo.»

Giuliano scrolla le spalle e si appoggia alla teca con il corvo.

Il sottile strato di cristallo scricchiola. «Sono amico di Massimo dalle elementari e... Ma possibile che con tutte le ragazze che ci sono al mondo, dovevo proprio innamorarmi della sua?»

«Almeno lo ammetti, è già un passo avanti.»

Un altro passo avanti sarebbe scoprire se Celeste ricambiava. Possibile che il figlio sia di Giuliano? Lo escluderei: se fossero stati in rapporti così intimi prima di Natale, per trascorrere del tempo con mia sorella lui non avrebbe avuto bisogno della sceneggiata sul voler sedurre me.

«Comunque» dice, «non sono discorsi che ti riguardano.»

«No, infatti» rispondo. «E non preoccuparti se ci hai provato con la sottoscritta per arrivare a Celeste.»

Lui mi guarda con aria colpevole, la stessa espressione intristita di quando in gelateria me ne volevo andare.

«Vera...» mormora. «Io...»

«Non ero sarcastica, davvero non mi importa.» Gli sorrido. «Non sei il mio tipo, e non ci sono rimasta male. È tutto okay.»

«Tu invece eri il mio tipo» dice. «Mi sei piaciuta sul serio. È solo che...»

«Che sei innamorato di Celeste, sì, va bene, abbiamo capito.» Gli poso la mano sulla spalla. «E io ho anche capito perché te la sei presa con Paolo.»

«Hai scoperto quello che ha fatto?»

«Sì, un giorno che ero vestita da Celeste, me lo ha confessato.»

Giuliano annuisce e i capelli scuri lambiscono gli occhi smeraldo. È assurdo che un ragazzo tanto bello debba faticare per conquistare la donna che ama. Ma non è così strano se si considera che la concorrenza si chiama Massimo.

«Senti, Giuliano» riprendo. «Vorrei stare qui tutta la mattina a parlare del tuo cuore infranto, ma devo proprio andare a lezione, o la prof mi mangia viva.»

Mi avvio per il corridoio. Sul punto di svoltare, la voce di Giuliano mi trattiene.

«Se hai bisogno di me... se hai bisogno di me chiamami, farei di tutto per Celeste.»

Mi giro e gli faccio cenno di sì con il capo. «Lo so.»

Corro verso l'aula.

«E così anche la prima della classe ci fa l'onore di presentarsi.»

Il commento ironico della Galatea mi accoglie appena mi affaccio alla porta. Lei è alla lavagna, il gessetto in mano, anche oggi agghindata in tailleur e tacchi alti. E i compagni di Celeste sono già tutti seduti, i quaderni aperti sui banchi. Mi dirigo al mio posto, ma appena poggio lo zaino, la professoressa mi richiama.

«Aspetta a sederti, Oliviero.» Mi fa gesto di avvicinarmi. «Visto che sei in piedi, vieni qui.»

Mi rivolge un sorriso più falso di una moneta da tre euro, e raccoglie dall'angolo della cattedra un foglio protocollo. «Dai un'occhiata al tuo compito, forza.»

Me lo consegna. E il sorriso mi affiora alle labbra. Nessuno sbaffo rosso, neanche l'ombra di una correzione. Come volevasi dimostrare, ho risolto ogni esercizio in maniera perfetta.

Giro il foglio, aspettandomi un dieci – o magari un nove, se la Galatea è di quelle che non concedono mai il massimo dei voti – ma il numero cerchiato in cima alla pagina mi raggela.

«Un quattro?» Fulmino la Galatea con un'occhiataccia. «Come ho fatto a prendere quattro? Ho svolto tutti gli esercizi!»

«Svolti non è il termine che userei io. Direi più copiati.»

La professoressa si appoggia con il sedere al bordo della cattedra e giocherella con la stilografica. Brutta arpia sadica, quanto vorrei strapparti dalla faccia quell'espressione di boria!

«Io non ho copiato!» Sbatto il compito sul ripiano. «E questo voto non lo accetto.»

«Sì, hai ragione. Quattro è un voto esagerato per l'impegno che ci hai messo. Sul registro ti segnerò un due.»

«Ma non è giusto!»

«Due è un voto equo, considerando che questo compito non è frutto del tuo cervellino.»

Okay, adesso basta. Questo genere di umiliazioni non posso tollerarle. Né nei confronti miei, né nei confronti di Celeste. E non ingoierò il rospo al cospetto di un'ingiustizia simile, dovessi rivolgermi alla preside.

Ma... ma forse non ce ne sarà bisogno.

Sorrido alla Galatea. «Mi dia un esercizio.»

Lei strizza gli occhi, come se non fosse sicura di chi ha davanti. O non avesse capito bene quello che le ho detto.

Accenno alla lavagna. «Se è così convinta che non sono capace di risolvere i problemi del compito, me ne dia uno nuovo.» Mi giro verso la classe, i compagni mi fissano come se stessi dando fuori di matto. «Lo risolverò qui, davanti a tutti.»

La Galatea mi osserva picchiettandosi la stilografica sul palmo. Vedo le rotelline nel suo cranio che girano e girano. Non vorrebbe concedermi una possibilità di rivalsa, non dopo aver escogitato questo scherzetto per affibbiarmi lo stesso un brutto voto, ma la prospettiva di mortificarmi di fronte alla classe la stuzzica.

«E va bene» concede. «Vediamo.»

Scarabocchia con la penna sul bordo di un altro compito. Ma scritti un paio di numeri si blocca. L'arpia ghigna e mi punta contro la stilografica.

«Scrivi» ordina.

Mi armo di gessetto e vado alla lavagna.

«Devi trovare x, y e z che sono numeri interi maggiori di zero.»

Annuisco e mi appunto a margine la condizione.

«Che risolvano l'equazione $x^3 + y^3 - z^3 = 0$.»

Trascrivo la formula e rimango allibita.

Ma la Galatea non interpreta in modo giusto il mio stupore. «Che c'è, Oliviero? Troppo difficile per il tuo cervellino? Mettiti al lavoro, ti concedo tutta l'ora.»

«Non ero perplessa riguardo il problema, che è facilissimo.» Poso il gessetto nella scansia alla base della lavagna. «Mi domandavo che senso ha propormi una simile banalità.»

«Se è tanto semplice, risolvilo.»

Mi stringo nelle spalle. «Non si può, non esistono soluzioni, come afferma l'ultimo teorema di Fermat. Tra l'altro nel caso specifico, in cui l'esponente è 3, la dimostrazione è elementare, l'aveva già trovata Eulero nel Settecento.»

La Galatea dischiude la bocca, ha smesso di baloccarsi con la stilografica.

«Se vuole la scrivo» continuo, «non è niente di complicato, ma può essere interessante.»

«Non c'è bisogno» dice lei con tono piatto, la sicumera sparita dalla voce.

Le sorrido e torno al banco. Nella classe è calato il silenzio, non bisbiglia nessuno, i miei compagni sono esterrefatti. Ma, se non fossimo in un regime militare, scommetto che mi rivolgerebbero un applauso da far impallidire quello che mi sono conquistata sulla passerella al Palazzo dei Duchi Barzini.

L'ora di matematica termina senza ulteriori rogne. Non so che voto mi metterà la Galatea sul registro, ma dubito che avrà ancora voglia di infastidire Celeste. È troppo codarda per rischiare una seconda figuraccia. Se le verrà lo sghiribizzo di dare sfogo al suo lato da strega, dovrà cercarsi un'altra vittima.

Nelle due ore successive, complici le *Odi* di Orazio e l'adrenalina che scema dopo lo scontro con l'arpia, chino la guancia sul banco e sonnecchio. Faccio bene a riprendere le energie: finite le ore di latino ci sarà la ricreazione e a seguire la lezione di italiano con il professor Accorsi.

La campanella trilla e scaccia Orazio dai miei sogni confusi. Mi stiracchio, mentre intorno a me i compagni di classe schizzano via dai banchi per riversarsi in corridoio. Io non ho fame, ma magari sfrutterò la ricreazione per sgranchirmi le gambe, prima di affrontare l'ora di italiano.

Ancora intorpidita, mi trascino alla porta dell'aula.

E sulla soglia compare proprio l'Accorsi.

Ha un cipiglio severo, ma non appena si accorge di me – di *Celeste* – la sua espressione si addolcisce. Mi rivolge un mezzo sorriso.

Visto che si è presentato in anticipo, potrei parlargli subito. Lo accompagno alla cattedra, dove lui posa la ventiquattrore.

«Ti senti meglio?» mi chiede, guardandomi negli occhi. «Com'è il ritorno a scuola?»

«Tutto a posto, grazie.»

«Mi fa piacere.»

L'Accorsi si accomoda dietro la cattedra, e apre il cassetto sotto il ripiano. Ha un atteggiamento cortese ma distaccato. Persino con me, con Vera, si è dimostrato più socievole. Forse ho preso un granchio, e non c'è tutta questa confidenza tra lui e Celeste.

Ma, prima di gettare la spugna, tanto vale scambiare due chiacchiere.

«Se ha un minuto...»

Il professore solleva lo sguardo. «Dimmi pure, Celeste.»

Mi schiarisco la gola. «Se ha un minuto, mi piacerebbe parlarle di una cosa. Di una poesia.»

Il professore, che stava per posare il cellulare nel cassetto, se lo rimette in tasca. Fa un sospiro secco. «E va bene.» Scosta la sedia e si alza. «Parliamone.»

Distende il braccio, a indicarmi di uscire dalla classe. Davvero bizzarro, anche perché l'aula è vuota, i miei compagni sono tutti in giro. Per fare due chiacchiere potevamo rimanere qui. Il professore considera l'argomento poetico tanto importante da non voler essere interrotto quando se ne discute?

Sono scettica in proposito.

L'Accorsi si ferma un passo fuori dall'aula. «Allora?»

Lo seguo in corridoio. Lui tira dritto e io gli sto alle calcagna. Non ho idea di dove stiamo andando, ma il professore si comporta come se fosse tutto normale. Come se per chiacchierare con Celeste dovesse spostarsi dall'altra parte della scuola.

Imbocchiamo di nuovo il corridoio con le teche e sfiliamo davanti al corvo imbalsamato. Ma, anche se non c'è nessuno, proseguiamo. Superiamo le aule di fisica e di chimica.

In fondo al corridoio, il professore spinge il maniglione dell'uscita di sicurezza, e sbuchiamo sul pianerottolo di metallo della scala antincendio.

Lui mi tiene spalancata la porta. «Avanti, dai.»

Esco e il prof accosta il battente alle nostre spalle. Rimane in silenzio, a scrutarmi. Uno sguardo da cui traspare un fastidio che non riesco a interpretare. È come se ce l'avesse con me.

L'Accorsi estrae una sigaretta dal taschino della camicia e se la infila tra le labbra. «Dovrei smettere.»

Sospira e la butta di sotto, nel vicoletto deserto tra la scuola e il palazzo di fronte. La sigaretta colpisce il parabrezza di un'auto parcheggiata.

Che atteggiamento strano. Come se a Celeste dovesse fregare qualcosa del rapporto che l'Accorsi ha con il fumo.

Il professore appiccica la faccia alla finestrella incassata nella porta di emergenza, e spia in corridoio. Soddisfatto, torna a fissare me.

«Si può sapere cosa ti è preso?» dice a bassa voce, anche se il tono è concitato.

«Come...?»

«Tutti questi giorni assente. E non mi hai neanche risposto al telefono. Ho dovuto chiedere a tua sorella, dannazione!»

«Sono stata male.» Studio il viso dell'Accorsi: ha la barba sfatta, e le borse sotto gli occhi. «Perché?»

«Mi fai incazzare quando ti comporti così, ecco perché!»

Cammina avanti e indietro sulla piccola piattaforma di metallo. Artiglia la balaustra e inala la puzza di benzina che sale dal vicoletto.

«Scusami» dice in un sospiro. «È solo che... lo sai anche tu quanto è diventato difficile per me. Non dovevi farmi preoccupare.»

«Adesso sto bene e...»

«Non voglio mai più che sparisci così senza dirmi niente.»

Allunga la mano e mi prende per il braccio. Un gesto risoluto, possessivo.

Mi irrigidisco. Ma... ma che diavolo...

Il professore si sporge verso di me.

E la porta di emergenza si spalanca.

Massimo irrompe sul pianerottolo.

L'Accorsi è svelto a mollarmi e a rimettersi dritto. Riassume la sua posa severa, da docente universitario.

«Ci sono problemi?»

Massimo non fa una piega. «Me lo dica lei.»

Si piazza tra me e il professore. Lo fronteggia, e intanto spinge indietro la mano, in cerca della mia. Intreccio le dita alle sue, e sbircio il prof al riparo del corpo muscoloso di Massimo.

L'Accorsi indugia con lo sguardo su di me. Senza aggiungere niente, apre la porta e svanisce in corridoio.

Tiro un sospiro di sollievo.

«Vera, accidenti!» Massimo si gira, senza lasciarmi la mano. «Mi vuoi spiegare che succede?»

«Vorrei saperlo anch'io.» Spio oltre il vetro della finestrella, ma il prof non è più in vista. «E lo avrei scoperto, se non fossi arrivato tu a fare il duro!»

«Non dirmi che ti è spiaciuto» replica. «Sembravi a disagio. E lo credo bene.»

Anche lui sbircia in corridoio, le vene del collo gonfie, come quando era pronto a spaccare le ossa a Giuliano. «Se quel tizio ti tocca di nuovo, lo sfascio. E non me ne frega niente se è un professore.»

«Calmati, non è successo nulla. E poi pensava di parlare con Celeste, non con me...»

La frase mi muore in bocca. Ma certo, l'Accorsi era convinto di rivolgersi a mia sorella. E quando l'ha afferrata, si è comportato come se fossero... be', come se fossero *fidanzati*.

«Mia sorella... mia sorella ha una relazione con quello lì!»

Massimo mi guarda dubbioso. «Con chi, scusa?»

«Con il professor Accorsi!»

Massimo dà un'ultima occhiata alla porta. «Ma non dire cretinate, è impossibile.»

«Parla quello che si lamentava del mio dare del cretino a destra e a sinistra.»

«Voglio solo dire che mi sembra impossibile. Celeste è una persona che...»

Ma, mentre parla, anche lui sta giungendo alla mia stessa conclusione – non a caso great minds think alike. Starà ripensando all'atteggiamento scostante di mia sorella, e ai suoi sospetti nei confronti di Giuliano.

Gli occhi gli si illuminano. «Per questo continuava a rimanere con me.»

«Esatto.» Gli picchietto l'indice sul torace. «Per non destare sospetti.»

«Però ormai Celeste è maggiorenne. Può fare quello che vuole senza rendere conto a nessuno.»

«Questo lo dici tu, perché non conosci mio padre.» Accenno alla porta. «E poi chi te lo dice che il professore sia libero? Io non ho notato la fede, ma che ne sappiamo? Magari è sposato.»

Massimo, però, sfumata l'euforia per le intuizioni geniali, ha curvato le spalle e fissa il pavimento di ferro con aria malinconica. Anche se adesso sostiene di essere innamorato di me, questo non cancella la lunga relazione con Celeste. Non dev'essere gradevole rendersi conto che in tutti questi mesi lei si donava a un altro.

«Scusami.» Gli carezzo il braccio. «Sono stata insensibile. Non avremmo dovuto parlarne.»

Lui mi spinge contro la porta, il busto appoggiato al mio petto. «A me interessa solo di te.»

Lo *odio* quando fa così! Quando mi assale, e il suo profumo mi stordisce, e il cervello mi va in pappa e voglio solo baciarlo.

«Il passato è passato» afferma.

«Non proprio.»

Lo spintono per costringerlo a concedermi un po' d'aria. Massimo si scosta e si passa le dita tra i capelli biondi. «Giusto. Perciò devi dirlo a tua sorella.»

«*Cosa?*»

Io non intendevo in quel senso! Sostenevo solo che forse la relazione tra Celeste e il professore continua.

«Anche io mi sento in colpa» dice Massimo. «Parlale. Se non lo fai tu, lo faccio io.»

«Neppure per idea» lo blocco. «È una responsabilità mia.»

«Allora promettimi che lo farai.» Mi posa la mano sul fianco. «Il prima possibile. Non voglio prenderla in giro come lei ha fatto con me.»

Purtroppo il pallanuotista ha ragione su tutta la linea. Non possiamo andare avanti così, con mia sorella che lo considera ancora il suo fidanzato. Però...

«Però non so se ce la faccio» mormoro. «Se mi immagino la scena, mi sento così in colpa che mi manca il respiro.»

«Devi trovare il coraggio di farlo» dice lui. «E magari è anche ora che vi chiariate. Che tu le parli di questa faccenda dei travestimenti. Comincia a darmi fastidio vederti mascherata da lei.»

È vero. È diventato un peso insopportabile. Non ne posso più di bugie e finzioni. Confesserò a Celeste che mi sono sostituita a lei. Che le ho rubato la vita. E il fidanzato.

Sospiro. «Oggi pomeriggio le parlo.»

Massimo mi sorride. «Vedrai che andrà tutto bene.»

«Ne dubito. Dopo che le avrò detto tutti i casini che ho combinato spacciandomi per lei, non mi rivolgerà mai più la parola.»

19

Celeste rosicchia il tappino di plastica della penna. Poi gli occhi blu si dilatano. Si sfila la penna di bocca, e si segna un paio di parole sul foglietto che tiene accanto a sé. La pagina è affollata di haiku in divenire: di alcuni ha scritto soltanto il primo o il secondo verso, altri sono costellati di cancellature e aggiunte.

Mia sorella riempie risme e risme di tentativi, e solo quando valuta una poesia perfetta la riporta sul quaderno nero. Sono impressionata dalla dedizione che dimostra per la sua arte. Ci avevo visto giusto: ha talento da vendere, e la vittoria nel concorso ne è la prova inconfutabile.

Celeste volta il foglio, e riprende con gli esperimenti poetici. Assistere a questo processo creativo dovrebbe rilassarmi, ma oggi accresce la tensione. Oggi sono qui da lei per distruggere quel minimo di serenità che si è conquistata.

È da mezz'ora che me ne sto accoccolata sul pavimento della soffitta, fingendo di giocare con lo smartphone. In realtà sto cercando di racimolare il coraggio necessario per parlarle. Ma più la osservo immersa nel suo mondo di poesia, più me ne vorrei andare.

Peccato che non posso. Ho promesso a Massimo che le avrei detto la verità, e non voglio cominciare il mio rapporto con lui non rispettando gli impegni. Senza contare che quello è capacissimo di andarci lui a raccontarle tutto.

Okay. Affrontiamo l'inevitabile.

«Cele» dico. «Dobbiamo parlare.»

«Di cosa?» biascica Celeste, masticando la penna.

«Di una cosa che ho fatto. Una cosa orribile.»

Mia sorella si volta a guardarmi. È seduta sul letto, i fogli sparsi sulle lenzuola. «Non c'è niente che puoi aver fatto di così terribile.»

Mi rivolge un sorriso timido. Come al solito, la sua prima preoccupazione è di rassicurarmi. Ma ho paura che il suo atteggiamento nei miei confronti sarà ben diverso, dopo che avrò finito di raccontare.

Inspiro a fondo e, tenendo gli occhi bassi, elenco le mie imprese.

Parto dal principio, dal mio stupore quando l'ho vista in lacrime, quella domenica mattina di settimane fa. Le dico che ero spaventata dal suo silenzio, e dal fatto che avesse smesso di mangiare. Specifico che non voglio giustificarmi, solo ribadire che le mie intenzioni erano buone. Credevo di agire a fin di bene. Perché non sopporto di vederla star male.

Poi proseguo con la decisione di travestirmi da lei. Da un lato per evitarle eccessive assenze a scuola, e dall'altro per ficcanasare nella sua vita privata, allo scopo di svelarne gli altarini. Le accenno della serata all'Octopus, e delle mie indagini nei confronti di Massimo e di Giuliano, che non hanno portato frutti. O, almeno, non quelli che immaginavo.

E viene il momento della sfilata, con annessa figuraccia, e il pianto di Lorella in bagno, e la festa a casa di Massimo. E da lì passo a Simona con la sua pagina schifosa, e il video, e il litigio con Paolo, e la chiacchierata con Massimo negli spogliatoi della piscina. Ammetto che il legame con lui si fa sempre più saldo, e che ho trascorso la notte in sua compagnia – anche se abbiamo solo dormito, eh! E in letti separati.

Non mi dilungo riguardo il litigio con papà: se Celeste vorrà mai parlarmi del bambino, è giusto che scelga lei il modo e l'occasione; non intendo imporle un argomento tanto doloroso.

Ed eccoci alla riappacificazione con Paolo, e alla più viscida invasione della privacy che potessi concepire: quando costringo il mio migliore amico a violare il suo cellulare per raccogliere indizi. E lì le parlo della mail del professor Accorsi, e della vittoria nel concorso.

Infine indietreggio di un passo, per raccontarle del pomeriggio con Massimo. Dei nidi di vespe, del fatto che mi aveva sgamata da tempo. Con la morte nel cuore, le dico che io e lui ci sentiamo affini, che ci siamo baciati e che, proprio oggi, Massimo mi ha spronata a rivelarle tutto.

«E questo è quanto» concludo, la voce rotta.

Mentre parlavo, non ho mai schiodato gli occhi dal pavimento impolverato. Non potevo confessarle le porcherie di cui mi sono resa responsabile guardandola in faccia. Non so se adesso sia rossa di rabbia, o impassibile come sempre.

«Cele, perdonami» mormoro.

Mi strofino i palmi sulle gambe incrociate. Mia sorella rimane in silenzio. Non ha mai commentato, né mi ha rimproverata o insultata. E questo atteggiamento indifferente mi spaventa.

«Senti, Cele, io...»

Passi pesanti sulle assi del pavimento.

Alzo la testa, e Celeste mi abbraccia. Si siede di fronte a me e mi stringe forte.

«Grazie» sussurra. Suona commossa, ma non sta piangendo. «Grazie di aver fatto tutto questo per me. Di volermi così bene.»

Gli occhi mi si riempiono di lacrime. Premo la faccia sulla sua spalla e ricambio l'abbraccio. Piango avvinghiata a lei. Tra i singhiozzi, mi svuoto della paura e dei sensi di colpa.

Lei lascia che mi sfoghi, carezzandomi i capelli. Quando mi tranquillizzo, mi asciuga sotto gli occhi con il pollice.

«Pensavo» tiro su con il naso, «pensavo di essere io quella tosta.»

Lei sorride alla mia battuta. «Lo sei.»

«No... ho combinato una marea di casini.»

«A meno che tu non mi abbia nascosto qualcosa, mi sembra che hai sempre agito per fare del bene.»

«Se lo dici tu» mormoro. «Aspetta di vedere su Borgo tv il video dove inciampi in passerella come un muratore sui trampoli.»

«Figurati che me ne importa.»

La abbraccio di nuovo. E, attraverso la stoffa della maglietta, ascolto il suo cuore che batte. È un ritmo costante, calmo, che mi rasserena. E penso che il suo cuore è identico al mio. Un pensiero bello.

«Hai affrontato tante difficoltà» mi dice Celeste. «E solo per amor mio.»

«Era mio dovere. Non sapevo perché stavi male.»

«Forse è il momento che te lo dica.»

«Non devi se non vuoi.» Scuoto la testa. «Non voglio obbligarti, non...»

Lei alza la mano per interrompermi. «Avrei dovuto dirtelo fin dall'inizio. Ma sono una codarda, e poi lo sai, è difficile parlare con le persone che ti sono più vicine.»

Celeste sospira. «In più noi siamo così unite, ci vogliamo così bene... Se tu avessi saputo certi fatti dolorosi che mi sono capitati, avresti sofferto tantissimo. E io non avrei più potuto dimenticarli.»

Annuisco e lei mi carezza la guancia. «Non potrei mai essere arrabbiata con te, anche se io fossi ancora innamorata di Massimo. Ma lui ha ragione, per lui non provo più amore, solo un affetto sincero. Il nostro rapporto era concluso da mesi. L'ho fatto soffrire senza motivo.»

«Ma allora perché non lo hai lasciato?»

«Mi ha chiesto Ettore di non farlo.»

Rimango a bocca aperta.

Celeste mi sorride. «Avevi intuito giusto, sei una detective. Sì, mi sono innamorata di Ettore. Del professor Accorsi.»

E il sorriso di mia sorella è il più radioso che le abbia visto da... da sempre. Solo a pronunciare il nome di lui, è come se la tristezza che la attanagliava si fosse dileguata.

«Ma... ma avete una relazione?»

«È un rapporto complicato. Lui ha una moglie, e due figli. Un maschio e una femminuccia, di otto e tre anni.» Celeste si morde il labbro. «È quella la sua vita, e io non posso entrarci.»

«Però lo frequentavi da tempo.»

«Ci siamo conosciuti a settembre, all'inizio dell'anno scolastico, quando lui si è trasferito nel nostro liceo. Sono rimasta incantata da come spiegava, da come ci illustrava le poesie. Ha dedicato alcune lezioni agli haiku, e me ne sono appassionata.»

«Ho capito.»

«Ne ho parlato con lui. E ho scoperto che anche lui si dedicava alla materia da poco. Abbiamo preso a studiare insieme la poesia giapponese. E più ci conoscevamo, più eravamo attratti. E, a un certo punto, non avrei più potuto rinunciare a vederlo.»

Mi viene in mente che con Massimo ho vissuto un'esperienza analoga: accorgersi che si è trovata una persona affine, e il desiderio di approfondire la relazione nonostante la consapevolezza che sia un errore, e il non poter più tornare indietro. È come scalare una montagna: si può solo salire fino alla vetta, se ti fermi ti si spalanca sotto ai piedi l'abisso.

«È stata dura» dice Celeste. «In certi momenti ho creduto di... E ho pensato che da sola sarei morta. Che sarei stata per sempre infelice. Che tutto crollava.»

Gli occhi le si arrossano. E anche se non specifica, ho timore che si riferisca allo scorso Natale. Mi si serra il cuore.

«Ci vedevamo solo fuori da Borgobianco» continua, «per evitare problemi. E lui ha voluto che mantenessi la storia con Massimo, di facciata. Per questo non l'ho lasciato, anche se mi odiavo per il modo in cui ero costretta a trattarlo.»

Celeste si tampona gli occhi con le nocche, e riappare il sorriso. «Però c'erano giorni in cui ero al settimo cielo. Era quando mi vedevo con Ettore e parlavamo ore e ore di poesia. Lui crede in me, tantissimo, e mi ha sempre spronata a scrivere. È lui che mi ha suggerito il concorso.» Al ricordo le brillano gli occhi. «Ero così felice quando mi hanno scritto che avevo vinto! Non potevo crederci. Era la prima volta che mi apprezzavano per la mia sensibilità, per quello che volevo esprimere, e non solo per il mio aspetto. Ho toccato il cielo con un dito.»

La gioia negli occhi di mia sorella si offusca. «Ma Ettore aveva dei problemi con la moglie. Lei sospettava e lui si era convinto che avesse ingaggiato un investigatore privato per spiarlo. Non voleva più vedermi, non rispondeva più ai miei messaggi. Anche a scuola evitava il mio sguardo.»

«Mi spiace...»

«La domenica che mi hai vista in lacrime... avevo litigato con Massimo tutta la notte. Ero disperata, e volevo solo rivedere Ettore. Mi aveva fatto giurare di non andare mai a trovarlo a casa. Ma io dovevo vederlo, e dovevo sapere se mi diceva la verità riguardo la sua famiglia.»

«Ed era onesto?»

Celeste annuisce. «Quella mattina di domenica sono andata da lui. Ho visto la moglie che usciva con i figli.» La voce le trema. «Erano bellissimi. E così allegri... io non potevo fargli quello che stavo facendo. Non potevo portare via il loro papà.»

D'un tratto, lo capisco. È da lui che mia sorella ha avuto il bambino. Il figlio che Celeste ha perso era del professor Accorsi. Per questo quella mattina si è sentita schiacciata dal senso di colpa e dalla tristezza.

Ha visto la vita che avrebbe potuto avere, ma che le è stata negata. Quella che sognava quando ha saputo che era incinta. Ma, dopo aver perso il bambino, non avrebbe avuto senso spezzare la famiglia del professore.

Celeste ha affrontato il lutto più terribile senza potersi appoggiare né a nostro padre, né all'uomo che amava, che neanche voleva farsi vedere in giro con lei. Non riesco a concepire quanto dev'essere stato difficile quel periodo per mia sorella.

Lei smette di parlare, e fissa la finestrella.

Vorrei confortarla. Ma non so come affrontare questioni tanto spinose. Per la prima volta da quando siamo nate, mi mancano le parole. E lei non mi aiuterà, lei vuole proteggermi, non vuole condividere il suo dolore. Vuole portare da sola il proprio fardello.

«Quel giorno...» riprende Celeste. «... quel giorno ho deciso che non avrei più rivisto Ettore. Sapevo che era sposato, lui non ne ha mai fatto mistero. Lo sapevo da *mesi*. Ma nella mia bolla di innamoramento, non ne avevo compreso a fondo il significato. Quel giorno l'ho intuito. Mi sono vergognata di me stessa, del male che stavo facendo.»

Le prendo le mani, le tengo tra le mie. «Celeste...»

«Per questo non sono più tornata a scuola. Perché devo stargli lontana, ma non riuscirei a resistere al mio cuore se lo incrociassi nei corridoi, o se lo avessi a lezione. Sono innamorata di lui, e non so più come fare.»

«Se posso...»

«Devo lasciarlo. Per quanto la prospettiva mi terrorizzi, devo farlo. Non posso rimanere qui in questa soffitta tutta la vita, e non posso più stare con lui.»

Celeste esala un lungo respiro, e il corpo si rilassa. Oggi anche lei si è liberata di un peso, confidandosi con me. «Ho sbagliato a non parlartene prima» aggiunge. «Scusa.»

«Non fa niente.» Le sorrido. «Lo sai, no? È difficile parlare con le persone che ti sono più vicine.»

Celeste fa un cenno affermativo con il capo, ma mi accorgo che la morsa della malinconia è tornata a serrarsi su di lei. È in un bel pasticcio. Vuole lasciare il professore, ma sa che la sua risolutezza si scioglierebbe come neve al sole appena lo rivedesse.

Purtroppo non mi sembra che ci siano soluzioni semplici.

A meno che...

«Senti, Cele.»

Mia sorella si volta verso di me.

Ed è il momento in cui dovrei dirle che volevo solo offrirle la cena dall'indiano.

Invece le espongo il mio progetto balordo.

20

Non riesco più a mantenere neanche i giuramenti a me stessa. Mi ero ripromessa che non mi sarei mai più spacciata per mia sorella, e invece dopo appena un giorno eccomi di nuovo agghindata da lei, tutta in tiro per la serata con il professor Accorsi.

Però stavolta mi sono truccata e infiocchettata seguendo le indicazioni di Celeste. Ci teneva che l'addio tra lei e il professore avvenisse nel modo più romantico possibile. E così indosso l'abito che lui preferisce: un vestito con una gonna sbarazzina color rosso acceso e abbinate delle décolleté della stessa tonalità. I capelli li tengo raccolti in una treccia, come li aveva mia sorella il giorno in cui ha conosciuto il professore a scuola, a settembre dell'anno scorso.

Sarò io a scaricarlo nei panni di Celeste. In questo modo la loro storia finirà senza lasciare altre cicatrici. E senza che mia sorella ceda al fascino del prof e ci ripensi.

Celeste mi ha fatto giurare che sarò gentile, ma ferma. Il professore non deve rimanere con la speranza di un riavvicinamento, però non è il caso di ferirlo più di quanto sia necessario. E sono d'accordo: non ammiro l'Accorsi, e disapprovo come si è comportato con mia sorella, ma l'ha anche resa felice, e ha scoperto il suo talento. Se mia sorella sogna di dedicare la vita all'arte, è anche merito suo.

Dopo stasera, Celeste tornerà a casa. E io farò in modo che possa anche riprendere a frequentare la scuola: a cena, interpretando mia sorella, spiegherò al professore che non potrò più seguire le sue lezioni e che dunque quelle ore le trascorrerò a studiare nell'aula di chimica; lui, in nome dei vecchi tempi, dovrebbe lo stesso segnarmi come presente.

Secondo Celeste, l'Accorsi accetterà.

Per quanto riguarda gli esami, li sosterrà Celeste, e non dovrebbero sorgere grossi intoppi: ho già indagato, e sia italiano sia matematica quest'anno sono esterni, perciò mia sorella sarà interrogata da persone estranee, non dall'amante e dall'arpia.

Una piccola fortuna in mezzo a tutto questo gran macello.

Appoggio la guancia al finestrino. Il sole tramonta sulle campagne di Borgobianco. Massimo, alla guida dell'auto, procede spedito. Dietro di lui, sul sedile posteriore, c'è anche Giuliano. I due sono voluti venire per fornirmi il loro appoggio, anche se non ce n'era bisogno.

Ci lasciamo alle spalle Borgobianco e proseguiamo. Il professor Accorsi ha invitato a cena Celeste in un ristorante di lusso dalle parti di Albaerta. Dalle foto di TripAdvisor sembra un posto da favola, con una terrazza che si protende sul lago.

«A me questo piano sembra solo assurdo» si lamenta Massimo. «Quel tizio ti ha messo le mani addosso, non mi piace per niente. Dovrei entrare anch'io con te.»

«Ti proteggiamo noi due» aggiunge Giuliano.

«Sì, e magari chiamate anche gli altri della squadra, eh?» commento ironica. «Fatemi il favore! Questa sera non ci vuole la forza bruta, ma finezza e tatto.»

Massimo mi guarda con il sopracciglio inarcato.

Gli do una pacca sulla gamba. «Non dubitare della mia finezza!»

«Magari ha ragione Vera.» Giuliano fa capolino nello spazio tra i sedili davanti. «Non piace neanche a me quel tizio, ma ha fatto del bene. Ha convinto Celeste a impegnarsi con la poesia. Le ha fatto persino vincere un premio.»

Massimo sbuffa. «Poi mi spieghi che c'è di poetico nel mettere le corna a tua moglie.»

«Che c'entra, lui...»

Sollevo la mano per zittirli. «Mia sorella vuole che io sia gentile con l'Accorsi, e dunque sarò gentile. Il che significa che non avrò bisogno di guardie del corpo.»

Massimo scuote la testa e riporta gli occhi sulla strada.

Ormai ci siamo, in lontananza già compare l'insegna luminosa del ristorante. Giuliano conferma verificando con il gps del suo smartphone.

Parcheggiamo e spalanco la portiera.

«Sarà meglio che mi muova, prima che il professore si accorga che la sua fidanzatina è in macchina insieme a due energumeni.»

Smonto giù, ma Massimo mi impedisce di richiudere la portiera.

«So come la pensi» mi dice, «ma stai attenta lo stesso. Tu e tua sorella potete anche cascarci, ma quel tizio è un bastardo, te lo garantisco.»

Sto per ribattere, ma in fondo Massimo ha tutto il diritto di essere in ansia: l'Accorsi gli ha già rubato una fidanzata. E adesso il professore trascorrerà una serata a lume di candela con me.

Mi chino e bacio Massimo sulle labbra. Le nostre bocche si toccano, e il mio cuore fa una capriola.

«Starai attenta?» mormora.

«In borsa ho lo spray al peperoncino.»

«Sul serio?»

«È un regalo di papà.» Mi stringo nelle spalle. «Non l'ho mai usato, ma ti confesso che ho sempre avuto una gran voglia di provarlo.»

Massimo mi sorride. «Alla faccia del tatto.»

Gli sorrido di rimando. «Se vuoi lo provo su di te.»

Mi stacco dalla macchina e saluto anche Giuliano.

Lui si sporge dal finestrino. «Noi rimaniamo qui. Per qualunque emergenza.»

«Sono sicura che non avrò bisogno di picchiatori per cavarmela.»

Alla mia battuta l'espressione di Giuliano si rilassa, ma Massimo, a vedere che mi allontano, ha l'aria ancora più seria. È preoccupato davvero. E non so se è solo per generico disprezzo nei confronti degli uomini maturi che frequentano le minorenni, o se ha timore che il savoir-faire dell'Accorsi possa far colpo anche sulla sottoscritta.

In ogni caso, è in ansia per niente: se il mio personaggio ha una skill a livello massimo, è quella di saper scaricare le persone.

Stringo la pochette e salgo i gradini fino all'ingresso del locale. Un cameriere in livrea mi chiede il nome, e mi fa strada fino alla terrazza. Camminiamo tra i tavoli addobbati con tovaglie candide il cui orlo sfiora il pavimento, e calici di cristallo, e piatti ricamati a filo d'oro, e posate d'argento che scintillano alla luce delle candele inglobate in colonnine di vetro.

Niente da eccepire, l'Accorsi ha scelto un ristorante raffinato, degno di Celeste.

Il che mi fa sorgere un dubbio: pagherà lui, giusto? Perché io nel portafoglio avrò sì e no venti euro più spicci, e in questo posto rischio che non bastino neppure per un'insalata.

Il cameriere mi conduce fino al tavolo d'angolo, da cui si gode una vista mozzafiato del lago di Albaerta. Il professor Accorsi è già arrivato e mi aspetta seduto.

Per l'occasione non indossa gli occhiali, e si è rasato la barbetta da intellettuale. L'abito da sera nero e lucido gli sta a pennello. E bravo il professore, che fuori dal liceo sa godersi la vita!

Lui mi nota, e mi sorride.

«Celeste.» Si alza e si china per baciarmi, ma io scosto il viso. Le sue labbra che sanno di acqua di colonia mi sfiorano la guancia.

L'Accorsi sospira. «Ne desumo che sei ancora arrabbiata con me.»

Mi tira indietro la sedia e mi invita ad accomodarmi.

Si risiede anche lui, senza staccarmi gli occhi di dosso. È una sensazione bislacca trovarmi in un ristorante splendido, vestita da mia sorella, e in compagnia di un mio professore che mi fissa come se volesse mangiarmi.

Ma non devo indugiare in certi sentimenti, devo solo piantarlo.

Nella maniera più rapida e più indolore possibile.

Il professore mi osserva, e deve travisare il motivo per cui me ne sto con la schiena rigida e un'espressione impassibile. Allunga la mano verso la mia, che tengo sulla tovaglia. «Ce l'hai con me perché non mi facevo più sentire, vero? Ma non dovevi saltare la scuola. Potevamo chiarire senza che mettessi a repentaglio l'anno.»

«Hai ragione» gli rispondo. «Ma mi sono sentita male.»

«Mi dispiace.»

«Non fa niente.» Ritraggo la mano prima che sia preda della sua. «Questo periodo lontano da scuola mi ha aiutata a capire tante cose.»

Un velo di incertezza scende sugli occhi scuri dell'Accorsi.

Si starà domandando se davvero siamo qui per riappacificarci. Fa un sorrisetto. «Se dici così mi spaventi.»

Il cameriere ricompare con due flûte e una bottiglia di prosecco. Annuncia che la piccola entrée di stasera sarà a base di pesce e spera che sia di nostro gradimento. Il professore annuisce per entrambi, e i calici si riempiono di bollicine.

Appena il cameriere si allontana, il professore distende di nuovo la mano. E stavolta è rapido ad agguantare la mia, in un gesto delicato ma deciso. «Lo sai come sono messo con mia moglie. Nelle ultime settimane ha trasformato la mia vita in un inferno. E mi spiace che sia successo proprio quando dovevamo festeggiare la tua vittoria.»

E dal tono mesto sembra davvero rattristato. «Volevo invitarti qui da quando ho saputo che hai vinto. Ma poi... be', non importa, ora ci siamo. E ti prometto che riuscirò a sistemare con Barbara. Tornerà tutto come prima. Anche meglio, e non sparirò più.»

Le sue dita scivolano via dalle mie. Se le infila in tasca.

Ed estrae una scatoletta, avvolta nella carta regalo.

Sudo freddo, in preda al panico.

Ci manca solo che si proponga a Celeste stasera!

Ma la forma della scatoletta mi lascia un filo di speranza: è una confezione oblunga, non quadrata, non dovrebbe contenere un anello.

«Ti ho preso un regalo.» L'Accorsi mi sorride. «Su, aprilo.»

Non dovrei accettarlo. Dovrei restituirlo e chiudere questa storia il prima possibile. Ma ho promesso a Celeste che sarei stata carina con lui, e poi mia sorella potrebbe voler conservare il regalo come ricordo.

Sempre che l'Accorsi mi permetta di tenerlo dopo che lo avrò mollato.

Scarto il pacchetto e scoperchio la scatolina. Su un letto di velluto, riposa un braccialetto d'argento decorato con coralli rossi. Tra i minuscoli arbusti vermigli, spicca una targhetta. È incisa la scritta *Tokyo corallo*, l'ultimo verso dell'haiku con cui Celeste ha sbancato il concorso.

È un pensiero bellissimo.

«Grazie» mormoro. «Non avresti dovuto.»

«Era il minimo per farmi perdonare.»

Ripongo il bracciale nella sua scatolina.

«Non lo provi?»

«No, è solo che...»

Si ripresenta il cameriere a interromperci. Io non ho neppure sbirciato il menù, ma l'Accorsi ordina per entrambi. E non dà neppure un'occhiata alla carta dei vini, andando a colpo sicuro. È chiaro che non è la prima volta che cena in questo ristorante. Lui e Celeste sono clienti abituali? O ci viene con la moglie?

Il cameriere si segna i piatti e si congeda.

«Maledizione.» L'Accorsi si tasta le tasche dei pantaloni. «Barbara mi avrà chiamato.»

«C'è qualcosa che non va?»

«È solo che non trovo il cellulare, e a quest'ora mia moglie avrà fatto la solita telefonata di controllo. Ho paura di averlo lasciato a scuola.»

Scrolla le spalle e riporta l'attenzione su di me. Mi sorride. «Be', non importa, tanto Barbara mi farà una scenata comunque appena metto piede a casa. Che ne dici se stiamo fuori tutta la notte?»

Ma anche no! Lo stesso la proposta mi fa abbassare gli occhi. Sono in imbarazzo di fronte a certi inviti espliciti. E sono ancora più in imbarazzo se rifletto che l'invito è rivolto a mia sorella!

A salvarmi dalla vergogna, ritorna il cameriere con due piattini. Suppongo siano le entrée che aveva promesso e che non si erano ancora fatte vive. Si tratta di un misto di molluschi e altri pesciolini serviti con una salsina agli agrumi.

Spilucco l'antipasto mentre il professore si lancia in paragoni azzardati tra i miei haiku e quelli dei maestri giapponesi Matsuo Bashō e Kobayashi Issa. È un uomo colto, e con un'acutezza di pensiero che nessun ragazzo della nostra età può vantare. Non è strano che un uomo del genere abbia conquistato il cuore di Celeste. Ha un fascino non da poco.

Cribbio, scaricarlo potrebbe rivelarsi più complicato del previsto.

L'Accorsi non si modera con i complimenti, e se va avanti così, a fine serata sarò candidata al premio Nobel per la letteratura. Io alterno brevi cenni di assenso al mangiarmi i frutti di mare. Ho il timore che, se appena appena mi sfugge mezzo commento sugli haiku, si svelerà subito che non sono Celeste.

Infilzo la coda di un gambero, e la pochette mi vibra sulle cosce. Magari è un intervento della Divina Provvidenza: un messaggio di Celeste con istruzioni *precise* su come piantare il professore.

Recupero il cellulare. No, non è lei.

TI DEVO PARLARE.

Paolo? Sorrido al prof, che approfitta della mia distrazione per dedicarsi anche lui al cibo, visto che finora ha molto più cianciato che sbafato.

Digito in fretta una risposta.

NON POSSO. SONO A CENA CON LUI!

E subito mi arriva:

È PER QUESTO CHE TI DEVO PARLARE. CHIAMAMI SUBITO!

E sì che gli avevo spiegato il mio piano!

«Ti stai annoiando?»

La voce del professore mi coglie alla sprovvista. Lui fissa le mie dita, contratte sullo schermo del cellulare.

«No, no.» Gli sorrido. «Figurati. Era solo pubblicità. Sai, le offerte estive...»

Rinfilo lo smartphone nella borsetta, ma il professore ha ancora l'aria infastidita. Non mi ha creduta, e non gli è andato giù che messaggiassi durante la nostra cenetta romantica. È la seconda volta che mi capita: prima con Giuliano, e ora con l'Accorsi.

Guarda te se Paolo deve rovinarmi pure questo appuntamento! E per di più stavolta mette a rischio anche il mio piano geniale.

Però, proprio perché Paolo sapeva che agivo sotto copertura, è sospetto che insista. Non mi avrebbe mai contattata se la faccenda non fosse importante.

«Strano che mangi le cozze» dice l'Accorsi. «Di solito le rifili tutte a me.»

«Ah...» Accidenti, è vero! Celeste detesta cozze e vongole. Persino nel sugo per la pasta. Però è anche la mia chance per scoprire che diavolo vuole Paolo.

Mi esibisco in una smorfia di disgusto. «Infatti non dovevo assaggiarle.» Mi porto la mano alle labbra. «Mi viene la nausea.»

«Vuoi un bicchiere d'acqua con il limone, per toglierti il sapore?»

Il professore sta già sollevando la mano per richiamare il cameriere.

«No, non servirebbe» dico, acchiappando la pochette. «Scusami, devo correre in bagno.»

Mi alzo di scatto e sfioro il cameriere, intento a servire il prosecco di benvenuto a un altro tavolo. Anche se è colpa mia, è lui a scusarsi. Gli domando della toilette e me la indica. Mi precipito.

In bagno non c'è anima viva.

Chiamo al volo Paolo.

«Pronto?» risponde lui al primo squillo. «Vera?»

«Che accidenti volevi?» lo aggredisco. «Stai mandando a monte il mio travestimento!»

«Si tratta dell'Accorsi. Non è l'uomo che credi.»

«Ma che significa? Spiegati.» Socchiudo la porta e spio fuori. Per fortuna non si sta avvicinando nessuno. «Mi sono chiusa in bagno con una scusa, ma se non torno lui verrà a controllare. O penserà che il pesce mi ha fatto male sul serio e chiamerà l'ambulanza.»

«Il professore non vedeva solo Celeste.»

«In che senso? Ma che dici?»

«Stamattina...» Paolo tentenna. «A scuola gli ho rubato il cellulare.»

«Ma sei impazzito?» Ho alzato troppo la voce, e ho come la sensazione che in sala si siano tutti voltati verso la porta del bagno.

«Lo so, non dovevo» dice. «Però la mail, e il concorso, e insomma la faccenda mi puzzava. Ho cercato su Internet, e non c'è traccia di questo premio. Né un articolo, né mezzo sito, né niente.»

«E allora? Sono poeti! Mia sorella scrive gli haiku con carta e penna, questi al massimo useranno la macchina da scrivere. Internet non sanno neanche cosa sia.»

«Sì, può essere. Ma non ero convinto, e così, quando il professore è uscito dall'aula a ricreazione, ho aperto il cassetto sotto la cattedra...»

«E gli hai fregato il cellulare.»

«Esatto. Ma glielo riporto domani. Non si accorgerà di niente.»

«Lo spero per te.» Tento di sistemarmi gli occhiali che non ho. «E quindi? Che hai scoperto? Sii rapido, non ho molto tempo.»

«Il concorso di poesia non è mai esistito. È una truffa del professore.»

Ho un tuffo al cuore. Schiaccio il cellulare contro l'orecchio.

«Ne... ne sei sicuro?» balbetto.

«Ho controllato la sua posta e scandagliato le sue conversazioni su WhatsApp. È tutto falso. Il concorso di poesia giapponese. Quello di traduzione di opere latine. Quello per racconti urban fantasy. Ci sono altrettanti premi per altrettante ragazze. È il suo modo per convincerle che sono speciali.»

«*Ragazze?*»

«Te l'ho detto.» Il tono di Paolo si fa cupo. «Celeste non è l'unica studentessa a esserci cascata. Ma se non mi credi guarda la mail, ti ho appena inviato gli screenshot con le conversazioni rilevanti.»

La mano con cui reggo il cellulare mi trema. Ma inserisco il vivavoce, lancio l'app per la posta elettronica e scarico gli allegati.

Sono sconvolta. Il professore appena due giorni fa si scambiava paroline dolci con tale Sabrina di Parma, e incensava il romanzo di Chiara, che abita a Bologna ed è agitata per l'esame di maturità. E poi c'è Linda, che non può venire a Borgobianco sabato, ma farà una capatina domenica.

«Alcune di queste storie durano poche settimane» spiega

Paolo. «E altre vanno avanti per anni. Il professore le tiene in piedi tutte, e se ci sono difficoltà, si gioca la carta del concorso, tanto per ravvivare il rapporto.»

Mi riporto il cellulare all'orecchio.

«Mi dispiace, Vera» conclude lui.

Ma non sono nella condizione di rispondergli. Butto giù la chiamata e serro le dita sul bordo di ceramica del lavandino. Le nocche sbiancano.

Il concorso di poesia che rendeva tanto orgogliosa Celeste non è mai esistito. E quello che lei credeva fosse l'amore della sua vita l'ha solo raggirata.

L'Accorsi non ha mai tenuto a lei.

Celeste era una delle tante. Solo un'altra vittima.

Alzo gli occhi sullo specchio, e vedo mia sorella. Vestita con l'abito prediletto dal professore, e acconciata come al loro primo incontro. Vedo una Celeste innamorata, e dilaniata dai sensi di colpa perché lui è sposato e lei è fidanzata.

Quel maledetto infame l'ha imbrogliata fin dal primo giorno. E l'ha illusa riguardo le poesie per portarsela a letto. Se ripenso a quanto scoppiava di felicità Celeste parlando della vittoria nel concorso... era stata la sua unica isola di gioia in un oceano di sofferenza.

Ma era tutto falso.

Il professore la deve pagare.

Spalanco la porta del bagno con tale impeto che il battente picchia contro la parete. A passo di carica irrompo sul terrazzo. L'Accorsi è rimasto seduto a sbocconcellare i frutti di mare, con l'aria annoiata. Eh, peccato che non hai il cellulare, se no saresti lì a chattare con le tue amichette, o sbaglio?

Mi lascio cadere al mio posto, davanti a lui. Pianto i miei occhi nei suoi.

«Ti senti meglio?» mi chiede.

«Stia zitto.»

L'Accorsi corruga la fronte.

«Bene» continuo, «ora che ho la sua attenzione, ricominciamo da capo.»

Raddrizzo la schiena e assumo la mia consueta espressione scocciata.

«Buonasera, professore. Come sta?»

Lui sgrana gli occhi. Mi scruta. Dischiude le labbra. Dai, su che ci arrivi. Persino un deficiente come te lo può intuire.

«Vera?»

«In persona.»

«Che vuoi? È stata Celeste a mandarti qui a prendermi per il culo? Se volevate farmi uno scherzo, avete scelto il modo sbagliato.»

Fa per alzarsi, ma gli indico di rimanere seduto. «Nessuno scherzo. E sarà meglio che lei mi ascolti dall'inizio alla fine, se non vuole che diffonda certe informazioni a scuola.» Gli mostro lo smartphone. «Sono sicura che il preside del liceo di Sabrina si dimostrerà interessato al talento letterario della sua alunna. E i genitori di Linda saranno curiosi di scoprire dove la figlia trascorre i weekend.»

L'Accorsi boccheggia. «Sei tu che mi hai rubato il cellulare!»

Sogghigno. «Ma soprattutto mio padre sarà ansioso di conoscere i dettagli. Celeste le ha detto che è un avvocato? È anche molto bravo, e ha fama di essere una carogna. Lei avrà la fortuna di scoprire sulla sua pelle se è una fama meritata o no.»

«Dannazione.» L'Accorsi batte il pugno sul tavolo. «Dannazione!»

Ogni traccia dello studioso di poesia orientale è svanita. E sotto quello strato sottile emerge il bastardo che è. Scommetto che vorrebbe saltarmi alla gola. Ma è troppo vigliacco per dare sfogo all'istinto.

Si scola quel che resta del prosecco nel suo calice, e si ricompone.

«Che cosa vuoi?» mi chiede, tenendo a bada l'ira. «Dimmelo, che devo andarmene.»

«Voglio che lei non riveda mai più Celeste. Non la deve incontrare, non la deve chiamare, non deve mandarle messaggi. Altrimenti prima telefono a sua moglie e poi a mio padre.»

Lui si stringe nelle spalle. «Non c'è problema.»

E la sua reazione mi fa schiumare di rabbia. Contemplare l'idea di lasciarlo è bastata a Celeste per cadere in depressione. Per spingerla al digiuno e a piangere giorno e notte. Perché lei lo ama davvero.

Invece per lui era solo un gioco. L'ennesima ragazzina da scoparsi.

Prendo un lungo respiro. Stavolta sono io che devo frenarmi, altrimenti lo strozzerei a mani nude.

Maschero la furia dietro a un sorriso. «Oltre a non vedere più Celeste, dovrà chiedere subito il trasferimento in un'altra scuola, di un'altra regione. Celeste potrebbe rimanere a Borgobianco per l'università e non voglio vi incontriate neppure per sbaglio.»

Questo rospo è più difficile da ingoiare, ma l'Accorsi non protesta. È sempre meglio del divorzio, dello scandalo e, se conosco mio padre, di una denuncia per stupro. Minimo.

«Inoltre professore» continuo, «lei non dovrà più venire a scuola quest'anno. Domani avvertirà l'istituto che ha gravi problemi di salute e che starà in malattia fino a dopo l'esame di maturità.»

Incrocio le dita sul tavolo. «È tutto chiaro? Se non ha capito qualcosa della lezione, chieda pure, sono qui apposta.»

«No, ho capito.»

«Ottimo.» Mi alzo. «Allora non ho più motivo per rimanere qui a vedere la sua faccia da porco.»

Mi volto per andarmene, ma il professore mi agguanta.

«Ferma!» Mi strattona per il polso. «Adesso parlo io.»

Con un gesto rapido, tiro fuori lo spray dalla pochette. Il pollice si appoggia sul pulsante in cima alla bomboletta. «Mi dica.» Lo minaccio con l'arma. «Sono tutta orecchi.»

Ma prima che possa soddisfare la mia curiosità a proposito degli effetti dello spray al peperoncino, il professore mi molla e finisce lungo disteso. Cadendo si aggrappa alla tovaglia, e piatti e bicchieri si sfracellano al suolo, in un baccano di vetri infranti.

«Vera! Stai bene?» mi chiede Massimo, che ha appena spintonato l'Accorsi. Dietro di lui spunta anche Giuliano, che avanza tra i tavoli con la grazia di un rinoceronte in cristalleria.

Il professore accenna a rialzarsi e Massimo lo aiuta, acchiappandolo per il colletto della camicia. Le vene sul collo gli pulsano, e ha i muscoli tesi. «Non ti azzardare più a toccarla, razza di schifoso» ringhia. «Se ci riprovi, ti massacro di botte.»

Giuliano mi raggiunge. «È tutto okay?»

Rimetto lo spray nella borsetta. «Sì, va tutto bene. Ma voi...»

«Paolo ci ha chiamati.»

Annuisco, e tengo d'occhio il cameriere. È corso alla cassa: ho il timore che stia per telefonare alla polizia. Sarà meglio svignarsela.

Ma Massimo non allenta la presa. Sbatacchia il professore. «E così ti piace scoparti le mie compagne di scuola?»

L'Accorsi solleva le mani in segno di resa. «Ehi, stai calmo.»

«Razza di verme.»

Massimo carica il pugno. Se non lo fermo, spaccherà la faccia al professore. E finiremo nei guai. E intanto il cameriere discute con un tipo in giacca e cravatta, che dev'essere il proprietario.

Giuliano segue il mio sguardo e capisce subito. Afferra Massimo da dietro. «Lascialo perdere.» Strattona appena l'amico. «Questo qui non vale la pena.»

«Sì, ora basta» intervengo anch'io. «Il professore ha capito la lezione, e si è segnato i compiti a casa. Giusto?»

L'Accorsi si sbriga ad annuire.

Massimo lo lascia andare e si divincola da Giuliano. «Però usciamo da qui, o finisce che lo ammazzo.»

Il professore si tasta la gola. «Manica di ragazzini psicopatici» biascica.

Mi stacco da Massimo e mi piazzo di fronte all'Accorsi.

«Ah, dimenticavo» gli dico.

L'Accorsi mi fissa con la faccia rossa e i capelli scompigliati. E io gli sferro un calcio in mezzo alle gambe, con tutta la forza che ho.

Il professore caccia un gemito e si accascia ai miei piedi.

Mi chino su di lui. «Se osi ancora avvicinarti a mia sorella, ti faccio a pezzi e ti spargo per i cassonetti di mezza Borgobianco.»

Gli sputo addosso, e torno da Massimo e Giuliano. Loro si scostano subito, come si conviene al passaggio di una Signora dei Sith.

21

L'acqua del torrente scorre placida sotto di noi, frusciando appena tra le rocce che affiorano in superficie. La luna piena tinge di bianco le radici del ciliegio, che sembrano serpenti albini giunti al fiume per abbeverarsi. Scintille decorano la chioma dell'albero: sono le lucciole che risalgono dalle sponde e volteggiano tra i rami. Il frinire dei grilli riempie l'aria, ed è l'unico suono insieme al bisbigliare della corrente.

In pratica è come essere nel mondo magico di *Trine*, uno dei videogiochi che ho finito con Paolo.

Mi sistemo meglio sul roccione piatto che si affaccia sul torrente. Celeste era già qui, seduta con le gambe distese sulla pietra, lo sguardo rivolto al ciliegio, i capelli che apparivano biondi immersi nel bagliore etereo della luna. Mi sono arrampicata, e mi sono accomodata accanto a lei.

Non ho il coraggio di parlarle.

«È stato difficile?» mi chiede.

E ho timore che sia già entrata in argomento, che si riferisca alla cena di poco fa, durante la quale avrei dovuto dire addio al professore.

«Arrivare fin qui al buio non è semplice» continua lei. Si posa le mani sulle ginocchia, lasciate scoperte dai pantaloncini corti. «Io ci sono abituata, conosco la strada a memoria, ma il sentiero è ripido.»

Scuoto la testa. «Con questa luna, sembrava di camminare di giorno.»

Ed è vero, il disco argenteo della luna è tanto luminoso che ogni dettaglio del panorama appare nitido, dai fiori, alle crepe sulle rocce, ai fili d'erba lambiti dall'acqua. Distinguo le striature sulla corteccia del ciliegio, e le venature sulle foglie. Purtroppo distinguo bene anche la tristezza negli occhi blu di Celeste.

Sospiro e mi mordicchio l'unghia del pollice.

Mi si spezza il cuore al pensiero che tra poco peggiorerò il suo umore.

Sto per confessarle che l'unico briciolo di felicità che ha allietato la sua vita nell'ultimo anno era mera finzione.

Come diavolo faccio a rivelarle che il professore non l'amava, che l'ha ingannata, e che frequentava anche altre ragazze? Soprattutto, come le dico che lui le ha mentito a proposito delle poesie?

«Grazie di essere venuta lo stesso» dice Celeste. «Anche se ormai è tardi.»

«Te lo avevo promesso.» Mi spazzolo i jeans. «E ho anche fatto in tempo a cambiarmi al volo a casa. Non volevo rovinare il vestito.»

Abbozzo un mezzo sorriso.

Da un momento all'altro, Celeste mi domanderà com'è andata. Si trattiene perché ha paura di sentirmi raccontare che ho lasciato l'Accorsi. Ma, prima o poi, dovrò vuotare il sacco.

Però non è giusto.

Non è giusto che Celeste debba soffrire ancora, e tutto per colpa di un maiale schifoso, che in ogni caso lei aveva deciso di piantare. E se le dico che il concorso non esisteva, lei si convincerà di non avere alcun talento.

E non è giusto. Perché io i suoi haiku li ho letti tutti, e sono meravigliosi.

Io ammiro il panorama, e l'unico paragone che mi salta in mente è con un videogioco fantasy, ma Celeste, attraverso la sua arte, potrebbe descrivere il paesaggio in modo che risulti ancora più splendido di quanto non sia.

Non è giusto che lei rinunci a questo dono.

Il che significa che stanotte non me ne frega niente di essere Vera. Mi sono sempre vantata di essere una persona onesta, di rispecchiare con il mio modo di agire il mio nome, ma questa notte diventerò Celeste. Con le sue bugie e i suoi segreti a fin di bene. Sarò lei.

Mi volto verso mia sorella. Le sfioro il dorso della mano, nel nostro gesto. Lei mi guarda con gli occhi lucidi.

«Ettore era distrutto» comincio. «Ma quando gli ho rivelato il motivo per cui volevi lasciarlo, ha capito.» Sorrido. «Sì, gli ho parlato io, senza fingermi te. Purtroppo mi aveva riconosciuta quasi subito.»

«Dici davvero?» Il viso di Celeste si illumina.

«Appena sono arrivata. Gli è bastato uno sguardo. Dev'essere proprio cotto.»

Mia sorella ridacchia. «Sì, credo di sì.»

«Gli ho spiegato la situazione. Gli ho detto che non ce la facevi a lasciarlo tu, e che io mi sono proposta di sostituirti. È rimasto molto colpito, e ha pianto.»

«Lì davanti a tutti?»

Annuisco. «Si nascondeva la faccia con le mani e singhiozzava. Al tavolo del ristorante.»

Non conoscendo l'Accorsi, rischio di esagerare, e Celeste sembra stupita dalla presunta reazione di lui. Ma voglio convincerla che sia andata così. Che sia stato un addio struggente e che il professore fosse sconvolto dal dolore di perderla.

«Ha detto che chiederà il trasferimento.»

«Co-come?»

Le carezzo i capelli. Celeste vacilla, glielo leggo negli occhi che vorrebbe correre da lui.

«Devi comprenderlo» le dico, il tono dolce. «Non ce la fa a rimanere qui a Borgobianco con il pensiero che tu sei così vicina e lo stesso non può vederti. Tu hai preso la decisione giusta, lui lo ha capito e, se state lontani, sarà tutto più semplice.»

Le lacrime riempiono gli occhi di Celeste, le bagnano il viso senza che lei provi a trattenerle. Deve essersi resa conto che lei e il professore hanno davvero concluso la loro storia.

«Io... io...» piange. «Non so come farò senza di...»

«Sai cosa mi ha detto?»

Lei fa cenno di no con il capo.

«Me ne stavo andando, ma mi ha fermata.» Tiro fuori dalla tasca dei jeans il braccialetto di corallo. «Voleva darmi questo. Lo aveva portato per te.»

Celeste lo prende dalla mia mano con la stessa delicatezza che riserverebbe a un uccellino appena nato. L'argento della targhetta brilla tra le sue dita. «Ma è il mio haiku...»

Le sorrido. «Esatto. Ettore mi ha detto che dovevo farti promettere che non rinuncerai mai a scrivere poesie. Mi ha detto che il tuo talento è un dono raro, a prescindere da ogni concorso. Anche se averne vinto uno così importante non guasta.»

E, tra le lacrime, sul volto di mia sorella sboccia il sorriso. Sì, ce la farà, supererà anche questo dolore. Perché Celeste è la persona più forte che conosca.

«Mi aiuti a metterlo?»

Le infilo il braccialetto al polso, e chiudo il gancino. Celeste solleva la mano, ammira i coralli alla luce della luna, senza smettere di sorridere. «È bellissimo.»

Riabbassa il braccio e mi guarda. Mi sfiora il dorso della mano.

«Torniamo a casa.»

E, a sentire queste parole, so che per la prima volta ho fatto la scelta giusta.

22

«Ma proprio qui dovevamo venire a studiare?» si lamenta Paolo.

Schiodo gli occhi dal libro di storia e lo poso sull'erba. Il prato morbido sotto di me è meglio di un materasso di piume d'oca, e io adoro studiare all'ombra delle pale eoliche.

Invece lui si distrae di continuo, il naso rivolto all'insù, alle pale che ruotano lente. Il sole del primo mattino gli accende il viso, e mette ancora più in evidenza le lentiggini.

«Fanno un casino incredibile» si lagna. «Non riesco a concentrarmi.»

«Esagerato.» Mi stendo con la schiena sull'erba, ad ammirare le pale mastodontiche che svettano nel cielo. «Il rumore si sente a malapena. E poi, se la Signora dei Sith ha deciso che studiamo qui, così dev'essere.»

«Signora dei Sith» ripete Massimo, accoccolato al mio fianco. Osserva le mie cosce fasciate dagli shorts. «Suona sexy.»

Allunga la mano per palparmi, ma gli rifilo una pacca. «Prima finiamo di ripassare storia.»

Lui sogghigna. «Come sei severa.»

E per qualche motivo che non mi va di approfondire, mi sembra più arrapato di prima. Mi tiro su gli occhiali lungo il naso e sfodero la mia espressione scocciata. «Non sto scherzando.»

«Va bene, va bene!» Sospira e raccatta il libro.

«A me sembra un rumore insopportabile» insiste Paolo. Guarda di sbieco Lorella, che passeggia avanti e indietro sbraitando al telefono contro Luca. «Tra questo fischio e la gente che non la smette di urlare» continua, a voce alta, «non si riesce a imparare niente!»

Lorella copre il microfono dello smartphone e si gira verso Paolo. Suppongo voglia ribattere, ma poi deve rendersi conto che per una ragazza fashion come lei sarebbe un'umiliazione anche solo rivolgere la parola a un nerd, così lo scruta con disprezzo e riprende la litigata.

Paolo sospira, l'aria imbronciata. Sfoglia il libro di storia malvolentieri. So che preferirebbe rintanarsi in casa con il visore per la realtà virtuale calato sulla testa e dedicarsi a *MondoPulcino VR*, visto che lo hanno scelto per partecipare alla beta. Ma oggi la Signora dei Sith ha stabilito che si studia in preparazione alla terza prova.

Ritrovarsi tutti insieme – io, Paolo, Massimo, Lorella, Celeste e Giuliano – solo fino a un mese fa mi sarebbe sembrato impossibile. Se me lo avessero detto, mi sarei spaventata, come se si trattasse di uno dei segnali dell'Apocalisse – tipo che nasce un serpente con due teste o che l'agnello stupido divora il leone pazzo e masochista, o com'era.

A proposito, ma mia sorella dove si è imboscata? Mi tiro su seduta e mi guardo intorno. Eccola, si è appartata con Giuliano più in là, sotto la pala eolica al limitare del prato.

Dovrebbe studiare più sodo di tutti, considerato che ha perso una marea di lezioni, e invece è tutta la mattina che se ne sta in disparte a cinguettare con Giuliano. Se va avanti così, all'ora di pranzo non avranno ripassato neanche un capitolo!

Medito di andare lì per convincerla a metterci più impegno,

quando mi accorgo che scoppia a ridere. Giuliano deve averle raccontato un episodio buffo e lei si scompiscia. Era da settimane che non la sentivo ridere così di gusto.

Sorrido anch'io.

Massimo chiude il libro e mi posa la mano sulla gamba. «Tua sorella sembra tornata quella di prima.»

«E tu non dovresti smettere di studiare.»

Massimo è un bel tipo. Durante l'anno, invece di leggere i testi scolastici, si baloccava con i manuali di fotografia. Li consultava persino in classe, nascosti sotto il banco. Così non è neppure stato a sentire i professori quando spiegavano.

Non che a me dispiaccia. Anzi, sono felice che sia tanto appassionato al suo hobby.

Da qualche giorno, lo seguo nei suoi sopralluoghi alla ricerca dello scorcio perfetto. Siamo tornati alla fabbrica abbandonata lungo il fiume. L'abbiamo esplorata in lungo e in largo, e Massimo ha scattato foto fantastiche. Una volta si è arrampicato su un muro divisorio per cogliere il profilo di una finestra rotta che fa sembrare il cielo in frantumi. Con un altro scatto è riuscito a catturare il battito delle ali delle rondini che si levano dai loro nidi sotto al tetto.

E poi inquadra me. Gli piace fotografarmi mentre me ne sto in piedi al limitare del lago che ha invaso lo stabilimento. A sua discolpa, sostiene che le foto che hanno me per soggetto sono le migliori che abbia mai scattato in carriera.

Il che mi mette in imbarazzo e vorrei solo sfuggire al suo obbiettivo lucido, tanto che appena lo becco che sta per fotografarmi, sollevo la maglietta a coprirmi la faccia.

Ma ho come l'impressione che lui gradisca lo stesso.

La verità è che adoro le foto di Massimo. Mi ci tappezzerei la camera. Sono magnifiche.

Ha del talento, come lo ha Celeste per le poesie.

Dopo la sera fatidica, lei è tornata a casa e, quando le ho detto che il professore non si faceva più vedere a scuola, mia sorella ha ripreso a frequentarla. Sta sempre meglio e progetta di studiare lingue orientali all'università, per scrivere i suoi haiku in giapponese.

Le ho proposto per questa estate una vacanza nel Paese del Sol Levante, tanto abbiamo i soldi del premio da spendere – mi faceva schifo dover ricontattare l'Accorsi, ma non potevo rischiare che il mio castello di bugie crollasse; così l'ho ricattato per avere i tremila euro che lui stesso aveva stabilito come ricompensa per il vincitore.

Celeste è indecisa se partire con me.

Ogni tanto è ancora preda della tristezza, ma si confida con la sottoscritta e io mi faccio in quattro per consolarla. Le ho ribadito che per lei ci sarò sempre.

Anche i nostri genitori si sono accorti che Celeste è cambiata. Mamma lo ha capito subito, appena rientrata da Dubai. Lei e papà vorrebbero che io e mia sorella li accompagnassimo in crociera, appena terminati gli esami.

Ed è incredibile: mio padre odia stare lontano dal suo studio e dalle sue cause, e mia mamma deve sempre farsi trovare disponibile quando succedono casini negli Emirati. Ma in questa occasione li vedo determinati, addirittura ho origliato mentre papà ordinava alla segretaria di spostare una valanga di appuntamenti. I miei hanno compreso che è il momento di stare uniti, di stare insieme a leccarci le ferite.

Per fortuna – se si esclude la mia telefonata e il relativo bonifico – il professor Accorsi non si è fatto più sentire. Buon per lui: se ripenso al suo atteggiamento da porco, mi viene voglia di mettere in atto la mia minaccia.

No, non quella di avvertire la moglie o mio padre.

Quella di maciullarlo e spargere i pezzi nei cassonetti della provincia.

Non cedo alle mie tentazioni psicopatiche solo perché, se la storia diventasse pubblica, Celeste ci rimarrebbe male. Dopo la serata al ristorante di Albaerta, ho convocato Paolo, Massimo e Giuliano e li ho costretti a giurare che non riveleranno mai a mia sorella la verità. In particolare riguardo il concorso falso.

Magari, un giorno, quando Celeste sarà una poetessa famosa, si potranno rimettere i tasselli a posto, ma fino a quel momento la Signora dei Sith impone il silenzio.

«La secchiona si sta distraendo un po' troppo.»

Il commento di Massimo mi risveglia dai miei pensieri.

«E distrazione per distrazione...» Massimo mi acchiappa per i fianchi, e mi trascina su di lui, il sedere tra le sue gambe incrociate.

«Ehi!» protesto.

Ma Massimo posa il mento nell'incavo tra il mio collo e la spalla, lasciata scoperta dalla canotta. È un punto super sensibile per me, basta che lui respiri a contatto con la mia pelle, e ogni opposizione svanisce.

Lui mi passa le mani dietro la schiena e mi attira a sé, mi stringe contro il suo petto.

«E questo cos'è?»

Massimo ha adocchiato il mio libro di storia, aperto sull'erba. Lo raccoglie e ruota il volume per leggere le mie annotazioni sul margine della pagina.

Solo che su quella pagina non ho segnato degli appunti di scuola.

Lui declama a voce alta, e io arrossisco.

Beatrice tu
artigli e trascini giù
nero Belzebù

«Ma che roba è?» mi domanda.

«Non è ovvio? È un haiku che ho dedicato alla gattaccia malefica di mio padre.»

«Non sapevo che anche tu...»

«Sì, anch'io. E dunque?»

Massimo si stringe nelle spalle. «Però mi pareva di aver capito che gli haiku non dovessero essere in rima.»

«E invece i miei lo sono. Problemi?»

Lui ridacchia e mi posa un bacio sulla gola.

Fa tanto lo spiritoso, ma è notorio che l'arte sgorga dalla disperazione. È dalle esperienze più traumatiche che il poeta trae i suoi componimenti più vividi. Non è un caso se gli haiku di mia sorella sono così affascinanti. Se lei non avesse sofferto, non avrebbe potuto trasmettere sentimenti altrettanto intensi.

E io convivo con una gatta che, dietro l'aspetto da batuffolino pelosino, in realtà cela il muso cornuto di Satana, Astarotte, Lucifero. Può esistere esperienza più traumatica di dividere l'appartamento con il Principe delle Tenebre in persona? Ne dubito, e dunque, se tanto mi dà tanto, i miei haiku sono su-bli-mi!

Massimo – animo troppo grezzo per apprezzare certe riflessioni – mi guarda senza intuire che dietro il mio silenzio si nascondono ragionamenti di una profondità sconvolgente.

«Sei ancora preoccupata per Celeste?» chiede.

«Forse un po'.»

«Non dovresti.» Accenna a Giuliano che discute con mia sorella. «Li vedi?»

«Uhm.»

Adesso i due si sono messi a parlare fitto, in maniera concitata, i visi che si sfiorano. Chissà qual è l'argomento. Sembra che stavolta non chiacchierino di stupidate, dalla loro mimica intuisco che è una faccenda importante.

«Secondo me sta nascendo qualcosa tra quei due» dice Massimo. «Ci avevo indovinato fin dall'inizio. Qualche volta anche i pallanuotisti senza cervello ne azzeccano una...»

Gli do un pizzicotto sulla coscia.

«Ahia!» si lamenta. «Ma perché lo...»

E lo zittisco con un bacio.

Non voglio più formulare supposizioni sulla vita di Celeste. La situazione ha preso una piega positiva, e mi sta bene così, non intendo ficcare il naso in giro e scoprire altri guai. Almeno per un po'.

Stacco le labbra da quelle di Massimo.

Lo fisso negli occhi.

«Basta indagini e basta travestimenti.»

Ogni tanto è meglio farsi gli affari propri!

Ringraziamenti

Gemelle è un romanzo che mi ha insegnato, per l'ennesima volta, che scrivere è l'arte che mi appassiona più di tutte. Perciò sono grata a Vera e Celeste, le protagoniste, con cui ho passato ore di lavoro emozionanti.

Ringrazio Fiammetta Giorgi, la mia editor, che ha investito in questo progetto quando ancora non era scritto.

Ringrazio Loredana Rotundo, l'agente che mi ha seguita per tutti gli ultimi anni della mia carriera.

L'ultimo grazie è per i miei lettori. L'esperienza più bella della scrittura è scrivere. Ma al secondo posto c'è condividere questo piacere con chi non vede l'ora di sfogliare il tuo nuovo libro.

Vi ringrazio tutti per l'affetto e la passione che dimostrate per la mia fantasia.

IL CATTIVO
GIULIA BESA
RAGAZZO
CHE VOGLIO
Una travolgente storia d'amore da una giovane autrice italiana di grande talento.
GIUNTI

Giulia Besa

Il cattivo ragazzo che voglio

Chiara, ultimo anno di liceo a Roma, è la classica brava ragazza. La sua migliore amica lotta da anni per trascinarla in discoteca e farla divertire, ma invano. La storia con Tommaso, un ragazzo più grande di lei, si è chiusa nel peggiore dei modi: al momento in cui si sono trovati insieme e nella giusta circostanza, Chiara non è riuscita a fare l'amore perché le è mancata la sicurezza. E lui, dopo averla invitata al Circo Massimo in una bella serata di vento, la molla, umiliandola davanti agli amici. Pochi giorni dopo Chiara conosce Cesare: alto, fisico atletico e muscoloso, capelli neri che lambiscono il viso dalla carnagione chiara; e gli occhi, due opali nere, sul fondo delle quali si nasconde sempre un velo di malinconia. Ma Cesare è pericoloso quanto fascinoso: schivo, volubile, ha tatuato sul petto un intrico di rovi, simbolo evidente della sua chiusura agli affetti. Chiara è attratta, ma cerca in tutti i modi di starne alla larga. Anche Cesare, che nasconde ferite antiche e profonde, vorrebbe stare lontano da lei, ma l'attrazione reciproca è forte. Comincia così un'intensa e combattuta storia d'amore, sullo sfondo di una bellissima Roma, affascinante quanto i giovani protagonisti.

**UN ROMANZO SENTIMENTALE
AUTENTICO, PIENO DI PASSIONE
E SENSUALITÀ.**

CON TE
AL DI LÀ
DEL MARE
GIULIA BESA
PREMIO
RACALMARE
SCIASCIA
SCUOLA 2017
GIUNTI

Giulia Besa

Con te al di là del mare

Ci sono giorni che ti cambiano la vita. Sembrava una cena come tante, e invece il padre di Aurora svela di essere coinvolto in uno scandalo sessuale con minorenni.

Lei e la madre si trasferiscono precipitosamente da Roma ad Aulla, ma la distanza non basta a superare lo shock. In uno dei tanti giorni difficili, Aurora ritrova un vecchio modellino di galeone che avrebbe voluto montare insieme al nonno prima che lui morisse. Decide di provarci da sola e attraverso un blog di modellismo conosce Alessandro, uno studente di Ingegneria nautica.

Presto tra i due nasce un rapporto forte, fatto di parole, racconti, condivisione; ma quando Aurora gli propone un appuntamento lui si irrigidisce inspiegabilmente.

Intanto Aurora comincia a frequentare Riccardo, impetuoso e spericolato, che la invita alle sue scorribande in moto tra i boschi e le fa provare l'emozione di un bagno autunnale nelle cascate. Le cose non sono mai semplici e un giorno, a sorpresa, Alessandro le propone un incontro...

**UNA STORIA D'AMORE DELICATA
E POTENTE CHE PROFUMA DI MARE, BOSCHI
E CASCATE DELLA LUNIGIANA.**

Brossura - pp. 416 - euro 14,00

Angie Thomas

The Hate U Give

Starr si muove tra due mondi: abita in un quartiere di colore dove imperversano le gang ma frequenta una scuola prestigiosa, soprattutto per volere della madre, determinata a costruire un futuro migliore per i suoi figli. Vive quasi una doppia vita, a metà tra gli amici di infanzia e i nuovi compagni. Questo fragile equilibrio va in frantumi quando Starr assiste all'uccisione di Khalil, il suo migliore amico, per mano della polizia. Ed era disarmato.
Il caso conquista le prime pagine dei giornali. C'è chi pensa che Khalil fosse un poco di buono, perfino uno spacciatore, il membro di una gang e che, in fin dei conti, se lo sia meritato. Quando appare chiaro che la polizia non ha alcun interesse a chiarire l'episodio, la protesta scende in strada e il quartiere di Starr si trasforma in teatro di guerriglia. C'è una cosa che tutti vogliono sapere: cos'è successo davvero quella notte? Ma l'unica che possa dare una risposta è Starr. Quello che dirà – o non dirà – può distruggere la sua comunità. Può mettere in pericolo la sua stessa vita.

UN ROMANZO IMPORTANTE. UNA VOCE STRAORDINARIAMENTE AUTENTICA. UN TRAVOLGENTE CASO EDITORIALE.

Brossura - pp. 264 - euro 13,00

Josh Sundquist

Insegnami a vedere l'alba

Will, pur essendo cieco dalla nascita, decide di frequentare un liceo pubblico, vincendo i timori della madre iperprotettiva. Inizia così un'esilarante tragicommedia: in mensa si siede sulle gambe di un compagno, una ragazza ha una crisi di nervi convinta che lui la stia fissando... Per riparare, Will si offrirà di aiutarla a scrivere un articolo su una mostra di Van Gogh: impresa difficilissima, perché a Will mancano totalmente il concetto di prospettiva, di colore, e Cecil deve spiegargli ciò che vede evitando qualsiasi metafora visiva.
Quando a Will viene offerta la possibilità di affrontare un'operazione sperimentale che potrebbe ridargli la vista, il padre, medico, cerca di dissuaderlo perché i casi di successo sono rarissimi e le ricadute psicologiche spesso pesantissime. Ma Will decide di rischiare e le conseguenze, seppur inaspettate e difficili da superare, gli rivoluzioneranno meravigliosamente la vita.

UNA STORIA INTIMA, INTENSA E COINVOLGENTE CHE TOCCHERÀ IL CUORE DEI LETTORI.

FSC
www.fsc.org
MISTO
Carta da fonti gestite in maniera responsabile
FSC® C107127

Stampato presso
Puntoweb Srl, Ariccia (Rm)